L'ASSASSIN DE LA NATIONALE 7

Membre du conseil scientifique de *Slowfood France* (mouvement pour la sauvegarde du patrimoine culinaire mondial), Michèle Barrière fait partie de l'association *De Honesta Voluptate,* fondée sur les travaux de l'historien Jean-Louis Flandrin. Historienne, journaliste culinaire, elle est l'auteur pour Arte de la série « Histoire en cuisine ». Elle est connue du grand public pour ses polars historiques qui retracent l'histoire et l'évolution de la cuisine et des manières de table.

Paru dans Le Livre de Poche :

La saga des Savoisy

SOUPER MORTEL AUX ÉTUVES
MEURTRES À LA POMME D'OR
NATURES MORTES AU VATICAN
MEURTRES AU POTAGER DU ROY
LES SOUPERS ASSASSINS DU RÉGENT
MEURTRE AU CAFÉ DE L'ARBRE SEC
MEURTRE AU RITZ

Les enquêtes de Quentin du Mesnil,
maître d'hôtel à la cour de François Ier

LE SANG DE L'HERMINE
DE SANG ET D'OR

MICHÈLE BARRIÈRE

L'Assassin de la Nationale 7

ROMAN INÉDIT

Pour Elschell, en route pour les meilleures table de la N7.

Bonne dégustation !

Michèle

Saint-Cyr, le 28 mai 2011

LE LIVRE DE POCHE

ISBN : 978-2-253-17963-4

1

Attentif aux gestes du pompiste, Adrien Savoisy couvait du regard sa toute nouvelle Delage D8, une bête racée, aux lignes si pures qu'à côté les Hispano-Suiza avaient l'air de grenouilles empâtées. Une folie qu'il s'était offerte pour ses vingt-neuf ans et qu'il ne regrettait pas, même si elle était un peu lourde à conduire.

— Ben dites donc, vous allez pas vous ennuyer avec celle-là ! claironna le mécanicien qui finissait de remplir le réservoir. Elle doit bien faire dans les quatre-vingts chevaux...

— Cent cinq ! 4 750 centimètres cubes et un moteur huit cylindres en ligne.

— Mazette ! C'est du beau.

Le garçon repoussa sa casquette graisseuse sur le haut de son crâne et fit le tour du véhicule en émettant de petits sifflements admiratifs. Il y avait de quoi ! La carrosserie dessinée par Henri Chapron était sublime. Adrien avait longuement hésité sur les couleurs et s'était décidé pour un capot marron glacé et des flancs vanille. Connaissant ses accointances avec la grande cuisine, le carrossier avait éclaté de rire : « Pour votre prochaine voiture, je vous proposerai framboise-pistache ou pêche-groseille ! »

L'auto abreuvée, le pompiste doté d'un pourboire royal, Adrien reprit la route. Parti en fin de matinée de Paris, il avait bien roulé et serait sans problème ce soir à Saulieu où il dînerait et passerait la nuit à l'Hôtel de la Côte d'Or. Une mise en bouche pour sa traversée de la France qui devait le mener à Antibes. En sa qualité d'enquêteur pour le *Guide Michelin*, il devait donner son avis sur un nouvel hôtel qui venait d'y ouvrir, le Belles Rives, afin de le faire figurer dans le guide 1930. Il en profiterait pour séjourner quelques jours chez sa mère qui habitait le cap d'Antibes.

Il aurait dû faire ce voyage au début de l'été, mais il n'avait pu se résoudre à écourter ses vacances à Deauville, d'autant qu'il y avait passé d'excellents moments en compagnie de Gladys, une jeune joueuse de tennis britannique venue disputer une série de tournois. Séduit par ses longues jambes, son caractère enjoué et peu farouche, il l'avait emmenée aux fêtes du Yacht Club, au casino, aux courses de la fin août. Ils avaient arpenté les planches, rencontré Elsa Schiaparelli, Susy Solidor, Mistinguett, et surtout passé beaucoup de temps à faire l'amour dans la suite d'Adrien au Normandy. L'été avait donc été parfait.

Le jour de son départ, Gladys avait pleuré, beaucoup pleuré, lui demandant quand ils se reverraient. Fidèle à lui-même et à son vœu de ne pas se faire mettre le grappin dessus, Adrien avait gentiment séché ses larmes avec un baiser et avait éludé la question. Non pas qu'il eût le cœur sec. Cette petite Anglaise était charmante, mais il avait une peur bleue de tout attachement. En aucun cas, il ne voulait ressembler à son père qui s'était fait mener par le bout du nez durant son mariage. Mariage qui s'était terminé par un divorce en 1913, laissant Quentin Savoisy exsangue, dévasté, malheureux comme les pierres, et Adrien, tout juste âgé de treize ans, désemparé mais furieux. Il était persuadé que son père avait été trop faible, laissant sa fantasque épouse, Diane, faire ce qu'elle voulait, c'est-à-dire tout et n'importe quoi. Un jour, peut-être, dans un avenir très lointain, le jeune homme accepterait-il de se lier de manière durable ; mais en ce mois de septembre 1929, la vie lui souriait et il était prêt pour de nouvelles aventures. Dans deux jours, il serait sur la Côte d'Azur, à l'ombre d'un parasol sur la plage de la Garoupe à regarder les dernières estivantes plonger dans les eaux cristallines de la Méditerranée. Pour sa part, il ne s'était pas converti à la nouvelle mode de passer l'été sur la Riviera. Quel intérêt de crever de chaud, alors que les plages normandes offraient un climat tempéré, une lumière douce et des bains frais ? Les Anglais, ces gens de bon goût, qui avaient colonisé Nice et Menton il y a cent ans, n'auraient jamais eu l'idée d'y rester une fois le mois d'avril passé. Le beau monde savait qu'il fallait alors rejoindre Londres ou Paris avant de passer quelque temps dans des domaines campagnards accueillants puis se retrouver en août à Deauville. D'autant qu'Adrien détestait cette nouvelle lubie de se faire griller au soleil jusqu'à devenir couleur brugnon. Il aimait les femmes au teint pâle et diaphane. Sur la Côte, tout avait changé vers 1922 avec l'arrivée de jeunes Américains, riches et oisifs, fuyant les lois prohibant l'alcool et l'atmosphère puritaine et mercantile de leur pays. La chaleur torride, le sable brûlant la plante des pieds et la sueur dégoulinant des aisselles, tout cela semblait les mettre au comble du bonheur.

Adrien aimait bien leur compagnie et il aurait grand plaisir à retrouver les Murphy et leurs amis, mais jamais au grand jamais il n'irait à Antibes au mois d'août. Il l'avait fait l'année précédente et, au bout de deux jours, il avait repris le train de nuit pour Paris.

Grâce à la puissance de l'auto, il doubla allégrement quelques camions qui peinaient dans une côte, se fit peur en voyant une voiture arriver en face et dut se rabattre brutalement. Le chauffeur du Berliet manifesta sa colère en laissant son poing sur le klaxon de longues secondes, mais la Delage était déjà loin. De paisibles vaches charolaises levaient la tête au passage du bolide et se remettaient à brouter. Les vitres baissées laissaient entrer le délicieux parfum de la campagne. Comme le temps, l'humeur d'Adrien était au beau fixe. Il était le plus heureux des hommes.

Sortir de Paris avait été relativement facile, sauf qu'il avait dû affronter les inévitables embouteillages dans le centre de Villejuif. À partir du carrefour de Belle-Épine, la ville cédait petit à petit la place à la campagne. Il s'était calé au fond de son siège en cuir fauve et avait commencé à tester les accélérations de la Delage. Son feulement doux et profond le mettait en joie. Arrivé au carrefour de l'obélisque au cœur de la forêt de Fontainebleau, il avait hésité. Continuer sur la Nationale 7 ou prendre la Nationale 6 qui traversait la Bourgogne ? Il avait opté pour le jambon à la crème de Saulieu et le buisson d'écrevisses de Victor Burtin à Mâcon. Quoique, pour ce soir, il aurait préféré une petite soupe et hop ! au lit, son dîner de la veille à la Pomponnette, rue Lepic, ayant été bien arrosé.

C'était, hélas, mission impossible à Saulieu. Le terroir bourguignon était riche, les plats aussi. Son étrange métier d'inspecteur pour le *Guide Michelin* ne pouvait se pratiquer qu'en observant une certaine modération. Il n'avait aucune intention de voir son tour de taille ressembler à celui de Bibendum. Il refusait de faire partie de la cohorte des ventrus, bedonnants et autres obèses qui fréquentaient les grandes tables. Il les avait en horreur. De constitution longiligne, il restait mince. Grand amateur de tennis et de ski, il entretenait sa forme physique, et les regards des femmes disaient qu'avec ses cheveux blonds et ses yeux verts, il n'aurait aucun mal à les convaincre de passer ensemble quelques moments d'intimité. Et la Delage allait sans nul doute accroître encore les effets de son charme naturel. Tout allait pour le mieux dans le meilleur des mondes.

Il arriva plus tôt que prévu à Saulieu et se demanda s'il ne serait pas préférable de pousser jusqu'à Arnay-le-Duc pour s'arrêter à l'Hôtel Terminus, ou bien encore aller à Chagny et passer la nuit chez Pierre Lameloise qui avait fait ses classes avec Escoffier au Savoy à Londres. Mais la fatigue de la soirée de la veille se faisait ressentir. Un brin de toilette et un petit somme avant le dîner ne lui feraient pas de mal. Après tout, il avait tout son temps pour rejoindre Antibes.

Saulieu avait quelque chose de très spécial. On voyait tout de suite que, depuis des siècles, cette petite cité morvandelle aux portes de la Bourgogne constituait une étape idéale à 250 kilomètres de Paris. Les relais de diligences s'étaient transformés en hôtels-restaurants qui fleurissaient dans le centre du bourg comme autant d'invitations au repos et à la bonne chère. Il y en avait pour tous les goûts et toutes les bourses : le Petit Marguery, l'hostellerie de la Tour d'Auxois, l'Auberge de l'Étape, l'Auberge du Relais, l'Hôtel de la Poste... Les voitures de luxe côtoyaient les charrettes des paysans. Trente ans plus tôt, aucun voyageur un peu fortuné ne se serait risqué dans une des gargotes locales, ou il serait reparti bien vite après avoir avalé un abominable brouet. Aujourd'hui, par la grâce de la cuisine régionale portée aux nues par les discoureurs gastronomiques, on se pressait dans la moindre auberge pour déguster la potée locale sur une table cirée plus ou moins propre. Adrien, dont le père était le filleul du grand Escoffier et qui avait son rond de serviette au Ritz, trouvait cette mode quelque peu frelatée tout en reconnaissant que certaines tables méritaient le détour.

Ainsi, la Côte-d'Or, propriété depuis vingt-cinq ans de Paul et Élise Budin. Avec son chauffage central et ses salles de bains, l'hôtel était le plus confortable de la ville, quoique n'ayant rien à voir avec les palaces qu'Adrien avait l'habitude de fréquenter. Quant au restaurant, il était très en vogue grâce au chef Jean-Baptiste Monin, créateur du jambon à la crème, recette primée au Salon de Paris quatre ans auparavant. Adrien appréciait modérément ce plat peu raffiné, typique de la région. Mais il avait eu l'heur de plaire à Raymond Poincaré, venu inaugurer le monument aux morts de la ville en 1921. Un grand banquet avait été organisé, et le jambon à la crème porté aux nues. À vrai dire, Adrien aurait préféré qu'il restât aussi inconnu que le soldat enterré sous l'Arc de triomphe.

Il gara sa voiture devant l'hôtel entre une Hispano-Suiza et une Renault Reinastella de toute beauté, au capot bleu lavande et aux ailes noires. Elle valait au moins 180 000 francs, soit encore plus cher que la Delage. Qui en était l'heureux propriétaire? Un homme de goût, qu'il aurait sans doute plaisir à rencontrer. Une fois de plus, Adrien regretta qu'il n'y eût pas dans ces auberges de province des voituriers pour prendre soin de tels bijoux. Il n'avait aucune envie que la carrosserie lustrée de la Delage soit victime des facéties d'un gamin du village ou d'une bataille de chats en rut, comme ça lui était arrivé avec sa précédente voiture. Non pas qu'il fût maniaque, mais sa Delage toute neuve...

Le bâtiment d'un étage était massif, de cette solidité des maisons morvandelles qui témoignait d'un climat rude et de longs hivers rigoureux. Dès qu'il pénétra dans le hall meublé de bahuts de bois sombre, l'odeur de la cire se mêlant aux effluves de beurre et de pommes lui chatouilla les narines. Peut-être était-ce là une des raisons du succès de ces auberges: l'impression de revenir dans la maison de son enfance où la fidèle cuisinière s'activait aux fourneaux. Adrien n'avait jamais connu ça. Chez ses parents, à Paris, leur bonne Antoinette, dite Nénette, était un piètre cordon-bleu et se contentait de saupoudrer ses tartines de chocolat râpé. Sa grand-mère paternelle, ne supportant pas les choix politiques de son fils, avait coupé les ponts avec lui et n'avait jamais demandé à connaître Adrien. Quant au comte et à la comtesse de Binville, les parents de sa mère, il les détestait tant qu'il était incapable d'avaler une bouchée en leur présence. Pour lui, ce qui se rapprochait le plus d'une maison de famille, c'était le Carlton à Londres, où officiait Escoffier qui les recevait, lui et son père, deux ou trois fois par an.

Élise Budin, bien en chair et le teint légèrement couperosé, se tenait derrière le comptoir d'accueil et tendait une clé à un jeune homme portant de petites lunettes cerclées de métal. La propriétaire de la Côte d'Or salua Adrien avec chaleur. Comme il se doit, elle ignorait tout de ses activités au *Guide Michelin*, les enquêteurs devant travailler anonymement, mais Adrien était un bon client qui ne lésinait pas sur la dépense.

— Vous venez dîner ? demanda-t-elle avec un grand sourire. Nous avons une fricassée de girolles tout juste sorties des bois.

— Dîner et coucher ! Et je prendrai volontiers de vos champignons.

Elle lui lança un regard gêné.

— Hélas, l'hôtel est complet ! Je sais qu'au Relais ils ont encore des chambres. Voulez-vous que je les appelle ?

Adrien était contrarié. En voyage, il n'aimait pas dîner dans un endroit et coucher dans un autre. Cela nuisait à l'harmonie digestive, disait-il. Il envisagea de reprendre la route. Pendant qu'il réfléchissait, Mme Budin avait reçu un appel téléphonique. Comme il faisait mine de saisir sa petite valise posée à ses pieds, elle lui fit des grands signes de la main et, en reposant le téléphone sur sa fourche, déclara :

— Tout s'arrange ! J'ai un désistement. Le député de Château-Chinon, dont la femme vient de tomber malade. Le malheur des uns fait le bonheur des autres. Je vous donne la 12. Je crois que c'est une phlébite.

Adrien coupa court. Il détestait la manière qu'avaient certains hôteliers, ou le plus souvent leurs épouses, d'émailler leurs propos de détails intimes. Il y avait encore de l'aubergiste dans ces gens-là. Il la remercia, refusa l'aide d'un porteur et prit l'escalier menant à l'étage. Sa chambre était vaste, dotée d'une grande fenêtre donnant sur la place. Le papier peint à petites fleurs n'était pas du meilleur goût, mais la salle de bains attenante était d'une propreté immaculée et le lit très confortable comme il put en juger en s'y laissant tomber tout habillé.

Il se réveilla en sursaut deux heures plus tard, ne sachant plus où il était. Il avait tout intérêt à se dépêcher s'il ne voulait pas trouver porte close au restaurant. On n'était pas à Paris ! Il troqua son costume de lin contre un pantalon et un veston noirs, se repeigna rapidement et se rendit à la salle de restaurant. Marcel, le maître d'hôtel, le regarda d'un air sévère et le conduisit à une table près d'une des grandes fenêtres arrondies avec vue sur la place. La plupart des clients en étaient au plat principal, et certains même au dessert. À peine fut-il assis que Marcel lui mettait sous le nez la carte en demandant :

— Monsieur prendra-t-il un apéritif ?

Et sans lui laisser le temps de répondre, il ânonna :

— Nous avons, comme il se doit, du jambon à la crème, mais aussi de la potée morvandelle, du canard au sang, du pâté en croûte truffé, des escargots à la bourguignonne, du tartouillat aux poires…

D'un geste, Adrien l'interrompit.

— Pouvez-vous me servir une belle tranche de charolais accompagnée de la poêlée de champignons dont m'a parlé Mme Budin ? Et je me contenterai ensuite d'une part de fromage de la Pierre-qui-Vire avec une salade aux noix.

Soulagé que son client ne choisisse pas, à cette heure, le menu gastronomique et ses huit plats, Marcel tourna les talons. Adrien le rappela.

— Avec une bouteille d'Irancy, je vous prie.

Confus d'avoir oublié la commande de vin, Marcel exécuta quelques courbettes en répétant :

— Oui, monsieur, bien sûr, monsieur, tout de suite, monsieur.

Deux minutes plus tard, le sommelier arrivait ventre à terre et débouchait la bouteille avec un luxe de gestes inutiles. Ayant versé un fond de verre et arborant un air de saint Sébastien attendant sa volée de flèches, il attendit l'avis de son client. Le prenant en pitié, Adrien goûta et déclara :

— Il est jeune mais excellent. Belle robe, soyeux en bouche, et on retrouve bien la saveur de griotte et cassis. Je vous remercie. Cela ira fort bien.

Sirotant son verre de vin, il observa la salle. Les tables étaient joliment dressées quoique simplement. Les assiettes un peu frustes convenaient bien aux mets roboratifs servis chez les Budin. Aux vêtements qu'ils portaient et à leur allure générale, on pouvait distinguer la clientèle locale des Parisiens et des touristes. Quand il déjeunait ou dînait seul, Adrien adorait imaginer la vie de ses éphémères compagnons de table. Au gros homme rougeaud que son faux col gênait, il attribua le métier de notaire engraissé aux dessous de table sur la vente de fermes charolaises. Son épouse, à la permanente crantée, lançait des sourires triomphants aux autres convives. À une table voisine, un groupe de médecins s'esclaffaient au récit de l'un d'entre eux sur les ravages de l'alcool parmi leur clientèle. Au vu de la rapidité à laquelle ils commandaient de nouvelles bouteilles, ils ne donnaient guère l'exemple de la sobriété. Un couple d'Anglais ponctuait chacune de leurs bouchées d'un «*delicious*» ou d'un «*my God*». La cinquantaine, habillés l'un et l'autre de Harris tweed couleur feuille-morte, on aurait pu les prendre pour des jumeaux. Lui devait être professeur d'université, spécialiste de littérature latine ; et, ayant élevé ses trois enfants, le couple s'offrait enfin un voyage sur la Riviera à une saison où ils bénéficieraient de prix modérés dans les hôtels. Il n'eut pas besoin de se poser de questions sur son voisin de droite. Il connaissait le vicomte de La Saussaye, amateur de belles voitures et de plaisirs au masculin. Le vicomte sillonnait les routes de France à la recherche de mécaniciens aux bras musclés. Son compagnon du moment, un malabar aux mains épaisses, devait être plus habile au maniement de la clé de douze qu'à celui de la fourchette qu'il tenait comme un pic à glace. Adrien et le vicomte se saluèrent d'un petit signe de tête.

En face, un personnage au ventre si proéminent que la table avait dû être reculée attaquait d'une fourchette agressive son jambon à la crème. Adrien avait l'habitude des obèses, mais jamais il n'avait vu un homme aussi gros. Ses bajoues tremblotaient à chaque bouchée. Ébahi, il ne pouvait le quitter des yeux. Le spectacle était répugnant, avilissant. Comment pouvait-on vivre dans un corps aussi difforme, aussi pesant ? L'acte de manger devenait une insulte. Écœuré, Adrien finit par détourner le regard. Il se fixa sur une jeune fille boudeuse, de toute évidence exaspérée de devoir voyager avec ses parents, un couple aux vêtements élégants. La conduisaient-ils dans quelque pensionnat à la suite d'un écart de conduite ? Ou bien allait-elle rencontrer son fiancé, à Lyon par exemple, un fils d'industriel lui aussi, tout aussi peu enclin à cette union ?

Il abandonna son observation quand lui fut servie une entrecôte de deux doigts d'épaisseur, fondante à souhait, accompagnée d'un mélange de girolles, pieds-de-mouton et trompettes-de-la-mort délicatement aillé et persillé. Cette chair exquise valait mille fois le fameux jambon à la crème. Des petites pommes de terre rissolées montées en pyramide ajoutaient au plaisir gustatif. Voilà ce qu'il aimait dans la cuisine des terroirs paysans : d'excellents produits cuisinés avec simplicité. Sans vouloir faire injure à Escoffier, il était parfois las des préparations alambiquées de la cuisine de palace mais se méfiait de la fausse bonhomie des menus où la mention « à la crème de chez nous » ou « au beurre d'à côté » masquait parfois l'indigence des mets.

Il tenait sa culture culinaire de son père, Quentin Savoisy, journaliste au *Pot-au-feu*, hebdomadaire culinaire destiné aux bourgeoises, puis rédacteur au *Guide Michelin*. Quand Diane, son épouse, n'était pas là, ce qui s'était produit de plus en plus fréquemment au fil des années, Quentin emmenait son fils au restaurant. Dans les petits caboulots de Montmartre comme dans les endroits les plus chic. À dix ans, l'enfant connaissait par cœur la carte de La Tour d'Argent, celles de chez Foyot et des autres lieux en vue à Paris et en Normandie, où ils passaient traditionnellement leurs vacances d'été. Après le divorce de ses parents, chaque soir ou presque, le père et le fils sortaient, au grand dam de Nénette, la bonne, qui disait que ce n'était pas une vie pour un enfant de treize ans. Adrien gardait de ces repas un souvenir mitigé : son père qui avait perdu tout appétit se forçait à manger tout en restant silencieux. S'ennuyant ferme, le jeune garçon avait appris à observer tous les détails du décor de table et s'était forgé de solides connaissances sur la finesse des nappes, l'éclat de la porcelaine et la transparence des verres. Il lui était arrivé de faire des remarques désobligeantes sur le manque de propreté ou de raffinement de certains lieux. Tiré de ses rêveries moroses, son père devait alors s'excuser auprès du maître d'hôtel et tancer Adrien qui ne comprenait pas pourquoi son père pouvait exprimer des critiques dans les articles qu'il écrivait et pas lui. Il s'était juré de prendre sa revanche. Aujourd'hui, ses remarques, toujours justes, faisaient trembler plus d'un restaurateur.

En attendant son fromage et sa salade, il s'absorba de nouveau dans l'observation des convives. Quand il était entré dans la salle de restaurant, il avait tout de suite remarqué une jeune femme dînant seule, ce qui n'était guère fréquent dans ce genre d'établissement. Âgée d'environ vingt-cinq ans, elle possédait une grâce étrange. Française ? Étrangère ? Adrien n'aurait su le dire. Mais en aucun cas Morvandelle ! On ne pouvait la qualifier de belle, son nez légèrement busqué nuisant à l'harmonie de son visage, mais ses hautes pommettes, ses yeux en amande, son teint laiteux et sa bouche parfaitement dessinée la rendaient très attrayante. Du moins pour Adrien, qui la fixa plus longtemps qu'il n'aurait dû. Elle s'en aperçut et fronça légèrement les sourcils avant de replonger sa cuillère dans ce qui devait être le tartouillat aux poires. Confus de s'être montré aussi peu discret, Adrien tourna son regard vers les autres tables encore occupées. Celle d'un homme d'une soixantaine d'années qu'Adrien avait déjà croisé mais dont il ignorait le nom. Industriel dans le pétrole ou quelque chose de ce genre, croyait-il se souvenir. Il était à l'image de ces bourgeois repus et contents d'eux-mêmes qu'il détestait. Grosse bedaine, cheveu rare soigneusement lissé, petite bouche prétentieuse. Sans doute avait-il dans sa poche quelques liasses de billets qu'il sortirait négligemment pour montrer combien la vie lui souriait. La jeune personne qui l'accompagnait avait visiblement moins de vingt ans et présentait toutes les caractéristiques de la cocotte : pulpeuse, maquillée à outrance, teinte en blond platine, poussant des petits cris de ravissement dès qu'un serveur apportait un nouveau plat. Le voyage allait coûter cher au vieux. Tant mieux ! Un autre couple d'une petite quarantaine d'années occupait la table près de la porte. Plus discrets, mais de toute évidence profitant d'une fortune naissante. Des nouveaux riches, cela se voyait à leurs vêtements très apprêtés et à leurs gestes hésitants. Des petits commerçants. Adrien l'avait vu à la manière dont ils avaient scruté la carte des desserts. Il les imaginait en vendeurs de meubles ayant ouvert plusieurs magasins après guerre dans les départements du Nord et de l'Est, dévastés par les combats. Le dernier convive était sur le point de terminer son repas. Il avait allumé un cigare et sirotait un verre de liqueur, les yeux dans le vague. Sa moustache à la Joffre portait des traces de tartouillat. Râblé, chauve, plutôt laid, la cinquantaine. Adrien se creusait les méninges pour lui inventer une vie quand on lui apporta salade et fromage. Tout à sa réflexion et à sa dégustation, il ne remarqua pas l'agitation qui s'était emparée de la salle. Il ne leva le nez de son assiette que pour voir l'obèse tressauter sur sa chaise. Les yeux écarquillés, il portait ses mains à son cou comme s'il avait du mal à respirer. Aux tables voisines, les clients regardaient la scène avec stupéfaction. Le maître d'hôtel et un serveur se précipitèrent. L'homme s'affala la tête la première dans son assiette d'œufs à la neige, inondant la nappe blanche. Poussant de petits cris effarouchés, l'épouse du notaire et quelques autres quittèrent la salle. Imperturbables, les deux Anglais continuaient à piocher dans leurs desserts. L'étrange jeune femme n'était plus à sa table. Un des médecins daigna écraser son cigare pour porter secours au pauvre malheureux. Titubant légèrement, il s'approcha de la table et posa deux doigts sur la jugulaire de l'obèse. Il secoua lentement la tête et déclara :

— Il est mort.

2

Le corps fut prestement évacué. Ou du moins M. Budin, aidé de quatre serveurs, s'y employa. Mme Budin était aux quatre cents coups. À ses lèvres pincées et ses sourcils froncés, on voyait bien qu'elle vouait aux gémonies ce pauvre homme qui avait eu le culot de rendre l'âme dans sa salle de restaurant. La réputation de la maison pouvait en souffrir. De toute évidence, l'apoplexie guettait ce client qu'elle n'avait jamais vu auparavant ; mais quelques âmes charitables ne manqueraient pas de dire que manger à la Côte d'Or pouvait se révéler dangereux, qu'on risquait d'y trépasser. Elle débarrassa la table pendant que son mari ahanait sous le poids de l'obèse. Il l'appela et, après un bref conciliabule, le cortège funèbre prit le chemin de l'appartement des Budin, au rez-de-chaussée. Monter le corps dans sa chambre aurait été un exercice trop périlleux. Tétanisé, Adrien regardait le manège macabre. Il n'avait aucune envie de terminer son repas après une telle affaire et regrettait de ne pas avoir poussé jusqu'à Chagny. Chez Lameloise, personne n'y était mort d'avoir dîné, ou alors bien longtemps après. Seuls les Anglais et les médecins ne semblaient éprouver aucune gêne. Les autres convives ne savaient comment se comporter. Adrien fut le premier à se lever, suivi par tous les autres convives. Pierre Budin, débarrassé de son fardeau, vint à leur rencontre et annonça que des digestifs étaient offerts aux messieurs au salon et que les dames étaient invitées par Mme Budin à venir prendre une tisane dans le cabinet particulier. Tous, hommes et femmes, se précipitèrent à la suite du patron qui fit apporter tout ce que la maison comportait d'armagnac, de marc de Bourgogne, de vieille prune et d'eau-de-vie de framboise. Mme Budin ferait des économies de tilleul et de camomille. Elle n'en avait pas fait sur les napperons de dentelles disposés sur les tables basses et les lourds fauteuils en cuir. Aux murs trônaient quelques trophées de chasse, pauvres cerfs et sangliers qui avaient dû passer à la casserole et réjouir le palais des clients du restaurant avant de servir d'ornement. Le décor était funèbre. Adrien faillit faire demi-tour, mais la jeune personne accompagnant le vieil industriel s'accrocha à son bras, faisant mine de tourner de l'œil.

— C'est horrible, dit-elle d'une voix mourante. On ne devrait pas permettre des choses pareilles dans un tel établissement.

— Yvette, cesse de dire des bêtises ! lança le vieux qui s'approcha d'Adrien et de sa jeune amie en ajoutant : Marcel Parent, de la société des huiles Parent. Je vous prie de l'excuser.

— C'est bien compréhensible, nous sommes tous bouleversés. Je me présente : Adrien Savoisy. Mais nous nous sommes déjà rencontrés, je crois...

— Le Club des Cent, peut-être...

— Je n'en fais pas partie, répondit Adrien, tentant de s'éloigner d'Yvette qui continuait à le serrer de près.

L'homme à la moustache à la Joffre se joignit à eux.

— Anthelme Lenoir. Pour vous servir. Le Club des Cent doit bientôt me coopter. Nous nous y verrons donc.

— Qui sont vos parrains? demanda Parent.

La moustache de Lenoir frémit et, prenant des airs de conspirateur, il déclara:

— Je préfère garder leurs noms secrets. Il y a une telle concurrence...

En voilà deux qu'Adrien n'aurait aucun plaisir à fréquenter. Il détestait le Club des Cent, cette coterie aux allures de société secrète qui défendait la cuisine nationale. À sa création, en 1912, son père en avait fait partie. Très brièvement! Quand il avait entendu son fondateur, Louis Fourest, déclarer que ce club «était réservé à quelques hommes d'esprit, dégoûtés de la cuisine de palace et fervents de bonne cuisine», il avait fui, lui, le fidèle d'Escoffier. Le club avait prospéré. Adrien s'en était toujours tenu éloigné, le passé ne l'intéressait pas. Et comme on disait qu'il fallait peser au moins cent kilos pour en faire partie, il laissait à d'autres le plaisir frelaté des fameux déjeuners du jeudi.

— Vous êtes dans quelle branche? s'enquit Parent.

— Chroniqueur judiciaire au *Matin* et auteur à mes heures, répondit Lenoir. Mais je me targue d'être un fin gastronome, connaisseur des meilleures tables, et j'adhère pleinement à la volonté des Cent de défendre le goût de notre vieille cuisine française menacée par les formules chimiques importées de pays où on n'a jamais su préparer même une poule au pot.

Un plumitif, se dit Adrien. Il en avait toutes les caractéristiques : hâbleur, se donnant l'air important. Il l'imaginait très bien dans les prétoires, se délectant des plus sordides histoires et se précipitant à la sortie pour aller s'empiffrer de langue de veau sauce madère. Ne souhaitant pas entendre la réponse de Parent, il se rapprocha de la table aux liqueurs. La mort de l'obèse ne le touchait guère, mais il trouvait malvenu de parler poulet aux morilles ou gelinottes aux raisins, alors que le pauvre homme n'était pas encore froid. Il remarqua que le vicomte de La Saussaye jetait des regards noirs à Marcel Parent tout en parlant à voix basse avec son ami. Pierre Budin servait des verres d'alcool bien remplis. Adrien opta pour un vieux marc à la couleur dorée dont la première gorgée lui fit venir les larmes aux yeux. Celui qu'il avait imaginé être vendeur de meubles prit la même chose, faillit s'étrangler, toussa et déclara : « De quoi réveiller un mort ! », avant de se rendre compte de son ânerie et de bafouiller. Son épouse s'empressa auprès de lui :

— Lucien, modère-toi. Pense à ton cœur. Tu sais ce que t'a dit le médecin.

— Ne t'inquiète pas, Suzanne. Je ne vais pas te faire la blague de mourir pendant notre voyage de noces.

L'épousée le couva d'un regard énamouré. Il devait s'agir d'un deuxième mariage pour ledit Lucien, pensa Adrien, à moins qu'il ne fût comme lui un célibataire endurci ayant cédé aux sirènes du mariage sur le tard. Suzanne était assez jolie, des boucles châtaines encadraient son visage fin aux sourcils soigneusement épilés. Elle portait un tailleur couleur mandarine qui, sans être haute couture, était élégant et mettait en valeur sa silhouette. Tout en elle était propre et ordonné. Était-elle infirmière, gouvernante de maison bourgeoise? se demanda Adrien, repris par sa manie d'imaginer la vie de ses semblables. Il aurait bien aimé que la jeune fille qui avait attiré son regard pendant le repas soit là. Histoire d'en savoir un peu plus sur elle. Était-elle au courant de la mort de l'obèse? Quand ce dernier s'était écroulé, Adrien avait cru la voir passer la porte du restaurant. Peut-être était-elle allée directement se coucher? Il le lui souhaitait, car cette soirée n'avait rien d'agréable.

Le couple d'Anglais s'était éclipsé après avoir avalé coup sur coup trois verres de vieil armagnac. Le médecin qui avait porté secours, si l'on peut dire, au mourant fit son apparition d'une démarche chancelante. Un instant, Adrien craignit que lui aussi ne s'effondre raide mort sur le carrelage blanc et noir du salon. D'une voix épaisse, il s'enquit du cadavre comme si le pauvre homme avait encore quelque chose à espérer du corps médical. D'office, Pierre Budin lui tendit un verre bien tassé d'eau-de-vie de framboise.

— Je vous remercie de votre aide, docteur Boulinois, lui dit-il. Le pauvre homme repose dans notre chambre d'amis.

Adrien apprécia le ton affligé de l'aubergiste, tout en étant persuadé qu'il avait entreposé le corps dans quelque remise, ce qui d'ailleurs pouvait se comprendre.

— C'est bien, bredouilla le Dr Boulinois. Aussi loin que possible des cuisines. On ne sait pas de quoi il est mort. Mieux vaut faire attention.

Yvette poussa un petit cri, Suzanne mit la main devant la bouche, Lucien blêmit, Parent aussi, Lenoir frisa sa moustache, et Adrien eut un léger haut-le-cœur. Et la certitude que plus jamais il ne mangerait de jambon à la crème. Les boucles de Suzanne voletèrent autour de son visage, et d'une voix altérée elle s'exclama :

— L'hygiène en cuisine est primordiale et doit être irréprochable ! J'en sais quelque chose, j'ai été lauréate du concours de la meilleure ménagère au salon de 1927. Avant toute chose, il faut se laver les mains…

Voyant l'air ébahi de Budin se muer en colère, son mari l'interrompit en lui tapotant légèrement le bras.

— Calme-toi, Suzanne. M. Budin sait mieux que toi ce qu'il doit faire…

— Qu'est-ce que vous croyez ? tonna le patron. Que je vais faire mariner un cadavre dans ma cuisine. Et puis, on sait de quoi il est mort, continua-t-il en se tournant vers le Dr Boulinois. De trop manger !

Le médecin lui tendit son verre vide.

— Certes ! Les gros mangeurs sont sujets aux maladies cardiaques, mais en tant que toxicologue, je me permets de vous dire que la mort peut être provoquée par une infinité de substances.

Budin reposa violemment la bouteille sur la table et rugit :

— Qu'insinuez-vous ? Que j'ai empoisonné ce pauvre homme ? Je vais de ce pas prévenir les gendarmes. On verra bien qui a raison.

Le verre toujours à bout de bras, le Dr Boulinois trottina à sa suite.

— N'en faites rien. Je parlais d'une manière générale. Il est évident que cet homme est mort d'apoplexie. En mon âme et conscience, je peux vous signer un certificat de mort naturelle.

La main sur la poignée de la porte, Budin s'arrêta, regarda le médecin et lui dit d'un ton radouci :

— Venez donc avec moi le signer, ce fichu certificat.

Boulinois agita son verre.

— Une petite goutte, si vous voulez bien. Ça m'aidera à tenir mon stylo.

Budin s'exécuta en soupirant. Ils quittèrent le salon. La meilleure ménagère de l'année 1927 conversait fiévreusement avec son époux. Il était question des vertus de l'eau de Javel et de la soude caustique. Adrien ne tenait pas à en savoir plus. Se joindre au vicomte ou aux adeptes du Club des Cent ne lui souriant guère, il souhaita un bon repos à la compagnie et s'en alla. Un peu d'air frais ne lui ferait pas de mal.

Saulieu n'était pas une ville où on se couchait tard, et l'éclairage public y était rudimentaire. À quelques dizaines de mètres devant lui, une jeune femme marchait à pas rapides. Elle avait une jolie silhouette, mince et longiligne comme il les aimait. Elle n'avait rien d'une paysanne. Où pouvait donc aller une femme, à dix heures passées, dans une bourgade de province ? Un rendez-vous galant, bien entendu. Mais avec qui ? Elle paraissait trop sophistiquée pour être la maîtresse d'un péquenaud. Se prenant au jeu des devinettes, il eut envie de la suivre pour découvrir où elle allait. Il y renonça de crainte qu'elle s'en rende compte, s'affole et fasse un scandale. Soudain, elle s'arrêta et fit demi-tour. À son grand étonnement, il reconnut la jeune femme du restaurant. Elle venait à sa rencontre. Il hésita. Allait-il la saluer et lui proposer de la raccompagner à l'hôtel ? Quelque chose dans sa démarche pressée l'en dissuada. Il recula dans l'obscurité d'une venelle. À son passage, il reconnut les chauds effluves de jasmin et d'ylang-ylang du N° 5 de Mlle Chanel, un parfum qui le mettait toujours en émoi. S'il surgissait derrière elle, elle mourrait de peur. Il était condamné à rester dans le noir. Quand il ressortit de la venelle, il la vit ouvrir la porte de la Renault Reinastella. Ainsi, c'était elle la conductrice de cette merveille automobile ! Il eut encore plus envie de faire sa connaissance. Mais, aussi étrange que cela puisse paraître, elle s'apprêtait à quitter Saulieu. Adrien s'attendait à entendre vrombir le moteur. Rien ! Il la voyait distinctement. Elle avait posé ses mains sur le volant et regardait fixement devant elle. Adrien était perplexe. Son comportement lui paraissait bizarre. Qu'attendait cette jeune femme belle et visiblement riche ? Pourquoi éprouvait-elle le besoin de s'enfermer dans sa voiture en pleine nuit ? Peut-être souffrait-elle de problèmes psychologiques, auquel cas il valait mieux s'en tenir prudemment éloigné. La soirée avait offert assez d'émotions comme ça. Adrien continua son chemin dans les rues sombres de Saulieu jusqu'à un café encore ouvert. Quand il entra, les conversations cessèrent, les habitués lui jetant un regard suspicieux, puis le brouhaha reprit. Il se fit servir un verre de gnole qu'il consomma au comptoir. La mort de l'obèse l'avait remué plus qu'il ne l'avait cru. Voir mourir quelqu'un sous ses yeux avait quelque chose de sinistre. Il faisait partie de cette génération d'hommes qui avait de justesse échappé à la guerre. S'il avait eu quelques mois de plus, lui aussi aurait connu les horreurs du combat en 1918. Il haïssait cette épouvantable boucherie où son père avait trouvé la mort de la manière la plus stupide qui soit. Quentin Savoisy était trop âgé pour être mobilisé et professait un pacifisme que son fils approuvait. En 1917, André Michelin avait proposé de réaliser des guides des champs de bataille. L'idée avait paru tout d'abord saugrenue. Quentin Savoisy l'avait ardemment défendue, disant que ce serait un outil indispensable pour les familles endeuillées souhaitant se recueillir sur les lieux de disparition de l'être cher et que, la guerre terminée, nombre de Français souhaiteraient faire le pèlerinage. Il avait participé à la rédaction des trois premiers guides sur les combats de la Marne : l'Ourcq, les marais de Saint-Gond, la trouée de Revigny, avant de recevoir une balle perdue à la bataille d'Amiens, le 10 septembre 1918, bataille gagnée par les Alliés et qui fut le début de l'Offensive des Cent-Jours menant à l'armistice. Adrien avait appris sa mort alors qu'il veillait Gisèle, atteinte de la grippe espagnole. Gisèle, son amour d'enfance, la fille que Nénette avait eue avec Lulu, le menuisier du passage des Abbesses.

— Pour sûr qu'ils vont se marier ces deux-là, avait coutume de dire Nénette, fière comme Artaban de voir les petits s'entendre aussi bien.

C'est certainement ce qui se serait passé si la terrible épidémie n'était pas passée par là, emportant Gisèle en trois jours.

Fou de douleur d'avoir perdu son père et sa fiancée, Adrien changea alors du tout au tout. Il abandonna ses études d'histoire à la Sorbonne, au grand dam de sa mère qui voyait déjà en lui un auteur à succès. Il se présenta chez André Michelin qui l'embaucha sur-le-champ. Jamais plus il ne se rendit sur la tombe de son père, ni sur celle de Gisèle. Il avait décidé que sa vie ne serait dorénavant faite que de plaisirs et de gaieté. Il y réussissait plutôt bien, sauf quand un obèse venait mourir à la table d'à côté.

3

Les cernes de Mme Budin et son chignon légèrement de guingois attestaient de la mauvaise nuit qu'elle avait dû passer à quelques mètres de son malheureux client. Avec une bonne humeur forcée, elle proposa à Adrien les confitures maison et les croissants chauds du meilleur boulanger de Saulieu. Il déclina son offre. Depuis l'enfance, il préférait manger salé au petit déjeuner. Elle accéda à sa demande de fromage, jambon et œuf avec une pointe d'agacement, qui disait bien qu'elle aurait préféré voir tout le monde dehors. Ça tombait bien, Adrien n'avait nulle intention de s'éterniser. En beurrant ses tartines, il observa la salle. Il avait salué Suzanne et Lucien, dont l'air satisfait tendait à prouver que le drame de la veille n'avait en rien altéré leur ardeur amoureuse. Tirée à quatre épingles, Suzanne portait un caraco sur un chemisier de dentelle immaculée. L'eau de Javel y était sans doute pour quelque chose. Les cheveux parfaitement gominés, la raie sur le côté bien dessinée, la cravate parfaitement nouée de Lucien laissaient penser que sa tendre épouse s'était chargée de la revue de détail. Adrien poussa un soupir de soulagement à l'idée qu'il échappait à ce genre de soins pointilleux. Les Anglais n'étaient pas là. Le vicomte et son malabar non plus. Marcel Parent et Yvette avaient repris la même table qu'au dîner. Yvette gazouillait sans que son protecteur, le regard vissé sur son décolleté provocant, daigne lui donner la réplique. S'il n'y prenait garde, le pauvre homme risquait lui aussi l'arrêt cardiaque, se dit Adrien en coupant une fine tranche de jambon cru du Morvan. Puis, Anthelme Lenoir fit son apparition, des quotidiens sous le bras. Il se dirigea vers la table de Parent et s'y assit sans y être invité. Tiré de sa contemplation béate, le vieil homme s'insurgea contre ces mauvaises manières et pria Lenoir de se trouver une autre place. Vexé, le journaliste ramassa rageusement ses journaux et quitta la salle, la moustache frémissante. Bon débarras, se réjouit Adrien.

Il avait presque terminé son petit déjeuner quand la jeune femme à la Renault Reinastella s'installa à la table voisine. Elle était éblouissante dans une robe fluide en shantung bleu clair avec des applications de fleurs, qui ne pouvait sortir que des ateliers de Jeanne Lanvin. Le sourire qu'elle lui adressa était si naturel et si charmant qu'Adrien écarta l'idée qu'elle puisse être atteinte de quelque maladie psychologique.

— Permettez-moi de me présenter : Adrien Savoisy, lui dit-il en lui retournant son sourire.

— Rebecca Miller.

Son léger accent et ses manières directes firent aussitôt penser à Adrien qu'elle devait être américaine.

— Restez-vous à Saulieu, ou continuez-vous votre route ? demanda-t-il.

— Je vais vers le sud.

— Moi aussi ! s'exclama-t-il avec plus d'enthousiasme que nécessaire.

Rebecca fronça légèrement les sourcils et se servit une tasse de café sans répondre. Sentant qu'elle n'avait guère envie de continuer la conversation, Adrien chercha désespérément quelque chose d'aimable à lui dire. Ne trouvant rien, il écarta de la main, quelques miettes sur la nappe et se beurra une nouvelle tartine quoiqu'il fût déjà rassasié.

— C'est vous qui conduisez la Delage ? demanda-t-elle en se tournant légèrement vers lui. Quelle cylindrée ?

— Euh... 4 750 centimètres cubes...

— La puissance ?

— Trois mille tours minute, je crois.

— Et le nombre de rapports ?

— Trois.

— Les soupapes ?

— Deux par cylindre...

Adrien était estomaqué. Une femme qui s'intéressait à la mécanique et s'y connaissait ! Il n'en avait jamais rencontré.

— Vous la poussez à combien ? continua-t-elle en mordant délicatement dans un des croissants que venait de lui apporter Mme Budin.

— À 130 kilomètres-heure.

— Moins bien que la Reinastella qui peut monter jusqu'à 135 grâce à son carburateur Stromberg à double corps.

Adrien pouvait difficilement la suivre sur ce terrain technique. Il n'avait de la mécanique qu'une connaissance théorique. S'il ouvrait le capot de sa Delage, il pouvait reconnaître les principales pièces mais aurait bien été incapable d'en expliquer le fonctionnement. Il aurait été plus à l'aise s'il avait été question de

Charlemagne, un magnifique pur-sang appartenant à Georges Wildenstein, vainqueur du dernier Grand Prix de Deauville, ou de Bubbles qui avait rapporté le Grand Prix de Saint-Cloud au baron Édouard de Rothschild. Trouvant la transition entre cheval-vapeur et cheval de course ingénieuse, il évoqua les vertes pelouses des hippodromes, les toilettes précieuses qu'on pouvait admirer au Grand Prix de Diane à Chantilly. Peine perdue ! Rebecca ne mordit pas à l'hameçon. Elle attaqua un autre croissant et ne releva pas les propos d'Adrien. De nouveau, la jeune femme perdait un peu de son charme à ses yeux. Parler arbre à cames, alésage et empattement ne faisait pas partie de son vocabulaire amoureux. Il abandonna la partie, se leva et souhaita bonne route à Rebecca qui le remercia d'un hochement de tête.

Dans le hall, il trouva le Dr Boulinois occupé à régler sa note. Ou plutôt à remercier Mme Budin de lui en faire cadeau. Avait-il l'habitude de voyager à l'œil en rédigeant des certificats de décès dans les hôtels où il s'arrêtait ? Il annonça à la patronne qu'il ferait de nouveau halte à la Côte d'Or au retour de son colloque sur les empoisonnements qui devait se tenir dans quelques jours à Nice. Mme Budin pâlit. Était-ce l'idée du poison, ou de devoir offrir une autre nuitée au médecin ? Adrien s'empressa de payer ce qu'il devait, remarquant que les alcools de la veille, soi-disant offerts, avaient été comptés. Il le fit gentiment remarquer. Mme Budin s'empourpra et rectifia aussitôt le total. Adrien ne regardait pas à la dépense, mais il avait en horreur les petits profits et les petites mesquineries. Comme son père avant lui, il disposait d'assez de moyens financiers pour ne pas avoir à travailler. Ce qu'il faisait pour le *Guide Michelin* était purement récréatif. D'autant qu'il avait hérité de la majorité des biens de ses grands-parents maternels, le comte et la comtesse de Binville. De peur que leur fille Diane ne dilapide leurs biens dans ses combats féministes et après avoir compris qu'elle avait quitté Quentin Savoisy pour aller vivre avec une femme, ils avaient légué à Adrien le château et les terres en Normandie où il n'allait jamais, ainsi que plusieurs appartements à Paris dont celui qu'ils occupaient rue de l'Université et qu'Adrien s'était empressé de revendre, préférant de loin vivre à Montmartre. Il ne manquait donc de rien et pouvait s'offrir des fantaisies comme la Delage. Ou la Renault Reinastella.

Il songea un instant à demander, non pas des nouvelles, mais ce qu'il était advenu du mort. Mme Budin avait-elle pu prévenir sa famille ? Combien de temps allaient-ils encore l'avoir sur les bras ? Redoutant ses épanchements et ses jérémiades, il s'en abstint. Paix à l'âme du pauvre homme.

Il eut grand plaisir à monter dans sa voiture, caressa le tableau de bord en loupe de noyer où brillaient huit cadrans ronds. Elle démarra en douceur. Il accéléra pour piler tout aussitôt, une petite Ford T forçant le passage. Au volant, Anthelme Lenoir lui lança un regard agressif. Adrien fit un signe de la main, l'invitant à continuer sa route. Il n'avait aucune envie d'une prise de bec avec ce grossier personnage. À la sortie de Saulieu, il se fit le plaisir de le doubler dans un vrombissement voluptueux. Exit le journaleux !

La Delage gravissait allégrement le plateau du Morvan. La route longeait des pâturages à l'herbe drue où les inévitables charolais paissaient en toute quiétude. Curieusement, tous les noms de villages se terminaient en -ey : Chelsey, Melsey, Pochey... À la sortie de Jouey, alors qu'il abordait une série de virages dangereux, Adrien vit dans son rétroviseur une voiture s'approchant à très vive allure. Un klaxon retentit. Médusé, il eut à peine le temps de voir la Renault Reinastella le doubler. Sans visibilité ! Cette femme était folle. Quelques kilomètres plus loin, juste avant Arnay-le-Duc, il la vit se traîner à une allure d'escargot. Il ne résista pas à l'envie de lui rendre la monnaie de sa pièce et la dépassa en agitant la main. Il vit qu'elle lui souriait. Il faillit s'arrêter sur le bas-côté et lui proposer de prendre un café chez Camille, l'arrêt casse-croûte obligatoire d'Arnay. Mais il avait une mission à accomplir. Depuis des mois, Nénette le harcelait pour qu'il achète la toute dernière cuisinière Faure. Or, Lacanche, leur lieu de fabrication, n'était qu'à quelques kilomètres d'Arnay. Il avait promis de s'y arrêter pour passer commande. Nénette avait insisté pour qu'il la prenne couleur crème. Faire plaisir à Nénette était un devoir sacré. Depuis sa naissance, elle prenait soin de lui et il avait passé plus de temps avec elle qu'avec sa propre mère. Et puis, c'était la mère de Gisèle... À cinq cents mètres de l'entrée du village, la Reinastella le dépassa en trombe. Il la redoubla aussitôt. Elle lui collait au train. Il traversa Lacanche sans pouvoir s'arrêter. Il en eut assez et accéléra. Elle fit de même. Par chance, la route était droite et déserte. Avec de grands gestes de la main, il lui faisait signe de le doubler, mais elle restait pare-chocs contre pare-chocs, l'obligeant à aller encore plus vite. Ils atteignirent le plateau de Bel Air, point culminant entre Paris et Lyon. Et surtout début de la «roulette russe»: la côte de la Rochepot, une suite d'épingles à cheveux et de croisements dangereux connue pour ses accidents. Les camions la dévalaient à une vitesse folle, ceux qui montaient se traînaient lamentablement. Au premier virage, Adrien ralentit. Rebecca déboîta et lui fit une queue de poisson qui le mit en rage. Elle voulait la guerre, elle l'aurait. Espérant que personne ne venait en face, il lui fit le même coup. Elle tenta de recommencer, mais un camion l'obligea à décélérer et à se rabattre en catastrophe. Adrien prit conscience de la stupidité de cette course-poursuite. La jeune femme pouvait défoncer son pare-chocs arrière si ça l'amusait, lui ne prendrait plus de risques. Avec soulagement, il vit se profiler le château de La Rochepot et ses tuiles multicolores. Qu'elle aille au diable!

Pour se remettre de ses émotions, il décida de s'octroyer une pause café. Il aperçut une terrasse accueillante avec quelques tables. Une Packard au capot relevé d'où sortait une fumée suspecte était garée devant. Cette voiture, avec ses jantes de couleur rouge, lui disait quelque chose. Au moins était-il sûr qu'elle n'appartenait à aucun des clients de la Côte d'Or. Plus jamais il ne voulait les revoir, ceux-là. Sans difficulté, il trouva une place à l'ombre pour la Delage. Le soleil de septembre était encore vif, et il ne tenait pas à prendre un bain de vapeur quand il remonterait en voiture. Il s'approchait du café quand il fut frappé d'une illumination: la Packard était celle de Marcel Rouff. Et qui disait Rouff disait

Curnonsky… Il fit prestement demi-tour. Trop tard ! Une voix forte s'éleva :

— Le petit Savoisy ! Quelle chance ! Venez, mon ami.

Cuit ! Il était cuit ! C'était bien Curnonsky.

Décidément, ce voyage lui réservait des surprises dont il se serait passé. Affichant un sourire contraint, il s'avança vers le gros homme dont les fesses débordaient de la chaise en métal, la cravate de travers, la moustache jaunie par le tabac, et qui s'épongeait le front avec un mouchoir de fine batiste.

— Mon cher Curnonsky ! Pour une surprise, c'est une surprise, dit-il aimablement.

Il ne pouvait refuser de s'asseoir à sa table, mais son café avalé il reprendrait la route.

— Prenez place, mon petit.

Il avait horreur que Curnonsky l'appelle ainsi. Certes, son père le lui avait présenté très jeune mais, s'il appréciait son esprit vif et ses reparties souvent très drôles, il était loin de partager toutes les opinions du célèbre « Prince des Gastronomes ».

— Votre compère n'est pas avec vous ? s'étonna Adrien en s'asseyant.

— Rouff est à l'intérieur. Il cherche un dépanneur. Sa voiture a un léger problème de digestion, à moins que ce ne soit une question d'allumage. Je n'en sais rien. Vous savez, moi et la mécanique…

Une jeune fille vint prendre la commande d'Adrien.

— Le café est abominable, murmura Curnonsky. Il doit être sur le coin de la cuisinière depuis un mois.

Raison de plus pour filer au plus vite, se dit Adrien.

— Ce château est vraiment une splendeur, continua Curnonsky, indiquant de la main tourelles et échauguettes qui se détachaient sur le ciel parfaitement bleu. Savez-vous qu'il appartient au fils du président Sadi Carnot, qui a décidé de le restaurer de la plus belle manière en lui redonnant tout l'éclat qu'il devait avoir au Moyen Âge, alors qu'il était la propriété d'un sieur Pot, chambellan du duc de Bourgogne ?

Adrien l'ignorait. Curnonsky le savait, car il savait tout. Depuis presque dix ans, il sillonnait la France avec le fidèle Rouff pour écrire *Le Trésor gastronomique de la France*, afin de célébrer, selon leur formule, la sainte alliance entre le tourisme et la gastronomie. Vingt-huit fascicules avaient été édités, révélant les bonnes tables, les produits locaux et les sites méritant le détour. Adrien en reconnaissait la valeur et les utilisait volontiers dans ses vagabondages.

— Ce n'était qu'une ruine. Au début, le colonel Carnot ne voulait restaurer que la tour de Beaune, puis il s'est pris au jeu. Il a embauché Charles Suisse, architecte en chef des Monuments historiques, et ils ont entièrement réhabilité les bâtiments à l'intérieur et à l'extérieur. Le pauvre Sadi Carnot n'a pas eu le temps de voir l'œuvre accomplie par son fils. Il a été assassiné quelques mois après l'achat du domaine.

Cela, Adrien le savait. Le président de la République avait été poignardé le 25 juin 1894 par un anarchiste, Caserio. C'était six ans avant sa naissance, mais ses parents, qui avaient fréquenté les milieux anarchistes, en parlaient quelquefois. Ils avaient été mêlés à une sombre histoire de menaces d'attentat anarchiste contre le Ritz, qui s'était en fait révélé être un complot mené par les nationalistes[1]. Venant l'un et l'autre de milieux privilégiés, grande bourgeoisie pour son père, aristocratie pour sa mère, ils avaient basculé dans le militantisme de gauche au tournant du siècle. Adrien n'en avait gardé aucun souvenir, mais son père avait tenu à l'emmener aux obsèques d'Émile Zola au cimetière Montmartre le 5 octobre 1902. Il avait à peine deux ans. Quentin Savoisy était un admirateur inconditionnel non seulement de l'écrivain mais aussi de l'auteur de « J'accuse » et meneur de la lutte pro-Dreyfus. Persuadé que la mort du grand homme, victime d'une intoxication au gaz carbonique dans sa chambre, n'était pas un accident mais un meurtre, il ne décolérait pas. Sa haine contre l'extrême droite et les antisémites ne fit que croître. Quand, en 1906, le capitaine Dreyfus fut réhabilité, il jubila mais pesta qu'il ne fût que partiellement réintégré dans l'armée. De nouveau, il avait traîné son fils, malgré ses récriminations, au transfert des cendres de Zola au Panthéon le 4 juin 1908. Adrien aurait nettement préféré aller jouer aux billes rue Véron avec ses copains. Quentin Savoisy regretta de ne pas avoir cédé à sa demande, car l'enfant fut témoin de la tentative d'assassinat de Dreyfus par Grégori, un journaliste d'extrême droite qui lui tira dessus. Par chance, Dreyfus ne fut touché qu'au bras, mais l'enfant qui se tenait à quelques mètres avait été pris d'une crise nerveuse qui se prolongea trois jours durant. De ce jour, Adrien ne supporta plus la vue du sang et tournait de l'œil à la

1. Cf. *Meurtre au Ritz*, Le Livre de Poche, nº 33015, 2013.

moindre coupure. Il en garda aussi une sainte horreur des attroupements, des rassemblements ainsi qu'un profond rejet de tout ce qui touchait à « l'Affaire ». Il quittait la pièce dès que ses parents évoquaient le sujet, ou se bouchait les oreilles quand son père essayait de lui montrer l'injustice et les dangers que signifiait l'acharnement des antidreyfusards. Sa mère, qui avait été aux prises avec Jules Guérin, un antisémite de la pire espèce, n'en parlait jamais, mais son visage se crispait et ses yeux lançaient des éclairs dès qu'il en était question. Dès sa création en 1905, son père avait adhéré à la Section française de l'internationale ouvrière, menée par Jean Jaurès pour lequel il avait une grande admiration. Toute son enfance, Adrien avait été abreuvé de discours militants. Il en avait gardé une certaine réserve vis-à-vis des engagements politiques, et une profonde méfiance à l'égard des discours nationalistes. Cela expliquait en grande partie son peu d'attirance pour Curnonsky dont l'un des meilleurs amis était Léon Daudet, principale figure de l'Action française, mouvement, s'il en fut, d'extrême droite et antisémite. Curnonsky, par contre, lui portait une grande affection. Il le disait talentueux et aurait bien volontiers accepté de lui servir de mentor. Adrien avait toujours refusé ses avances. Le Prince des Gastronomes ne lui en tenait pas rigueur et, comme aujourd'hui, manifestait son plaisir à le voir.

Les mains maculées de cambouis et l'air soucieux, Marcel Rouff sortit du café. Prenant à peine le temps de saluer Adrien, il s'exclama :

— Le garage local est fermé ! Le patron marie sa fille. C'est bien notre veine !

— Voilà qui est ennuyeux, ronchonna Curnonsky. On nous attend à Meursault dans une heure. Allons-y en taxi.

Rouff le regarda avec commisération :

— Nous ne sommes pas place de la Concorde. Un bled comme celui-ci n'a pas de taxi.

— Embêtant ! Très embêtant !

Sentant venir le piège, Adrien fit mine de se lever. Curnonsky lui tapota la main et lui lança un regard dont il avait le secret : impérieux tout en restant bienveillant. Comme si la demande qu'il allait formuler ne pouvait être accueillie qu'avec joie et reconnaissance. Se souvenant opportunément de la promesse faite à Nénette, Adrien prit les devants :

— Je ne vais pas du tout dans cette direction. Il me faut retourner à Lacanche pour passer une commande.

— Tssst, tssst, mon petit ! Meursault est à peine à dix kilomètres. Vous nous y conduisez et vous retournez ensuite à vos fourneaux. Mieux encore, vous déjeunez avec nous.

Décemment, Adrien ne pouvait refuser ce service à Curnonsky. Il donna son accord en précisant qu'il ne resterait pas.

— Vous avez tort. Il s'agit de la paulée, ce repas de fin de vendanges où chacun apporte les nectars les plus fins.

— Je n'y suis pas invité, rétorqua Adrien dans une dernière tentative pour échapper à la compagnie pesante du Prince.

— Aucun problème, annonça Rouff. Vous prendrez ma place. Je vais rester ici. Peut-être vais-je dénicher un mécanicien qui nous sortira du pétrin.

— S'il en est ainsi, allons-y !

Quand Curnonsky demanda à Rouff de sortir sa valise de l'auto pour la mettre dans la Delage, Adrien se dit que l'affaire était mal partie. Il essaya de faire valoir qu'il n'avait peut-être pas besoin de ses bagages. Curnonsky ne voulut rien entendre.

— On ne sait jamais, dit-il avec un grand sourire.

La mort dans l'âme, Adrien porta la valise, le gros homme trottinant à ses côtés.

Outre ses inestimables qualités, la Delage avait l'avantage d'être assez vaste pour que Curnonsky puisse y caser son imposant postérieur. Il s'installa confortablement, ôta son chapeau rond, tira sur ses manchettes récalcitrantes, complimenta Adrien sur sa belle voiture. Dès qu'ils abordèrent les coteaux plantés de vignes, il se lança dans un de ses habituels monologues.

— Finesse des arômes, bouquet irrésistible, nous entrons dans le royaume des plus grands. Chaque village porte un nom auréolé d'un rayon de gloire. Voici l'exquise féminité de la Côte de Beaune faisant pendant à la virile Côte de Nuits, dédiée aux rouges sanguins. Ici, dans les grands blancs bourguignons, il y a de l'ambre, de l'opale, de l'or de l'écaille blonde. Rendons grâce ! À tout seigneur tout honneur, les meursaults, élixirs veloutés, moelleux, denses et fluides à la fois. Les montrachets, tout aussi prodigieux, à la robe virginale et aux saveurs somptueuses. Sans oublier les volnays à la souplesse et l'élégance rares ; la légèreté apparente et la délicate harmonie des auxey-duresses et des monthelies. Quand je pense que le sort aurait pu me faire naître dans l'État du Massachusetts ou dans quelque steppe glacée de Sibérie. Quelle chance nous avons, mon petit, de vivre dans un pays béni par les dieux !

Adrien ne pouvait que lui donner raison. Rouler au milieu d'un océan de vignes qui donnaient les meilleurs vins du monde n'avait rien de désagréable. Quand il était lyrique, et il l'était souvent, Curnonsky méritait amplement son titre de Prince des Gastronomes. Il savait faire vivre les paysages et les trésors cachés dans les bouteilles et les assiettes. Finalement, Adrien ne regrettait pas de faire ce trajet en sa compagnie. Il accepta même de déjeuner. Curnonsky déclara qu'il ne le regretterait pas. Il rappela que la paulée avait lieu grâce au comte Jules Lafon, un des plus grands propriétaires de Meursault avec ses treize hectares de vignes. Il y aurait bien entendu Gaston Gérard, le maire de Dijon, un gastronome averti qui avait eu la bonne idée de créer six ans auparavant une foire gastronomique dans sa ville. Ils seraient entourés des maires des communes voisines, des présidents de syndicats viticoles, de grands propriétaires et de négociants, de journalistes régionaux et nationaux, d'hommes de lettres et du spectacle… Et, parmi eux, bon nombre de membres du Club des Cent ainsi que des représentants d'autres cercles de bons vivants. Quand Adrien lui demanda si cela ne le dérangeait pas qu'un repas, en principe destiné aux ouvriers de la vigne, soit investi par une tripotée de notables, Curnonsky le regarda avec des yeux ronds.

— Mais, mon petit, le folklore est une des bases du tourisme. Il faut faire revivre nos traditions nationales, héritées des âges immémoriaux. Le comte Lafon en est le plus méritoire des hérauts. C'est aux élites de porter la bonne parole.

Adrien n'insista pas. Il touchait là aux limites de ce que Curnonsky pouvait comprendre et entendre.

— Tu me diras des nouvelles de la terrine chaude de la mère Daugier ! s'exclama le Prince, passant au tutoiement. Préparée avec plusieurs viandes marinées et cuites doucement. C'est chez elle, à l'Hôtel du Chevreuil, que ça se passe.

— J'aurais cru qu'un propriétaire ouvrait son domaine pour l'occasion.

— Le restaurant est le lieu privilégié des agapes bourgeoises, mon jeune ami. N'oublie jamais cela. Mais c'est vrai, le Chevreuil commence à être un peu petit. Nous étions trente-cinq en 1923, à sa création, soixante en 1926, et aujourd'hui, il a fallu limiter à trois cents le nombre de convives.

La bonne humeur d'Adrien se ternit quand il aperçut sur la place de la mairie la Reinastella garée sous un marronnier. S'il mettait la main sur Rebecca, il lui dirait sa façon de penser. Des grappes de gens se pressaient en direction du Chevreuil. Curnonsky saluait des connaissances. Adrien cherchait une place. Il n'y en avait pas. Le village s'était transformé en une immense parade où les plus belles automobiles du moment tentaient de se frayer un passage à travers une foule d'hommes et de femmes vêtus à la dernière mode. Curnonsky s'énervait et pria Adrien de s'arrêter pour le laisser sortir. Agacé, il obtempéra. Curnonsky descendit. Adrien repartit. Et cala. Ce qu'il venait de voir l'avait sidéré : Yvette et Marcel Parent se disputant violemment sur le trottoir. Parent gesticulait. Yvette vociférait. Elle fit mine de partir. Il l'attrapa brutalement par le bras et l'attira à lui. Elle se débattit, se tordit la cheville en voulant descendre du trottoir. Parent ne la lâchait pas. Les passants les regardaient avec réprobation. Adrien baissa sa vitre, mais il était trop loin pour percevoir la teneur de leur différend. L'air mauvais, Parent murmura quelques mots à l'oreille d'Yvette, qui le regarda avec une haine non dissimulée puis baissa la tête et se laissa emmener. En boitillant, un de ses hauts talons s'étant brisé dans l'affrontement. Quand il vit quelques mètres plus loin le couple d'Anglais se tenant par le bras et arborant une mine réjouie, Adrien se dit qu'il valait mieux ne pas rester dans les parages et quitter Meursault au plus tôt. Derrière lui, une voiture klaxonnait. En regardant dans son rétroviseur, il s'aperçut avec horreur qu'il s'agissait de la Ford de Lenoir. Cette fois, il n'y avait pas d'autre issue que la fuite. Malheureusement, il se souvint qu'il détenait la valise de Curnonsky. Il lui fallait au moins la lui remettre. Il trouva enfin une place, à la sortie du village, dans un petit chemin menant à une vigne. Il empoigna la valise et se hâta vers le centre. Chemin faisant, il croisa deux obèses, ce qui lui fit froid dans le dos. Il faillit leur crier de décamper, que l'endroit n'était pas sûr pour eux. Quand il aperçut Suzanne toute proprette au bras de son Lucien tiré à quatre épingles, il n'en fut qu'à moitié étonné. En entrant dans le hall du Chevreuil et qu'il vit La Saussaye, un verre de vin blanc à la main, il sut que cette paulée de Meursault allait tourner au drame.

4

Des tables avaient été dressées dans le moindre espace libre, et on se bousculait pour prendre place. Jouant des coudes et de la valise, Adrien eut le plus grand mal à rejoindre Curnonsky. À son habitude, il avait ôté sa veste et demandé un cintre pour l'y suspendre. Le comte Lafon, en personne, le lui apporta. Adrien lui fut présenté ainsi qu'à Jacques Prieur, autre grand propriétaire de Meursault. Curnonsky le décrivit comme un jeune homme plein d'avenir attaché aux valeurs éternelles des traditions paysannes. Adrien tenta de lui dire qu'il ne pouvait rester, qu'il devait absolument partir. Curnonsky le regarda avec sévérité, déclara que ce serait faire injure à l'hospitalité bourguignonne et le fit asseoir d'un geste autoritaire. Coincé entre le mur, le volumineux Prince et son consort, le tout maigre Maurice des Ombiaux, Adrien se résigna. Il trouverait bien un moyen de s'échapper au cours du repas. Ses deux voisins se dirent mille amabilités. Les deux hommes avaient été en compétition en 1927 quand la revue *Le Bon Gîte et la Bonne Table* avait organisé un vote du public pour élire le Prince des Gastronomes. Curnonsky l'avait emporté par 1 833 voix contre 1 037 sur le Belge Maurice des Ombiaux qui, en lot de consolation, avait reçu le titre de « Prince de la Treille ». Adrien profita de leurs échanges pour observer la salle et peut-être y repérer ses ex-compagnons de la Côte d'Or. Anthelme Lenoir semblait avoir maille à partir avec Louis Forest, le créateur du Club des Cent et, accessoirement, son patron au journal *Le Matin*. Ce dernier lui faisait signe de s'éloigner. Que Forest n'ait aucune envie de l'avoir comme vis-à-vis, Adrien le comprenait fort bien. Le ton monta entre les deux hommes. Curnonsky, abandonnant sa conversation avec le Prince de la Treille, s'exclama :

— Il est là, celui-là ? Quelle sangsue ! Toujours à vouloir accaparer les meilleures places.

— Vous le connaissez ? demanda Adrien.

— Hélas ! Un scribouilleur sans talent qui se croit sorti de la cuisse de Jupiter. Méchant et jaloux de tout.

L'algarade semblait terminée. Lenoir était allé chercher une place ailleurs. Cela devenait une habitude ! Déjà ce matin, il s'était fait envoyer au diable par Marcel Parent. Avec surprise, Adrien vit que la chaise qu'il convoitait était, en fait, réservée à Rebecca qui s'avançait, souriante. À la voir, rien n'aurait pu laisser croire que, quelques heures auparavant, elle s'était muée en furie du volant. Forest l'accueillit avec un plaisir évident, d'autant que la plupart des regards masculins s'étaient fixés sur elle. Des autres, il ne vit pas trace.

Adrien consulta le menu placé devant lui : « Amuse-Gueule à la mode d'Icy, Pauchouse au Vin du Pays, Civet de Lièvre Bourguignon, Filet de Bœuf de l'Auxois, Petits Pois de nos Jardins, Poularde de Bresse »... Décidément, on ne pouvait plus échapper à ces appellations fleuries, ni à ces majuscules au moindre mot. Il faillit en faire la remarque à Curnonsky qui, lui, était en guerre contre les noms alambiqués donnés aux plats dans les palaces – ce qui ne valait guère mieux. Il n'en eut pas le temps ; le comte Lafon ayant donné la parole à un historien local chargé du discours d'introduction. Un vieillard chenu se leva et dans un silence respectueux commença son laïus :

« En Bourgogne, une habitude ancienne et respectée voulait qu'à la terminaison des vendanges, le maître de la vigne réunît à sa table, chez lui, ses ouvriers pour célébrer en commun la venue du nouveau-né de la maison, le vin nouveau. L'ultime voiture, chargée des raisins du domaine, était ombragée d'un pêcher, aux branches alourdies de fleurs et de grappes. Porteurs et vendangeuses accompagnaient de leurs chants ce char symbolique. Sa rentrée par les rues du village signifiait la fin de la cueillette. À la maison, l'arbre, descendu par des mains rudes mais soigneuses, était planté dans la cour. Il mettait le point final à une année de labeur et de peine. Le soir, la table familiale s'étirait en longueur. Faute de matériel approprié, des planches couchées sur des futailles encore rouges de vin fournissaient les places des convives. Vignerons qui peinèrent aux chaleurs de l'été, tonneliers qui œuvrèrent dans le clair-obscur des caves, patrons qui donnèrent directives et conseils, tous vivaient des heures d'intimité, où la gastronomie aidait aux rapports sociaux. »

« Quelle bêtise ! » se dit Adrien en entendant ces propos ronflants. Une campagne idyllique, des maîtres généreux et, en prime, des esclaves contents… Comment pouvait-on accorder foi à de telles fadaises ?

Tous les auditeurs semblaient sous le charme de cette description bucolique. Tous? Pas vraiment. Derrière la voix ample du vieux, des bribes de sons discordants se faisaient entendre. Adrien reconnut la voix d'Yvette. Il se tordit le cou pour essayer de suivre la scène. Il vit Suzanne qui essayait de retenir la jeune fille, et Lucien tentant d'apaiser la colère de Marcel Parent. Le ballet des serveurs apportant gougères, feuilletés aux escargots, jambon persillé, terrine chaude, les fameux amuse-bouches « à la mode d'Icy », lui cacha la suite.

Curieusement, aucune bouteille ne trônait sur la table. Il fit part de son étonnement à Curnonsky qui répliqua :

— Attends ! Tu vas voir !

Et il vit ! Dans un bel ensemble, le comte Lafon, Jacques Prieur et tout ce que l'assemblée comptait de vignerons et de négociants se mirent à farfouiller sous les tables, à ouvrir sacs et besaces pour en tirer des bouteilles et les poser triomphalement sur les tables. Des blancs, des rouges, des mousseux, tous les crus, tous les millésimes. Des centaines de bouteilles...

— À la paulée, chacun apporte une bouteille de son meilleur vin, ajouta Curnonsky avec un sourire gourmand.

Jules Lafon, qui connaissait les goûts du Prince, lui servit d'autorité un verre de montrachet.

— Voilà un des cinq meilleurs vins blancs du monde. Avec le château-d'yquem en Sauternes, la coulée-de-serrant en Anjou, le château-grillet dans la vallée du Rhône, et le château-chalon dans le Jura, susurra Curnonsky en prenant le verre comme s'il s'agissait du Saint Sacrement.

Là encore, Adrien convenait qu'il avait parfaitement raison et s'abîma dans la dégustation du nectar. La terrine de la mère Daugier puis la pauchouse, ce délicieux mélange de brochet, perche, tanche et anguille cuit au meursault, lié au beurre manié et servi avec des croûtons frottés d'ail, lui firent oublier la présence de ses compagnons de la Côte d'Or. Le civet de lièvre, qui en fait était du lapin, lui fit remarquer Curnonsky, mariné au chambertin était fondant et parfumé à souhait. Son verre se remplissait sans qu'il ait à demander, et il se laissa gagner par une douce euphorie. Quand le filet de bœuf fut apporté, il croisa le regard de Rebecca qui leva son verre et lui adressa un sourire charmeur en inclinant la tête. Il en oublia ses griefs contre elle et, à son tour, leva son verre.

Les bouteilles continuaient à jaillir de dessous les tables avec pour résultat un niveau sonore de plus en plus élevé, des visages de plus en plus illuminés et une cordialité de plus en plus exaltée. Les notables avaient desserré leur cravate, les femmes s'éventaient avec leur mouchoir. Oubliant leurs bonnes manières, certaines riaient à gorge déployée et laissaient leurs voisins se livrer à quelques privautés sans que leurs maris, occupés ailleurs, y trouvent à redire. Adrien commençait à s'ennuyer ferme. Ce repas était interminable, et il avait hâte de reprendre la route. S'apercevant de son manque d'entrain, Curnonsky tenta de l'inclure dans la discussion qu'il avait avec Gaston Gérard, le maire de Dijon, au sujet de la foire gastronomique :

— Mon petit, il faut que je te raconte ! Avec mon ami Grancher, nous y avons découvert la table de Lucullus. Imagine des cochons sauvages empaillés sur des fourchettes en argent, des gelées frémissantes à la transparence luminescente, des motifs réalisés en saindoux, des cascades de crevettes, des tours médiévales composées de médaillons truffés et surmontés de vaisseaux de crevettes, queues rouges dressées en l'air… Un avion fait de carcasses de veau, des gélinottes et des bécasses empilées et surmontées par un faisan royal, la queue allégrement déployée dont les plumes d'or, pourpres et rouges éblouissantes reflétaient les souvenirs prestigieux des cours des temps anciens, les parades des ducs de Bourgogne.

Adrien lui aurait volontiers fait remarquer qu'à la cour de Bourgogne on ne servait pas de carcasses d'avion, mais Gaston Gérard lui répondait déjà d'une voix ronflante :

— Le spectacle des villes françaises placardées d'affiches incitant les Français à aller à l'étranger est déplorable. Notre beau pays offre toutes les merveilles du monde. Nous sommes à la tête d'une entreprise nommée Bourgogne, et il est de notre intérêt de la mettre en valeur et de la faire fructifier. Il nous faut faire feu de tout bois pour présenter une belle image. En faire un authentique autel dédié à la gastronomie. C'est un bon moyen de chasser les idées noires, d'échapper à la monotonie et de la combattre. Toutes nos industries nationales doivent concourir au relèvement du pays ; la cuisine en est une, et non des moindres. Demain, si nous savons l'attirer, le touriste étranger reviendra visiter la France et apportera son or.

— À nous de convaincre les maîtres-queux d'abandonner les formules de la cuisine internationale pour revenir aux saines traditions de la vieille cuisine française, renchérit Curnonsky. La vraie cuisine, dans laquelle les sauces ne viennent pas masquer les arômes des aliments.

L'inévitable ritournelle ! Agacé, Adrien profita de la pause entre le filet de bœuf et la poularde de Bresse pour aller prendre un peu l'air. Il n'était pas le seul à avoir eu cette idée. Devant le Chevreuil, une bonne vingtaine de convives étaient rassemblés, quelques-uns dans un état d'ébriété avancée. Adrien fit quelques pas pour se dégourdir les jambes et tomba nez à nez avec Lucien, sans sa Suzanne. Ne tenant pas à engager la conversation, il le salua poliment ; mais Lucien, dont la mise avait perdu de sa rigueur, ne l'entendait pas ainsi. Farfouillant d'une main fébrile dans les poches de son veston, il en tira un étui à cigarettes et en proposa une à Adrien qui refusa.

— Belle fête, n'est-ce pas ? C'est la première fois, et vous ? Cette simplicité campagnarde est un vrai délice, vous ne trouvez pas ?

Ne voulant pas contrarier cet imbécile, Adrien opina du chef.

— Et le Chevreuil, bel établissement, non ? Un peu rustique, peut-être ?

Lucien s'exprimait-il toujours de manière interrogative, ou était-ce l'effet du meursault conjugué avec le chambertin, le volnay et le pommard ? se demanda Adrien. Comme l'autre ne semblait pas attendre de réponse, il le laissa continuer.

— Ne pensez-vous pas qu'un peu de modernisation serait nécessaire ?

N'ayant aucun avis sur la question, Adrien se tut.

— Je suis représentant en matériel de cuisine et de ménage et je compte bien proposer à la mère Daugier quelques-unes de mes nouveautés.

Adrien accéléra le pas. Ainsi, Lucien vendait des presse-purée et non des meubles. L'entendre débiter le catalogue du dernier salon des Arts ménagers n'était pas ce qu'Adrien souhaitait pour l'heure. Il ne put y couper.

— Connaissez-vous le dernier Birum de la Société générale Lutra, qui désinfecte l'air et le parfume après l'avoir fait passer par un tampon filtreur ? Et le balai-torchon Pratico, le torchon Magic de Camel ? Avec eux, fini le lumbago, les gerçures et les mains mouillées. Et le gaufrier électrique de Brandt et Fouilleret ? Un miracle d'efficacité. L'appareil Quick pour réussir les mayonnaises, le panier-toupie Essortout pour la salade, l'obturateur de Renchon pour empêcher le camembert de couler ? Je me fournis au salon des Arts ménagers, et chaque année ce sont de nouveaux bijoux que je peux offrir à mes clients. Vous-même, peut-être seriez-vous intéressé ?

Adrien ne savait plus comment se dépêtrer de ce fâcheux. Il fit demi-tour en disant qu'il ne voulait pas rater la poularde de Bresse, ce qui était tout à fait faux. Dégrisé par cette petite promenade, il avait hâte de quitter cette simili-fête, cette fausse rusticité, cette propagande frelatée. Prenant un air grave, Lucien déclara que ce serait en effet impardonnable et lui emboîta le pas en concluant :

— J'ai aussi un instrument miracle de ma propre fabrication qui va révolutionner les cuisines, mais je ne peux le dévoiler, vous comprenez ? C'est encore secret.

Quel crétin, mais quel crétin ! se disait Adrien. L'eau de Javel, peut-être ?

Les abords du Chevreuil s'étaient vidés à l'appel de la poularde. De l'autre côté de la rue, le vicomte de La Saussaye, visiblement très en colère, faisait face à Marcel Parent qui tentait d'empêcher le vicomte de donner des coups de pied dans les flancs de sa superbe Bugatti Type 40 Grand sport. Adrien se précipita pour intervenir. Lucien le retint par le bras en disant :

— Ils ont un différend.

— Je le vois bien. Il faut les empêcher d'en venir aux mains.

Il fut pris de vitesse par l'ami du vicomte, surgissant du restaurant, qui traversa la rue en courant, le ceintura et l'obligea à s'éloigner.

— Me faire un coup pareil ! Vous ne l'emporterez pas au paradis. Nous nous retrouverons, hurla le vicomte.

Cet incident confirma Adrien dans son intention de partir après la poularde de Bresse. Les esprits échauffés par l'alcool pouvaient mener à n'importe quel dérapage. Malheureusement, il devrait attendre : la poularde n'était pas encore servie. Jacques Prieur et le comte Lafon se livraient à un sketch en patois bourguignon, déclenchant des salves de rires et des grognements de plaisir. Adrien soupira. Rien ne lui serait épargné. Ne manquaient plus que les groupes folkloriques chantant des chansons vigneronnes. Ils étaient sûrement prévus pour le dessert. En regagnant sa place, il remarqua que Rebecca avait levé le camp. Tout comme Yvette. Ces dames avaient peut-être profité de l'intermède pour se rendre aux toilettes. Un autre désagrément l'attendait. En le voyant arriver, Curnonsky agita une feuille de papier.

— Mon petit ! J'ai eu peur que tu nous aies faussé compagnie. Je vais devoir faire route avec toi. Rouff m'a fait parvenir un message par un gamin venu à vélo. La voiture va nécessiter de lourdes réparations. Elle est immobilisée à La Rochepot. Tu vois que j'ai eu raison de prendre ma valise.

— Mais, je... bredouilla Adrien, anéanti.

— Au fait, où vas-tu ?

Adrien ne pouvait pas dire qu'il allait à Paris. Le mensonge serait trop flagrant. Et quand on prend la Nationale 6, on ne peut aller que vers le sud. Curnonsky devait certainement se rendre à Lyon, faire le tour des popotes. L'affaire de cent cinquante kilomètres... Ils pouvaient y être ce soir. Il lui répondit donc qu'il avait rendez-vous à Antibes. Le visage de Curnonsky s'illumina.

— Magnifique ! J'y vais aussi pour voir à quoi ressemblent ces nouveaux hôtels pour Américains, quoique je m'en méfie terriblement.

Adrien se laissa tomber sur sa chaise. Calamité ! Six cents kilomètres en compagnie du Prince. Il n'y survivrait pas. Il devait absolument trouver un moyen de s'en débarrasser. Prieur et Lafon avaient terminé leur numéro sous des tonnerres d'applaudissements. La poularde pouvait faire son entrée. À la place des serveurs, ce fut le mari de la mère Daugier qui fit irruption.

— Y a-t-il un médecin ? Vite ! Un accident...

Adrien sentit son sang se glacer. Depuis son arrivée, il pressentait que quelque chose de grave allait se passer. Plusieurs hommes se levèrent de table en toute hâte, dont le Dr Boulinois qu'Adrien n'avait pas vu jusqu'à présent. Il eut alors la certitude, quelle que fût la victime, qu'elle n'en sortirait pas vivante.

5

Ne supportant pas la vue du sang, il était hors de question qu'Adrien allât sur le lieu de l'accident. Mais il voulait à tout prix savoir ce qui s'était passé. Il se leva malgré les protestations de Curnonsky qui, nullement troublé, l'invitait à déguster sa poularde. De loin, il suivit la petite troupe qui galopait vers la route de Beaune. À la sortie du village, une descente assez abrupte se terminait par un virage. Quand il vit de hautes flammes s'élever à trois cents mètres de là, il se mit à courir lui aussi. Des villageois se tenaient à distance respectueuse du brasier. Il ne lui fallut que quelques secondes pour reconnaître la Bugatti de Marcel Parent qui avait pris feu après avoir percuté un haut mur de pierre. Vu l'état du véhicule, il était peu probable que le ou les occupants s'en fussent sortis indemnes. Marcel et Yvette s'étaient-ils réconciliés et avaient-ils décidé de partir roucouler ailleurs ? Marcel avait-il voulu éviter la colère du vicomte en quittant Meursault plus tôt que prévu ?

Deux, voire trois morts, alors qu'il était parti la veille… Ce voyage se révélait particulièrement meurtrier. Adrien n'était pas spécialement superstitieux, mais le dicton « Jamais deux sans trois » lui trottait dans la tête. Sans compter, ce matin, la stupide course-poursuite avec Rebecca... Peut-être serait-il préférable de rentrer gentiment à Paris en faisant, cette fois, une halte pour acheter la cuisinière de Nénette. Il éviterait ainsi de convoyer Curnonsky. Le Belles Rives serait encore là le mois prochain. Seul problème : sa mère serait très déçue de ne pas le voir. Sa dernière lettre disait que l'ambiance était particulièrement gaie à Antibes. Les fêtes de l'été se prolongeaient. Ses amis américains, les Murphy, seraient très heureux de le revoir. Les Fitzgerald étaient installés à la villa Fleur des Bois, à Cannes, et la Renault décapotable qu'ils avaient achetée leur permettait de faire les huit kilomètres les séparant d'Antibes. Il y avait un peu d'eau dans le gaz avec les Murphy, car Scott s'était mis en tête de les prendre comme personnages pour son prochain roman[1]. Quant à Zelda, elle avait décidé de devenir danseuse et, comme toujours, passait de périodes de surexcitation à de profondes dépressions. On avait beau leur dire qu'ils étaient fous de plonger du haut des rochers, qu'ils allaient se tuer, ils continuaient de plus belle. Scott claironnait partout qu'il était alcoolique. Bref, tous les potins du petit monde du cap d'Antibes. Diane, ex-Savoisy, était une délicieuse excentrique qui vivait selon ses propres règles, mais elle avait une chose en horreur : qu'on lui fasse faux bond. Par expérience, Adrien savait qu'elle le battrait froid et mettrait un temps fou à lui pardonner. Il continuerait donc sa route, même avec ce boulet de Curnonsky.

---

1. *Tendre est la nuit*, publié en 1934.

Rester plus longtemps sur les lieux du drame ne servait à rien. Il saurait bien assez tôt de Parent, d'Yvette, ou des deux, qui avait péri. Il rebroussa chemin. L'accident n'avait en rien entamé la bonne humeur des convives qui attaquaient vaillamment le plateau de fromages bourguignons : clacbitou, chaource, époisses, trou du cru, soumaintrain… Quoique grand amateur de fromages, Adrien n'y toucha pas. Pas plus qu'aux corniottes servies en dessert. Le voyant chipoter, Curnonsky l'invita à goûter à ces délicieuses petites cornettes en pâte brisée garnies de pâte à choux. Il précisa que le nom venait de la coiffe des religieuses de l'ordre de Sainte-Marthe, affectées à l'Hôtel-Dieu de Louhans. Selon la légende, elles les vendaient à la sortie de l'église, le jour de l'Ascension, pour financer les soins aux malades. Cela ne convainquit pas Adrien qui le pressait de partir. Finalement, Curnonsky céda. Il accepta même d'abréger la cérémonie des digestifs. Le Dr Boulinois n'avait pas réapparu. Sans doute était-il occupé à signer un nouveau certificat de décès… Adrien n'avait aucune envie de savoir pour qui. Il n'en oublierait que plus rapidement cet horrible accident. Il fallut encore un temps fou pour que le Prince dise au revoir à ses sujets et reçoive leurs témoignages de fidélité et d'admiration. Adrien en profita pour aller chercher sa voiture. L'esprit embrumé par l'alcool, il faillit verser dans un fossé. Il se reprit, ouvrit toutes les vitres et roula à petite allure jusqu'au Chevreuil. Manquerait plus qu'il emboutisse la Delage ! Il embarqua Curnonsky qui, à peine assis, se mit à bâiller furieusement.

— Moi qui ne déjeune jamais, je me sens assez fatigué. Si nous nous arrêtions pour la nuit à Chagny, chez Lameloise ?

— Hors de question ! se récria Adrien. C'est à dix kilomètres. Nous devons avancer.

Et surtout, il y avait de fortes chances pour qu'une partie des convives de la paulée y fasse étape. Les retrouver était bien la dernière chose que voulait Adrien. Il n'eut pas à batailler, Curnonsky avait sombré dans un sommeil profond.

La route fut pénible. Ses yeux papillonnaient et les petits grognements que poussait Curnonsky, suivis de ronflements, l'agaçaient prodigieusement. Il aurait bien aimé que la Delage se transforme en tapis volant et le dépose au pied de la villa Galicia qu'occupaient sa mère et son amie. Auparavant, il se serait bien entendu débarrassé de Curnonsky car Diane détestait le voir fréquenter ceux qu'elle avait toujours fuis : les gens du monde, frivoles et inconséquents. Quand il avait abandonné ses études, elle l'avait copieusement tancé mais elle était persuadée que cela ne durerait que le temps d'un feu de paille. Elle s'était trompée. Dix ans plus tard, Adrien n'avait pas changé d'avis. Une fois, il avait admis que ses compagnons n'étaient pas toujours très reluisants. Les plaisanteries volaient bas et leurs prises de position politiques le mettaient mal à l'aise. Il n'était pas dupe de l'insignifiance de ses occupations. Diane s'était exclamée :

— Qu'attends-tu pour passer à autre chose ?

Il lui avait servi sa réplique habituelle :

— La vie est trop courte pour se casser la tête. Profitons de ce qui nous est donné, et après nous le déluge. Tout pour aujourd'hui, rien pour hier, rien pour demain.

Sa mère avait fulminé, puis haussé les épaules. Elle savait bien que son fils, comme toute sa génération, sorti indemne physiquement de la guerre mais psychologiquement affecté, ne voulait entendre parler que de joie de vivre, de fêtes et de liberté. Elle ne pouvait lui en vouloir, elle qui avait vécu sa jeunesse au temps de ce qu'on appelait aujourd'hui « la Belle Époque », mais elle s'inquiétait de son indifférence pour les combats politiques et sociaux. Elle qui avait toujours été attentive aux évolutions du monde voyait se dessiner en Europe des mouvements lui faisant craindre pour l'avenir. Personnellement, elle pouvait s'enorgueillir d'avoir participé aux premiers combats féministes. À vingt-cinq ans, elle était entrée comme journaliste à *La Fronde*, le quotidien qui n'employait que des femmes. Elle y était restée jusqu'à la parution du dernier numéro, en 1903. Puis, elle avait rejoint les deux autres journaux créés par Marguerite Durand : *L'Action* et *Les Nouvelles*. Pour parfaire le tout, elle s'était présentée aux élections législatives de 1910, comme sa patronne, Marguerite Durand. Adrien, âgé de dix ans seulement à l'époque, se souvenait très bien du tollé qu'avaient suscité ces candidatures féminines. Il avait été grandement soulagé quand le préfet de Paris les avait interdites. Au moins, ses camarades de classe avaient cessé de se moquer de lui et de sa mère qui voulait être un homme. Son père, lui, n'y trouvait rien à redire, soutenant Diane dans ses revendications pour une égalité entre les sexes. S'il adorait sa mère, Adrien aurait préféré qu'elle soit comme toutes les autres, lui beurrant ses tartines et soignant ses écorchures aux genoux. Hélas, Diane était toujours par monts et par vaux, et c'est ce qui avait, selon lui, mis un terme au mariage de ses parents, en 1913. Quentin Savoisy était resté rue Lepic, comme une âme en peine. Adrien lui avait été confié. Il n'en comprit les raisons que deux ans plus tard : Diane était partie vivre avec une femme, une collectionneuse d'art qui habitait non loin de Nice. Il avait eu du mal à l'admettre. Il lui en voulut terriblement d'avoir causé le malheur de son père. Quentin Savoisy avait été l'homme d'une seule femme. Adrien ne lui avait connu aucune liaison après le divorce. Il avait pourtant assisté à bien des tentatives de séduction. Quentin était beau, riche, intelligent, et plus d'une Parisienne en vogue avait tenté sa chance. En vain !

Depuis longtemps, ses relations avec sa mère s'étaient apaisées. Il avait appris à aimer sa compagne, Ann, dotée d'un humour incisif, curieuse de tout, chaleureuse et généreuse. Elles vivaient entourées de tableaux et d'objets d'art. Des amis du monde entier venaient les voir. Les conversations étaient drôles et intelligentes. Quoique plus âgées, elles étaient très liées à Sara et Gerald Murphy, qui avaient lancé la mode de passer l'été sur la Côte d'Azur.

Sara, riche héritière de l'Ohio, et Gerald, qui après des études à Yale avait refusé de reprendre la prospère affaire familiale de maroquinerie à New York, faisaient partie des premiers arrivés, en 1922. Au préalable, ils avaient tâté d'un séjour à Houlgate d'où ils étaient revenus frigorifiés et malades. C'est Cole Porter, le musicien et condisciple de Gerald à Yale, qui leur avait fait découvrir Antibes. Antoine Sella, le propriétaire de l'Hôtel du Cap, avait accepté de leur louer une aile avec pour tout personnel un cuisinier, un garçon et une femme de chambre. Il ne savait pas que ce geste de bonne volonté allait lui attirer gloire et fortune. Car si les Murphy étaient riches, ils étaient surtout passionnés d'art et de culture, et amis avec Braque, Picasso, Stravinsky, Dos Passos, Hemingway, Scott et Zelda Fitzgerald... Tout ce petit monde n'allait pas tarder à rappliquer et dépenser sans compter. Adrien avait vu Cole Porter écrire ses mélodies en buvant du rosé, Picasso dessiner des portraits sur des galets dont ils se servaient ensuite pour faire des ricochets. Le soir, ils partaient en virée dans les auberges des villages environnants.

Alors qu'il appuyait sur le champignon, Adrien songeait qu'il donnerait cher pour être sur la plage de la Garoupe, dominée par la colline et l'église du même nom, où venaient en pèlerinage les marins. Bordée de pins, au sable blanc et à l'eau transparente, c'était la plus prisée car abritée du mistral. Il l'avait connue quasi déserte, à part les Murphy et leurs amis. Chaque année, Gerald entreprenait de la nettoyer des algues et bois flottés qu'apportait la mer. On se déshabillait sous des tentes. Les enfants jouaient sous l'œil vigilant de leur gouvernante. Les adultes nageaient jusqu'à l'entrée de l'anse et revenaient. Des glacières permettaient à Gerald de servir des sherrys frappés, et Sara présentait des amuse-gueules qu'elle préparait avec les légumes de son potager. Puis, à pied ou en voiture, la troupe remontait vers la villa America pour déjeuner. À moins qu'on fasse appel à Joseph, qui habitait le mas des micocouliers, juste en face, pour qu'il prenne son pointu et aille pêcher une langouste ou un gros poisson qu'on faisait griller. Un des amis des Murphy avait dit que la description qui leur convenait le mieux était celle-ci: «Il était une fois un prince et une princesse. Ils étaient riches tous les deux. Il était élégant, elle était belle. Ils avaient trois enfants en or. Ils s'aimaient. Ils se plaisaient en leur propre compagnie et ils avaient l'art de faire de la vie un plaisir enchanteur pour ceux qui avaient la chance d'être leurs amis.» C'était exactement ça!

Hélas, il avait encore plus de cinq cents kilomètres à parcourir pour rejoindre ce petit paradis. La fatigue se faisait de plus en plus sentir. Se rendant compte qu'il n'arriverait jamais jusqu'à Lyon, il décida de s'arrêter à Mâcon, à l'Hôtel d'Europe et d'Angleterre. L'imposant bâtiment se dressait sur les quais de la Saône. Pour y avoir fait plusieurs fois étape, Adrien savait, sans avoir à le demander à Curnonsky toujours endormi, qu'il s'agissait d'un ancien hôpital datant du Moyen Âge et accueillant les pèlerins sur la route de Saint-Jacques-de-Compostelle. Transformé en hôtel au siècle précédent, il avait eu l'honneur d'accueillir Zarafa, la première girafe à fouler le sol européen en 1827, en route pour Paris. Offerte à Charles X par Méhémet Ali, le vice-roi d'Égypte, elle était cornaquée par le célèbre naturaliste Geoffroy Saint-Hilaire. Adrien aurait mille fois préféré la compagnie de toute une ménagerie à celle, pachydermique, du Prince des Gastronomes qui ouvrait un œil, s'étirait et, reconnaissant l'hôtel, s'exclama:

— Mon petit! Quelle bonne idée! Je vais pouvoir saluer Victor Burtin. Cet homme a fait des miracles et j'espère bien que le *Michelin* le reconnaîtra à sa juste valeur en lui attribuant ses fameuses étoiles.

Ce n'était pas le souci premier d'Adrien qui pénétra dans la vaste cour fermée. Avec soulagement, il ne vit aucune des voitures de ceux qu'il souhaitait éviter. Tous devaient être chez Lameloise. Il se détendit et alla même jusqu'à aider Curnonsky à s'extirper de la Delage.

— Toi qui es dans le secret des dieux, sais-tu quand ce système va se mettre en place ?

— Vous voulez parler des deux et trois étoiles ?

Depuis 1926, il n'existait qu'une catégorie au *Guide Michelin* : « l'étoile de bonne table », mais il était apparu que ce n'était pas suffisant. André Michelin réfléchissait à un moyen de distinguer les restaurants hors du commun.

— D'office, j'attribuerai à Victor Burtin la récompense la plus haute.

Comme s'il l'avait entendu, le patron, un homme d'une cinquantaine d'années aux traits fins et à la petite moustache poivre et sel soigneusement taillée, venait à leur rencontre. Il complimenta Curnonsky sur sa bonne mine et leur souhaita la bienvenue dans son établissement. À sa suite, deux chasseurs vinrent prendre leurs bagages et un voiturier demanda les clés de la Delage à Adrien.

Enfin, il allait pouvoir profiter de quelques moments de tranquillité. Comme il était inenvisageable qu'il dînât, il s'enfermerait dans sa chambre et n'en ressortirait que le lendemain pour tirer Curnonsky du lit. Tout le monde savait que le Prince avait l'habitude de se lever fort tard. Cette fois, il ferait une exception, Adrien dût-il le tirer par les pieds. Burtin les accompagna jusqu'à la réception et tint à leur remettre lui-même les clés en précisant :

— Vous avez des chambres contiguës. Je vous souhaite un bon repos et vous dis à tout à l'heure pour le dîner.

Adrien ne releva pas. Curnonsky aurait encore trouvé quelque chose à y redire, arguant de la nécessité de faire honneur à l'amabilité du patron. De toute manière, il n'aurait rien pu avaler, et le Prince, malgré ses fantastiques capacités d'absorption, devait être dans le même état que lui. Voire pire!

La chambre était élégante et spacieuse. On voyait bien que Burtin avait fait ses classes dans les meilleurs établissements: l'Hôtel Kaiserhof à Wiesbaden, le Savoy Hôtel de Berlin, le Regina à Paris... Puis, il était reparti en Allemagne pour s'occuper personnellement des réceptions du Kaiser Guillaume II. Un beau parcours aux innombrables anecdotes dont il aimait bien régaler ses clients. Avec délectation, Adrien envoya valser ses vêtements, prit un bain dans l'immense baignoire que le perfectionniste César Ritz aurait trouvé à son goût. Il faillit bien s'y endormir. Enroulé dans une serviette de bain, douce et moelleuse, il s'accouda quelques instants à la rambarde de la fenêtre. Une péniche lourdement chargée descendait vers Lyon, des petites barques traversaient la rivière et, sur les quais, des pêcheurs profitaient de la douceur vespérale pour taquiner le gardon. Calme et bien-être. Adrien respira profondément les effluves mêlés où se reconnaissaient l'eau douce et la terre mouillée. Sur l'autre rive, commençait la campagne et ses champs verdoyants. Paix et quiétude. Son regard fut attiré par une silhouette masculine qui se penchait dangereusement au-dessus du parapet du quai. Un candidat au suicide? Il n'avait aucune chance. Les pêcheurs auraient tôt fait de le repérer et de se porter à son secours. En regardant plus attentivement, il vit que l'homme jetait ce qui semblait être le contenu d'une caisse à outils. Il reconnut Anthelme Lenoir. Il recula vivement, ferma la fenêtre avec précipitation comme s'il avait quelque chose à craindre du journaliste, pourtant à plus de cent mètres de lui. Il ferma les rideaux et se jeta sur son lit. Il fallait absolument qu'il dorme. Hélas, il revoyait sans cesse l'obèse plonger dans ses œufs à la neige et imaginait les corps calcinés de Marcel Parent et d'Yvette. Ce cauchemar n'allait donc jamais cesser... Quand il entendit tambouriner à sa porte, il se cacha sous ses oreillers.

— Mon petit ! J'ai besoin de toi.

La voix geignarde du Prince lui parvint malgré tout sous son empilement de plumes d'oie. Décidé à faire la sourde oreille, il se rencogna dans son lit transformé en champ de bataille.

Curnonsky ne désarmait pas et continuait à frapper. Il n'allait tout de même pas défoncer la porte... Adrien capitula. Entortillé dans son drap, il alla ouvrir.

— Mais que fais-tu ? Ne me dis pas que tu dormais. Je t'attends pour dîner. Nous sommes en retard.

— Allez-y sans moi. Je ne peux rien avaler.

— Ce serait un crime que de ne pas goûter au coq au vin et à la timbale de ris de veau. Si tu te sens un peu barbouillé, tu pourras te contenter du brochet à la crème ou du filet de sole au pouilly. À moins que tu ne préfères le buisson d'écrevisses... La saison des huîtres chaudes est hélas passée.

Adrien lui claqua la porte au nez. Il n'allait certainement pas se faire dicter sa conduite par ce gros patapouf.

Nullement découragé, Curnonsky continuait à énumérer les spécialités servies à l'Hôtel d'Europe et d'Angleterre.

— Et une charmante jeune femme à l'accent américain a demandé à te voir... Elle m'a dit s'appeler Rebecca Miller.

Rebecca ! Elle aussi était là. Sentant que, quoi qu'il fasse, il n'échapperait pas à la bande de la Côte d'Or, Adrien rendit les armes.

— Fort bien. Laissez-moi quelques minutes et je vous rejoins.

Quand il se regarda dans la glace, il vit un épouvantail aux cheveux en épis et aux traits crispés. Il tenta de se redonner figure humaine. Il enfila un pantalon en lin blanc, un chandail en coton jaune paille qui lui donnait meilleure mine et renonça à la cravate. Curnonsky lui en ferait certainement le reproche. Tant pis ! Ça ne rata pas. Quand il le vit, le Prince lui demanda d'un ton bougon s'il se croyait sur les planches à Deauville. Adrien haussa les épaules. Ce n'était pas le moment de l'énerver. Il chercha des yeux Rebecca, qu'il ne vit pas. Par contre, il reconnut sans peine le Dr Boulinois recevant la clé de sa chambre et... tenant par le bras... Yvette. Une Yvette très pâle et, pour une fois, silencieuse. Adrien hésita. Devait-il lui présenter ses condoléances ? Mais la manière dont Boulinois la prit par la taille lui fit penser que ce serait inopportun. Marcel Parent serait bien vite oublié. Au tour de Boulinois de passer à la caisse. Yvette allait lui coûter cher. Se faisait-il payer pour ses certificats de décès si libéralement octroyés ? En fait, Adrien était plutôt content qu'Yvette n'ait pas grillé dans la Bugatti. Elle lui était sympathique, avec ses mines de tout savoir sur le grand monde et son air affolé quand il s'agissait de choisir entre les couverts alignés à côté de l'assiette. Yvette vivante, c'était la bonne nouvelle de la journée. Adrien doutait qu'il y en eût d'autres. Il ne fut aucunement surpris quand il vit le vicomte et son malabar, le vendeur de presse-purée et Suzanne ainsi que le couple d'Anglais installés dans la salle de restaurant. Comme dans les mauvais rêves, il ne pouvait échapper à son destin. Et le destin d'Adrien semblait être de faire route avec ce groupe hétéroclite semant des morts sur son passage.

Anthelme Lenoir s'approcha de Curnonsky et lui tapa familièrement sur l'épaule. Le Prince sursauta et s'écria d'une voix hargneuse :

— Qu'est-ce qui vous prend ? Que me voulez-vous ?

— Vous saluer, cher Maître, vous saluer… Et vous dire toute mon admiration pour votre œuvre.

Le ton mielleux de Lenoir était insupportable.

— Foutez-moi le camp ! rugit le Prince, peu coutumier de ce genre d'éclat. S'il pouvait avoir la dent dure, il était la plupart du temps magnanime et bienveillant. Il fallait vraiment qu'il n'aime pas Lenoir. Ce dernier ne se laissa pas démonter et s'assit dans le fauteuil en face. Avec effort, Curnonsky se redressa sur ses coudes et le fusilla du regard.

— En fait, nous sommes collègues, continua l'importun.

— Nous ne sommes PAS collègues. Vous n'êtes qu'un scribouillard de troisième zone.

Lenoir blêmit sous l'insulte.

— Je ne vous permets pas ! Vous n'avez pas de leçon à me donner, vous qui avez été si longtemps le nègre de Willy. Au moins, moi, je signe ce que j'écris.

— Je n'en rougis pas ! vociféra Curnonsky. Mes textes étaient bons. Et qui n'a pas été le nègre de

Willy[1] ? Tristan Bernard, Francis Carco ont aussi écrit pour lui. Je m'honore d'avoir fait partie de ce cercle d'écrivains, monsieur ! Avec vos petites chroniques judiciaires, vous n'arriverez jamais au quart de la cheville d'un de ces grands noms. Déguerpissez !

La moustache plus frémissante que jamais, Lenoir se leva et s'éloigna à grandes enjambées. Encore un dont le destin était inscrit : se faire éconduire dès qu'il s'approchait de quelqu'un.

De Rebecca, nulle trace. À croire qu'elle jouait l'Arlésienne.

Victor Burtin vint prévenir Curnonsky que sa table était prête. Le décor du restaurant était un peu pompeux avec ses volumineux lustres de cristal et ses lourdes tentures. On se serait cru dans la salle à manger du Kaiser. Pourquoi, regretta Adrien, les patrons d'hôtel ne s'inspiraient-ils pas de la nouvelle mode Art déco, bien plus sobre ?

— Ta jeune amie m'a dit que l'accident de Meursault avait coûté la vie à quelqu'un que tu connaissais. Serait-ce la raison de ton peu d'entrain ? lui demanda Curnonsky en dépliant sa serviette, aussi grande qu'un drap.

— Je ne le connaissais pas, protesta Adrien. Nous avons juste été voisins de table.

— Il paraît que la demoiselle censée l'accompagner a été retrouvée, marchant sur la route. Peut-être s'étaient-ils disputés et cherchait-il à la rattraper…

1. Willy a signé toute la série des *Claudine*, écrits par sa femme, Colette : *Claudine à l'école*, *Claudine à Paris*, *Claudine en ménage*, *Claudine s'en va*, *La Maison de Claudine*.

Pourquoi diable le Prince s'intéressait-il à cette sordide histoire ?

— Ils s'étaient effectivement disputés, reconnut Adrien, se souvenant des éclats de voix qui lui étaient parvenus au début de la paulée. Mais Marcel Parent a eu une autre algarade. Avec le vicomte de La Saussaye, que vous devez connaître.

— L'amateur de mécaniciens aux mains pleines de cambouis ? Il est connu comme le loup blanc et j'ai cru l'apercevoir au bar. Mais, mon petit, tu as bien dit Marcel Parent ? Des huiles de moteur Parent ?

Adrien acquiesça.

— Voilà qui est amusant ! La Saussaye a un lourd contentieux avec Parent. Ce dernier lui a refusé son patronage quand il a voulu se lancer dans la course automobile. Ses jeunes gens lui coûtent cher, il est aux trois quarts ruiné et il espérait que Parent investirait dans l'achat d'un bolide. Le vieux renard n'a rien voulu savoir. Peut-être est-ce une vengeance... conclut le Prince en prenant un ton de conspirateur.

— Ridicule ! rétorqua Adrien.

— À moins que ce ne soit sa greluche qui ait fait le coup... Le vieux ne voulait peut-être plus payer...

— C'était un accident !

— Qu'en sais-tu ?

— Rien, mais je ne vous connaissais pas le goût des enquêtes policières.

Adrien attendait avec impatience qu'on leur apportât la carte. Curnonsky aurait ainsi d'autres chats à fouetter. Il fut exaucé. Le choix s'avéra cornélien. Le Prince convenait qu'il n'avait pas très faim, mais, ne voulant pas vexer Burtin, il prit le coq au vin et le ris de veau. Adrien opta pour les écrevisses qui lui paraissaient le plat le plus léger.

Rebecca apparut enfin, suivie d'une brochette de membres du Club des Cent. Elle lança un regard à Adrien, qui y lut exaspération et supplication. « Sauvez-moi de ces raseurs libidineux », semblait-elle dire. Adrien esquissa un petit geste d'impuissance. Chacun sa croix !

Un silence inhabituel régnait dans la salle. Le ballet des serveurs était moins intense que de coutume. Adrien les surprit à se regarder d'un air interrogateur. Quelque chose clochait. Les clients n'étaient visiblement pas dans leur assiette. Prévenu de leur manque d'entrain, Victor Burtin ne tarda pas à faire son entrée, accompagné de son chef de cuisine. Il questionna chaque table. Y avait-il un souci ? Les mets ne plaisaient pas ? Quelque chose n'allait pas ? Quand il arriva à la table de Curnonsky, il avait compris. La paulée de Meursault avait épuisé les capacités gastronomiques de ses clients. Il se désola, disant qu'il aurait mieux fait de proposer une soupe de légumes et des œufs à la coque. Curnonsky le consola en chantant les louanges du coq au vin et des ris de veau. Un peu rasséréné, le patron passa à la table voisine, celle de Suzanne et Lucien. Son chef, un homme de quarante ans aussi grand et fort que Burtin était petit et menu, pila net. Jusqu'à présent, il n'avait pipé mot. Soudain cramoisi, il poussa une sorte de hululement qui fit se retourner tous les convives.

— Ah ! non ! Pas lui ! Je le connais. C'est un escroc. Il a fait couler l'Hôtel des Trois Pigeons où je travaillais.

Lucien se leva à moitié.

— Je ne vous permets pas ! Vous faites erreur sur la personne.

— Allons donc ! La marmite perpétuelle… le hachoir à électricité… le fouet robotisé… Le pauvre Pouillot s'est fait avoir comme un bleu… Il a tout acheté… À des prix astronomiques… Rien ne marchait…

— Mon brave, vous délirez. Monsieur Burtin, je vous serais reconnaissant de bien vouloir tenir votre personnel. C'est intolérable.

Très embarrassé, le patron intima à son chef l'ordre de se taire et le reconduisit dare-dare à ses fourneaux. La soirée était déjà assez morose sans y ajouter un esclandre entre un cuisinier et un client. Burtin prit note qu'à l'avenir, fermer l'établissement le soir de la paulée de Meursault ne serait pas une mauvaise idée.

Lucien releva virilement le menton comme s'il venait de terrasser un dangereux ennemi. Suzanne lui tapota la main en signe de réconfort et adressa un sourire de circonstance aux quelques convives, dont Adrien, qui avaient suivi l'échange. Il avait réussi à venir à bout de son buisson d'écrevisses, mâchonnant sans passion la chair pourtant excellente. Pour une fois peu disert, Curnonsky l'avait laissé tranquille, et il s'apprêtait à lui fausser compagnie quand Rebecca vint se planter devant lui.

— Que diriez-vous de faire quelques pas le long de la rivière ? lui demanda-t-elle avec un sourire lumineux.

— Va, mon petit ! Accompagne la jeune demoiselle pour une promenade au clair de lune, susurra Curnonsky en faisant à Adrien un clin d'œil complice.

Le prenait-il pour un gamin de douze ans ? Croyait-il qu'il avait besoin de sa permission pour sortir de table ? Adrien faillit lui répondre vertement, mais il avait eu son content d'énervement pour la journée. Il suivit Rebecca.

La jeune femme l'entraîna d'un pas vif sur les quais. Elle poussait des petits soupirs de soulagement en répétant : « Je les déteste ! Si vous saviez comme je les déteste ! »

— Et qui détestez-vous ainsi ? demanda Adrien d'un ton léger.

— Les gros, les gras, les bedonnants, les ventripotents. Ils me rappellent mon père.

— Mais pourquoi, alors, vous arrêter dans tous ces grands restaurants ?

— J'aime manger ! dit-elle en éclatant de rire.

Voilà qui était une bonne nouvelle. Mais Adrien la sentait nerveuse, tendue.

— Je fais un pèlerinage, ajouta-t-elle, redevenue grave.

— À quel sanctuaire vous rendez-vous ?

Elle ne répondit pas. Elle s'accrocha à son bras, se tourna vers lui et lui offrit ses lèvres. Adrien les effleura d'un baiser léger. Cette fille était décidément étrange, passant de la colère à la plus exquise douceur.

— Ne m'en veuillez pas pour ce matin. J'aime la vitesse. J'aime prendre des risques. Ce n'était pas très malin de ma part de faire la course avec vous. Je tenais à m'excuser.

Elle était soudain très calme. Ils continuèrent leur promenade en se tenant par le bras. À un moment, elle souhaita rentrer. Ils firent demi-tour et cheminèrent sans rien dire. L'hôtel était silencieux. Tout le monde devait être couché. Quand elle prit sa clé, elle la tint de manière à ce qu'Adrien puisse en voir le numéro.

Surpris, il voulut la questionner, mais elle avait déjà disparu dans l'escalier.

Il regagna sa chambre en se demandant s'il allait la rejoindre. L'invite était claire. En avait-il envie ? Il tourna en rond un petit moment, se lava les dents, retapa ses oreillers puis se décida à aller frapper à sa porte. Il descendit d'un étage, trouva la 118. Personne ne répondit. Il frappa plus fort. Toujours rien. S'était-il trompé de numéro ? Dépité, il voulut s'en assurer auprès de l'accueil. Le hall était désert. Il entendit un bruit de moteur dans la cour. En regardant par une des fenêtres, il vit que les Anglais prenaient la poudre d'escampette. Soudain, des cris retentirent en provenance des cuisines. Le concierge apparut en courant et en hurlant :

— Il est mort ! Le chef est mort ! À l'aide !

6

Un spectacle terrifiant l'attendait. Le cuisinier était frit. Littéralement frit. On lui avait plongé la tête dans une bassine d'huile bouillante. Adrien détourna le regard des chairs boursouflées, éclatées, se détachant des os du visage. Les yeux s'étaient opacifiés. Des touffes de cheveux surnageaient. Cette fois, ce n'était pas un accident...

Dans son affolement, le veilleur de nuit n'avait pas songé à éteindre le gaz. Avec répugnance, Adrien s'en chargea. Les horribles bouillonnements cessèrent. Alerté par les hurlements, Victor Burtin, tenant les pans de sa robe de chambre, arrivait en courant.

— Que faites-vous là ? cria-t-il en voyant Adrien. Oh, mon Dieu ! C'est abominable !

Il bouscula Adrien, demanda au veilleur qui se tenait prudemment en retrait de l'aider à extirper le chef de son bain d'huile. Ce fut plus qu'Adrien ne pouvait en supporter. Il se précipita pour vomir dans un évier. Il essuya la bile amère de ses lèvres avec un torchon qu'il jeta à terre.

— Ne bougez pas d'ici, ordonna Burtin, je vais prévenir la gendarmerie.

— Laissez-moi regagner ma chambre, le supplia Adrien qui se sentait de plus en plus mal.

— Pour alerter les autres clients... Pas question. Vous restez. Je ne veux voir personne ici.

Vœu pieux. Déjà, des membres du personnel dont les chambres se trouvaient au rez-de-chaussée se pressaient à l'entrée de la cuisine, poussant des exclamations d'horreur en découvrant le carnage. Les houspillant, Burtin se fraya un passage parmi eux. Adrien en profita pour s'éclipser. Pourquoi avait-il fallu qu'il se retrouve de nouveau au mauvais endroit au mauvais moment? À cause de Rebecca, cette allumeuse qui l'avait quasiment invité à la rejoindre pour disparaître aussitôt. Les gendarmes n'allaient pas tarder à arriver. Ils voudraient l'interroger. Inutile de se coucher. D'ailleurs, il était bien incapable de dormir. Jamais il ne parviendrait à se défaire des effroyables images du chef transformé en beignet.

Plus d'une heure s'écoula avant l'arrivée des forces de police, constituées de quatre gendarmes. Malgré les protestations de Victor Burtin, qui voulait attendre le matin, ils réunirent l'ensemble des clients dans le hall. Ce fut un concert de plaintes et un défilé de robes de chambre. Drapé dans un superbe cachemire, le Dr Boulinois clamait qu'il était médecin et qu'on aurait dû l'appeler en premier. L'air hagard, Curnonsky vitupérait contre le zèle intempestif des pandores.

— Ne soyez pas stupides! Pourquoi aurions-nous voulu trucider un cuisinier qui nous régalait de sauces exquises et de rôtis saignants? disait-il au gendarme chargé de l'interroger.

— Pour le côté saignant, le pauvre homme a réussi son coup, crut bon de souligner l'homme au képi.

Curnonsky cessa de faire le malin. Il n'avait rien vu, rien entendu. Il dormait du sommeil du juste, et sans doute faisait-il des rêves où des cuisiniers bien vivants souriaient à leurs casseroles. Les gendarmes obtinrent des témoignages plus ou moins similaires des autres clients. Burtin ne cessait de répéter qu'ils étaient au-dessus de tout soupçon.

— Ne me dites pas que cet homme s'est suicidé en plongeant la tête la première dans sa friteuse ! s'énerva l'adjudant-chef. Quelqu'un a bien dû l'y aider.

— Nous allons trouver. Une mésentente professionnelle, une rivalité dans les cuisines... tenta Burtin.

Des grognements se firent entendre dans les rangs des serveurs et des femmes de chambre. C'était bien là l'habitude des patrons d'accuser d'emblée les petits, les sans-grades. Le veilleur de nuit s'avança en désignant Adrien :

— Cet homme rôdait dans les couloirs. Il aurait très bien pu faire le coup.

Curnonsky éclata de rire :

— Parce que le chef n'avait pas mis assez de crème dans ses écrevisses ? C'est pour ça qu'il l'aurait assassiné ?

L'adjudant, qui n'avait aucune envie de plaisanter, se tourna vers Adrien.

— Qu'avez-vous à dire ? Pourquoi rôdiez-vous dans l'hôtel ?

— Je ne rôdais pas, protesta-t-il.

— Que faisiez-vous ?

Adrien se tut une seconde de trop. Les yeux de l'adjudant étincelèrent. Il tenait son coupable.

— Je souffre d'insomnie. Pour trouver le sommeil, il me faut marcher.

Son regard croisa celui, moqueur, de Rebecca.

— Dans les couloirs ?

— Ce jeune homme est mon secrétaire, affirma Curnonsky d'un ton sans appel. Je lui avais demandé de me faire préparer une tisane. Moi aussi, je suis insomniaque.

— Vous vous fichez de moi ? rugit le gendarme.

— C'est une maladie...

— Ne faites pas le mariolle, ou je vous fais coffrer !

L'adjudant perdait pied. À ce moment, une petite voix se fit entendre :

— Le chef s'est disputé avec un client pendant le dîner.

Tous les regards convergèrent vers... Yvette, qui gardait les yeux baissés mais montrait du doigt Lucien.

— Ce n'était rien. Un malentendu, s'empressa de dire Suzanne en fusillant du regard la jeune fille.

Lucien s'avança avec assurance.

— Je peux tout vous expliquer.

— J'y compte bien, dit l'adjudant d'un ton sévère.

— Mon mari ne m'a pas quittée une seule seconde. Vous comprenez, nous sommes en voyage de noces, minauda Suzanne.

Anthelme Lenoir ricana :

— Vu les gémissements du matelas et autres bruits incongrus, je peux en attester. J'ai la chambre juste à côté de ces deux tourtereaux.

— Madame aurait pu être au lit avec un autre homme que son mari, suggéra finement l'adjudant.

— Comment osez-vous? glapit Suzanne. Je suis une honnête femme.

Le vicomte, imité par son malabar, se leva et déclara d'un ton las:

— Nous allons vous laisser régler ce problème. Cette mort sordide ne nous concerne pas.

L'adjudant le rattrapa par le bras et le força à se rasseoir.

— Vous partirez quand je vous le dirai.

Curnonsky reprit du poil de la bête.

— La Saussaye a raison. Nous n'y sommes pour rien. Vous ne pouvez pas nous retenir ainsi.

Les membres du Club des Cent firent chorus, chacun énumérant ses titres et les relations qu'ils allaient faire intervenir pour que les gendarmes de Mâcon sachent à qui ils avaient affaire. La situation commençait à échapper à la maréchaussée.

— Bon, bon, temporisa l'adjudant. Nous allons voir avec le nouveau marié ce qu'il a à déclarer. Vous pouvez regagner vos chambres. Mais avant, quelqu'un aurait-il remarqué quelque chose d'insolite? C'est le moment de nous en faire part.

Adrien se demanda s'il devait signaler le départ des Anglais ainsi que l'absence présumée de Rebecca de sa chambre, à l'heure du crime. Il avait déjà une petite idée sur les raisons de la fuite des Anglais, et cela n'avait rien à voir avec le meurtre du cuisinier. Quant à Rebecca, il avait très bien pu se tromper. Peut-être avait-elle le sommeil lourd. La livrer aux gendarmes ne serait pas très élégant. Il sentit une main effleurer son bras. La jeune femme s'était rapprochée. Il était plus troublé qu'il ne voulait se l'avouer. Que cherchait-elle?

Il se tut. Personne d'autre ne fit de déclaration. Quelques minutes plus tard, tenant fermement Lucien par le bras, les pandores se retirèrent. L'adjudant-chef leur intima l'ordre de rester à leur disposition. Ils reprendraient les interrogatoires le lendemain matin, l'esprit frais. Personne ne devait quitter l'Hôtel d'Europe et d'Angleterre. Aux murmures qui parcoururent l'assemblée, on pouvait douter que cette injonction serait respectée. Victor Burtin disparut dans les cuisines avec le Dr Boulinois qui allait signer son troisième certificat de décès. Adrien respirait les effluves du N° 5 de Rebecca. Il lui pressa doucement la main. Cette fois, il la suivrait jusqu'à sa chambre. La 118 ou une autre... Ils se dirigèrent vers l'escalier quand Anthelme Lenoir, qui les précédait, se retourna et déclara d'une voix forte :

— L'assassin est certainement parmi nous. Les gendarmes de Mâcon me semblent manquer d'expérience.

— Parce que vous, vous en avez, de l'expérience ? ricana Curnonsky.

— Je suis chroniqueur judiciaire, ne l'oubliez pas, se rebiffa le journaliste.

— Ah oui ! la rubrique des chiens écrasés, renchérit le vicomte.

Descendant d'une marche, Lenoir vint se placer devant lui et le toisa :

— Ne faites pas le malin. J'ai suivi de près les enquêtes sur la disparition d'un jeune mécanicien au Grand Prix de Monaco en avril dernier[1]. Vous avez

1. Le premier Grand Prix de Monaco fut organisé le 14 avril 1929.

été longuement interrogé comme témoin, si je me souviens bien.

— Norbert est mort dans l'accident qu'a eu Raoul de Norvins sur le circuit. Il a voulu lui porter secours, une roue s'est détachée et dans sa course folle a percuté le pauvre garçon.

Le vicomte avait l'air sincèrement affecté.

— On disait qu'avec Norvins, vous vous disputiez les faveurs du jeune homme, reprit Lenoir.

— Et alors ? Ça ne fait pas de moi un assassin. Cessez vos insinuations ordurières.

Le vicomte était à deux doigts de lui sauter à la gorge. Une fois de plus, son jeune ami le retint. La Saussaye avait décidément le sang chaud. À sa décharge, l'attitude de Lenoir était passablement révoltante. Il semblait prendre grand plaisir à l'émoi qu'il avait provoqué chez l'amateur de mécaniciens. Reculant prudemment, le journaliste s'accouda nonchalamment à la rampe de bois ciré.

— Je retire ce que j'ai dit. Il n'en reste pas moins que ce serait amusant de mener nous-mêmes l'enquête sur la mort du cuisinier.

— Ridicule ! s'emporta Curnonsky. Laissons faire les gendarmes. Il n'y a rien de drôle dans tout ça.

— Je voulais dire qu'en investiguant, nous pourrions découvrir tous les petits secrets que cachent les uns et les autres.

Il reçut une aide inattendue d'Yvette, restée silencieuse depuis qu'elle avait signalé la dispute entre Lucien et le cuisinier.

— Oh, oui ! comme dans ces nouveaux romans policiers où on cherche à résoudre une énigme. Où on apprend que Mme Machin couche avec M. Chose ou qu'Untel est le fils caché de Bidule qui veut s'approprier l'héritage... J'adore! J'en ai lu un: *Le Meurtre de Roger* quelque chose.

— Ackroyd, laissa tomber Lenoir.

— Quoi?

— *Le Meurtre de Roger Ackroyd*, d'Agatha Christie, une auteure anglaise.

— Oui! C'est l'histoire de...

Boulinois lui fit les gros yeux et tenta de l'entraîner à sa suite.

— Ma pauvre petite, grommela Curnonsky. Si vous savez lire, lisez de la vraie littérature, pas ces petits torchons tout juste bons à allumer le feu.

Excédé par ces digressions, Adrien se fraya un chemin, suivi de Rebecca, et gravit l'escalier quatre à quatre. Elle le conduisit à la chambre 118. Il ne fit aucune remarque, trop pressé de la prendre dans ses bras. Elle se montra aussi ardente que lui. Leurs vêtements parsemèrent le sol jusqu'au lit. Quand il la vit nue, offerte, Adrien resta quelques secondes à la contempler, puis il ne songea plus qu'à se perdre dans une voluptueuse jouissance.

7

La nuit fut courte. Leurs ébats passionnés. Par les rideaux qui n'avaient pas été fermés, Adrien vit que le jour se levait. L'horreur de la veille lui revint en mémoire. Pour se protéger d'un rayon de soleil, il se cacha sous un oreiller. Rebecca le souleva pour lui caresser la joue. Il l'embrassa. Les chauds effluves émanant de sa peau l'embrasèrent. Il voulut la plaquer contre lui mais elle se défendit, faisant preuve d'une force peu commune.

— Viens ! J'ai envie de toi.

— Nous n'avons plus le temps.

— Il est encore tôt.

— Je dois y aller.

Elle se leva et enfila une robe de chambre à l'encolure ronde qui lui donnait l'air d'une pensionnaire de couvent, ce que démentait la passion amoureuse dont elle avait fait preuve jusqu'au petit matin.

— Tu t'en vas ? Mais les gendarmes…

— Tu ne crois tout de même pas que je vais rester à attendre que ces balourds trouvent le coupable. Et je suis citoyenne américaine. S'ils me retiennent, je fais appel à mon consulat.

Son ton était indifférent, son regard froid. Plus trace de la fougue qui l'avait animée toute la nuit.

— Et ce n'est pas la mort d'un obèse, d'un vieux libidineux et d'un cuisinier qui vont m'empêcher de continuer ma route, ajouta-t-elle en jetant pêle-mêle dans un sac ses vêtements de la veille.

— Mais ces morts ne sont pas liées, affirma Adrien. Les deux premières sont des accidents.

— Qu'en sais-tu ?

L'idée que ces morts n'étaient peut-être pas accidentelles avait effleuré Adrien. L'entendre énoncée renforçait l'hypothèse. Il secoua la tête.

— Ça n'a pas de sens. Ce n'est qu'une coïncidence.

— Je ne crois pas. Et pour une fois, je donne raison à l'abominable Lenoir : l'assassin n'est pas loin.

Adrien faillit lui demander où elle était la veille au soir quand il avait frappé à sa porte. Il se retint. Si elle avait quelque chose à se reprocher, elle lui fournirait une réponse toute faite la disculpant.

— Pourquoi ne fais-tu pas part de tes soupçons à la police ?

Elle sortait de sa valise une blouse en jersey corail, de toute évidence signée Chanel. Elle alla devant le miroir, la plaça devant elle, eut un petit sourire satisfait et se tourna vers Adrien.

— Mon père est mort assassiné. Il pesait près de cent quarante kilos, entretenait plusieurs cocottes et fréquentait les grands restaurants français. Tout ceci me rappelle de très mauvais souvenirs. Je le détestais. Ou bien je l'aimais trop. Ça te va comme explication ?

Adrien en resta coi. Il ne s'attendait pas à une confession aussi brutale. Elle se dirigea vers la salle de bains. Adrien sauta en bas du lit et voulut la prendre dans ses bras. Elle résista de nouveau.

— Le pèlerinage dont tu parlais, il s'agit de sa tombe, c'est ça ?

— Oui, j'irai sur sa tombe, mais avant je dois obtenir quelques explications.

— De qui ?

Son visage se ferma.

— Tu es bien curieux ! Ça ne te regarde pas. De quelqu'un. Quelque part dans le Sud.

Adrien comprit qu'elle ne lui dirait rien de plus. Cette femme avait l'art de passer du feu le plus ardent au froid glacial. Mais il n'avait pas l'intention de se laisser faire.

— Tu es bien mystérieuse ! Cela pourrait t'attirer quelques questions embarrassantes. Que ce soit à Saulieu, à Meursault ou bien ici, j'ai remarqué que tu aurais pu être la coupable.

— Tu me surveilles ? demanda-t-elle d'un ton ironique. Je t'intéresse tant que ça ? À moins que tu te croies dans un de ces romans chers à Yvette.

— Je pense avoir prouvé que j'ai un petit faible pour toi. Quant à me transformer en détective, pourquoi pas ? Et je suis prêt à te servir d'alibi, s'il le faut, en passant les prochaines nuits dans ton lit.

Elle lui sourit.

— Qui dit que ce n'est pas toi qui auras besoin d'un alibi ? Hélas, je crois que nos chemins se séparent. Ce fut un charmant intermède. Peut-être, à un autre moment aurions-nous pu faire un bout de chemin ensemble.

— La route est encore longue jusqu'à la Méditerranée…

— Alors, laissons faire le hasard, proposa Rebecca.
— Ça promet de nouvelles courses-poursuites.
— Je te laisserai gagner.

Au ton de la jeune femme, Adrien sut qu'ils se reverraient. Ce petit jeu de cache-cache donnait du piquant à leur aventure. Malgré ses étonnantes révélations, il ne croyait pas qu'elle fût liée aux morts, accidentelles ou non, de ces derniers jours.

Le baiser qu'ils échangèrent fut brûlant, mais Rebecca repoussa Adrien qui cherchait à l'entraîner sur le lit. Elle alla s'enfermer dans la salle de bains. Il regagna sa chambre.

Elle ne parut pas au petit déjeuner. Elle devait déjà filer sur la route de Lyon. Ayant retrouvé le sourire, Victor Burtin accueillait ses clients avec la bonne nouvelle du jour: ils étaient libres de repartir. Il avait réussi à convaincre les gendarmes de l'inutilité de nouveaux interrogatoires. Même Lucien était libre. Le témoignage d'Anthelme Lenoir sur ses ébats amoureux l'avait, semble-t-il, mis hors de cause. Néanmoins, il avait passé une grande partie de la nuit aux mains des gendarmes. Sa tenue débraillée, sa mine grise et ses joues ombrées de barbe en témoignaient. Suzanne le couvait d'un regard apitoyé. Il la pressait de finir sa tartine. Sans doute avait-il hâte de mettre le maximum de distance entre Mâcon et lui.

Adrien retrouva Curnonsky. Pour une fois, il n'avait pas traîné au lit.

— J'ai fait d'horribles cauchemars où on me forçait à manger des têtes de veau sanguinolentes. Je crois qu'il y avait aussi des champignons vénéneux qu'un cuisinier ricanant mélangeait à mon omelette. Mon petit, il nous faut partir au plus tôt. Dépêche-toi, tu es en retard.

Un comble pour cet homme qui se montrait féroce envers ceux qui entendaient le sortir du lit avant midi. Adrien n'entendait pas traîner. Il avala son café rapidement et ne demanda ni fromage, ni jambon, ni œufs, quoique la nuit avec Rebecca lui eût sérieusement ouvert l'appétit. Aucun des autres protagonistes ne parut. Tous avaient dû lever le camp très tôt. Cette fois, il y avait peu de chances qu'ils se retrouvent. Mâcon était à moins de cent kilomètres de Lyon où la Nationale 6 rejoignait la Nationale 7. Pour échapper à de nouvelles rencontres, il leur suffirait d'éviter les grandes étapes gastronomiques. Ils s'arrêteraient dans des hôtels et des restaurants de seconde zone, et le tour serait joué.

Crêches-sur-Saône, Pontanevaux, La Chapelle de Guinchay, Belleville-sur-Saône, Saint-Georges-de-Reneins… Les villages se succédaient avec, de temps en temps, quelques commentaires de Curnonsky sur les curiosités et sites à découvrir. Après les drames des derniers jours, Adrien éprouvait un certain plaisir à écouter le Prince décrire avec enthousiasme les vignobles de Juliénas, Saint-Amour, Saint-Vérand, Chénas, Fleurie, Morgon…

— Grâce soit rendue à ces beaujolais frais et légers qui se laissent boire dès leur plus jeune âge et enchantent les palais de leurs vibrations chromatiques au goût de fleurs et de fruits. Des vins chaleureux, robustes, cordiaux, qui s'offrent tels qu'ils sont, sans chichis, avec jovialité. Grâce à ce cépage gamay considéré par les Bourguignons, dès le Moyen Âge, comme un « mauvais plant dont sort grande abondance de vin » et qui ferait injure à l'aristocrate pinot bourguignon. En Beaujolais, il est roi et apporte ses sonorités claires et ensoleillées. Des vins qui ne voyagent pas et qu'il faut boire entre amis, au comptoir, dans des caboulots de village avec du saucisson et des rillettes.

À Villefranche-sur-Saône, mort de faim à l'évocation de ces agapes plébéiennes, Adrien proposa un arrêt casse-croûte. Curnonsky applaudit à l'initiative et ils se retrouvèrent attablés dans un petit café aux tables recouvertes d'une toile cirée usée jusqu'à la trame. Adrien se jeta sur l'andouille et les rillettes que le patron avait posées devant eux avec un bocal de cornichons et un pot de beaujolais. Du chiroubles, avait-il précisé. Le pain était délicieusement craquant, les charcuteries grasses juste comme il faut. En les voyant dévorer à belles dents, le patron revint avec de la rosette, du pâté, des grattons et des fromages. Curnonsky lui commanda une salade aux lardons et, humant les exhalaisons odorantes en provenance de la cuisine, s'enquit du plat du jour. Du catigot d'anguilles au brouilly, lui dit-on. Le visage du Prince s'illumina.

— Avec un peu d'écorce d'orange, de l'ail et du piment ? demanda-t-il, plein d'espoir.

— Je ne sais pas le faire autrement, répondit le patron.

En se tournant vers Adrien, Curnonsky annonça :

— C'est la meilleure matelote du monde. Inventée par les mariniers du Rhône. Tu en prendras aussi ?

— Hélas, elle est loin d'être prête. Il vous faudra repasser à midi, précisa le patron.

Curnonsky implora du regard Adrien qui, la bouche pleine de rillettes, fit un geste de dénégation. S'il l'écoutait, il leur faudrait trois mois pour atteindre Antibes. Ils se partagèrent la salade aux lardons, finirent leur deuxième pot de beaujolais, payèrent la très modique addition et reprirent la route.

Après avoir roulé quelques minutes, Curnonsky commença à soupirer.

— Quel dommage !

Adrien s'attendait à ce qu'il lui reparle du catigot.

— Quand je pense que nous ne sommes qu'à une encablure de Vonnas et de Priay.

Adrien fit la sourde oreille. Il voyait très bien où le Prince voulait en venir.

— La mère Blanc et sa sublime volaille de Bresse à la crème. La mère Bourgeois et son île flottante aux pralines roses à pleurer. Tu ne crois pas que…

— Non !

Adrien, qui s'apprêtait à doubler un camion et ne quittait pas la route des yeux, ne vit pas l'air de chien battu du Prince. Et même s'il l'avait vu, il n'aurait en rien changé d'avis.

— Tu pourrais retrouver ces gens, présents à l'hôtel hier, avec qui, semble-t-il, tu as noué des liens d'amitié. Je les ai entendus en parler au petit déjeuner, avant que tu n'arrives. Le vicomte va pousser jusqu'à Belley pour déjeuner chez Pernollet. Le docteur et Lenoir ont fait un pari sur la quantité de beurre qu'utilisent respectivement la mère Blanc et la mère Bourgeois.

Adrien faillit s'étrangler.

— Ce ne sont pas mes amis. Juste des faiseurs d'embrouilles. Et s'ils ont dit qu'ils allaient à Priay ou à Vonnas, raison de plus pour ne pas y mettre les pieds.

— Je comprends qu'Anthelme Lenoir t'insupporte, mais les autres… Et la jeune Américaine…

— Rebecca, c'est différent. Croyez-moi, il vaut mieux rester à l'écart de cette bande.

Arrivés à Champagne-au-Mont-d'Or, ils aperçurent l'église de Fourvière. Ils étaient presque arrivés à Lyon. Adrien avait cédé aux supplications de Curnonsky de passer la nuit au Carlton. Selon lui, c'était le seul endroit où il trouverait un lit adapté à sa corpulence. Adrien voulait-il avoir sur la conscience une vertèbre démise, voire une chute occasionnant une paralysie? Et peut-être, ajouta-t-il, y aurait-il un message de Rouff annonçant que la voiture était réparée… La circulation était intense sur les quais. Ils mirent un bon bout de temps pour rallier la presqu'île et l'Hôtel Carlton. Un message attendait bien Curnonsky. Rouff était rentré à Paris. La voiture nécessitait des soins longs et coûteux. Il invitait Curnonsky à continuer son voyage en train.

— En train? pleurnicha-t-il. Tout seul? Je vais m'ennuyer.

Adrien faillit proposer de lui acheter des coloriages, comme à un enfant. Prenant une mine apitoyée, il le laissa languir un peu.

— Mon petit, tu ne peux pas me laisser dans cet embarras. Et toi aussi, tu vas t'ennuyer sans compagnon de route.

Adrien éclata de rire devant son air penaud.

— Mais oui, je vous emmène ! Je ne saurais plus me passer de vous.

Rassuré sur son sort, Curnonsky émit le souhait de se reposer, ce qui soulagea Adrien très désireux de se dégourdir les jambes et d'aller musarder dans les rues de Lyon. La Delage était certes confortable, mais la conduite exigeait une attention de tous les instants. Il irait place Bellecour s'asseoir à une terrasse de café, enfin seul, regarderait passer les jolies filles sans craindre de se retrouver à côté d'un Lenoir ou d'un Boulinois. Après, il irait faire un tour rue de la Charité, fureter chez les antiquaires et les libraires.

Il avait hérité de son père le goût des livres de cuisine anciens. Sa famille en possédait bon nombre, dont un manuscrit du XIVe siècle qu'on disait avoir appartenu à une lointaine ancêtre du nom de Constance Savoisy[1]. Quand il avait commencé ses études d'histoire, Adrien s'y était intéressé et avait tenté de le déchiffrer. Il y avait trouvé des recettes étonnantes et alléchantes, comme le potage jaunet, la froide sauge, la dariole. Nénette avait accepté de lui laisser sa place aux fourneaux, et le résultat avait été à la hauteur de ses espérances. Il avait récidivé avec les recettes d'un autre livre, écrit en 1602 par

1. Cf. *Souper mortel aux étuves*, Le Livre de Poche, n° 31343, 2009.

un cuisinier nommé Lancelot de Casteau[1]. Là encore, il avait adoré le canard aux châtaignes, le poisson à la mode de Hongrie. Continuant à explorer la bibliothèque familiale, fouet et cuillère à la main, il était passé du XVIIe siècle avec Pierre de Lune au XVIIIe avec François Massialot et Menon[2]. Il en avait parlé à un de ses professeurs, lui disant que cela pourrait faire un bel objet d'études. Le professeur l'avait regardé avec des yeux ronds et s'était exclamé :

— Vous n'y pensez pas ! D'illustres inconnus aux mains grasses et au tablier taché ! Et qui préparaient une tambouille immonde ! Non, non ! Laissez cela aux bonniches.

Adrien avait eu beau argumenter que les banquets avaient toujours été des outils du pouvoir et qu'ils avaient participé à la grandeur de la France, le maître lui avait cloué le bec. Le sujet était clos. D'autant plus clos qu'il avait abandonné ses études trois mois après. Comme il n'avait pas suscité plus d'enthousiasme de la part de ses amis gastronomes, il avait laissé tomber les livres, las d'entendre dire que le Moyen Âge ne pouvait être que barbare et grossier. Mais il continuait à fréquenter les librairies de livres anciens, et Lyon, ancienne capitale de l'imprimerie, lui offrait souvent des trésors.

---

1. Cf. *Meurtre au café de l'Arbre Sec*, Le Livre de Poche, nº 32584, 2012.

2. Cf. *Meurtres au potager du Roy*, Le Livre de Poche, nº 31762, 2010, et *Les Soupers assassins du Régent*, Le Livre de Poche, nº 31963, 2010.

Par acquit de conscience, il interrogea le réceptionniste sur l'éventuelle présence de l'un des fâcheux de Saulieu. Personne. Le cœur léger, il fit monter ses bagages, les défit rapidement et quitta l'hôtel. S'il avait le côté massif des immeubles haussmanniens, le Carlton de Lyon était un nain à côté de son grand frère le Carlton de Londres qu'Adrien connaissait très bien. Ses parents lui avaient maintes fois raconté l'anecdote : c'est dans les couloirs du Carlton, recouverts de précieux tapis d'Orient, qu'il avait fait ses premiers pas. Son père allait régulièrement rendre visite à Auguste Escoffier, son parrain. L'hôtel créé par César Ritz était un temple du luxe et du bon goût. Le restaurant n'avait pas tardé à devenir le rendez-vous de la haute société anglaise et étrangère. Princes et princesses, ducs et duchesses, barons de la finance, ministres, gens de lettres et artistes se précipitaient aux dîners concoctés par Escoffier.

En marchant vers la place Bellecour, Adrien fut assailli par les souvenirs de ses voyages à Londres. Ils prenaient le train à 15 h 45 à la gare du Nord, changeaient à Amiens pour attraper l'express de Bâle, dînaient au wagon-restaurant avant d'arriver à Calais où un bateau à vapeur les menait à Douvres et ils ralliaient ensuite Londres en train. Le tout en moins de huit heures. C'était toujours une fête. Au fil des ans, il avait découvert les plats mythiques d'Escoffier : le Consommé au fumet de perdrix rouges, les Filets de sole Coquelin, le Homard aux feux éternels, la Volaille à la Derby, les Cuisses de nymphe à l'Aurore, les Suprêmes de volaille Jeannette, et la bienheureuse Pêche Melba dont il ne se lassait pas.

Bien entendu, vu son âge, il n'était pas admis dans la salle de restaurant, mais les plats lui étaient servis dans l'appartement qu'occupait le grand chef au cinquième étage de l'hôtel. Son père tenait à ce que son éducation culinaire soit parfaite. Et elle le fut ! Escoffier, un vieux monsieur de soixante-quatre ans quand Adrien en avait dix, l'impressionnait. Toujours habillé d'une redingote noire, rasé de près, arborant une moustache à la prussienne et portant melon et canne à pommeau d'argent, il faisait preuve d'une grande austérité. Quand il ne dînait pas à la table d'un de ses illustres clients, il se contentait d'un potage avec une pincée de riz et un fruit. Ne supportant pas les cris en cuisine, il imposait à son équipe le principe britannique du self-control et, dès que la tension montait, il quittait la cuisine en se grattant l'oreille. Ce geste suffisait toujours à ramener le calme. Il régnait sur une brigade de soixante cuisiniers assurant quotidiennement cinq cents couverts, et plus encore les jours de réception. Son père lui avait expliqué qu'Escoffier appliquait la théorie de l'organisation scientifique du travail mise au point par un industriel américain, Charles Taylor. Cela permettait aux cuisiniers de faire moins d'efforts, et aux clients d'être servis plus rapidement.

Adrien n'avait aucun souvenir de César Ritz, l'ami, l'associé, le complice d'Escoffier. Le génial créateur de palaces avait commencé à ressentir les effets d'un mal étrange qui le poussait à des états d'excitation frénétique suivis de profondes dépressions. Il se retira de la vie professionnelle, laissant son épouse gérer l'empire qu'il avait construit. Sa mort, en 1918, était passée complètement inaperçue.

Pendant la Grande Guerre, Escoffier était resté à Londres, et Adrien ne l'avait revu qu'en 1918 pour lui annoncer la mort de son père. Ce fut un terrible choc pour le vieil homme de soixante-douze ans. Il avait beaucoup aimé Quentin Savoisy, et il raconta en détail la terrible aventure qu'ils avaient vécue au moment de l'ouverture du Ritz à Paris. Adrien comprit mieux l'engagement de son père contre les thèses nationalistes.

Deux ans plus tard, Escoffier prenait définitivement sa retraite et rejoignait Monte-Carlo où vivait son épouse.

Adrien s'arrêta au Café Neuf, se fit servir un clacquesin grenadine allongé d'eau. En fait, il détestait ce « goudron hygiénique » tiré de la résine de pin de Norvège au goût fortement médicamenteux, mais Nénette en avait fait sa boisson préférée. Elle racontait que pour fêter la naissance d'Adrien, elle en avait sérieusement abusé. Tout à ses souvenirs d'enfance et d'adolescence, c'était une sorte d'hommage qu'il rendait à celle qui veillait sur lui depuis vingt-neuf ans. Entrée au service de ses parents quand ils habitaient rue Lepic, elle n'avait pas quitté l'appartement et se désolait de la vie de patachon de « Monsieur Adrien ». Il se promit de lui envoyer une carte postale qui rejoindrait les centaines d'autres, témoins de tous ses voyages, qu'elle gardait précieusement dans de grands cahiers. Souvent, il lui avait proposé de l'emmener avec lui, de lui faire découvrir la France. Elle avait toujours refusé, disant que l'air de Montmartre lui manquerait et qu'elle avait bien trop peur en voiture. Une seule fois, elle avait accepté un petit tour à Honfleur où elle avait passé son voyage de noces avec Lulu, le menuisier du passage des Abbesses et père de Gisèle, même s'ils ne s'étaient jamais mariés. Elle avait tellement pleuré, et Adrien avec elle, qu'ils ne recommencèrent jamais. Grâce aux cartes postales d'Adrien et à la lecture assidue du *Guide Michelin*, elle s'était forgée dans le quartier Lepic-Abbesses une réputation de grande voyageuse, alors qu'on ne la voyait jamais partir.

Il ne finit pas son clacquesin et se remit en marche, perdu dans ses souvenirs. Il se dit qu'à l'occasion de son séjour à Antibes, il irait saluer Escoffier, le vieux lion qui n'avait perdu ni sa vivacité ni son goût pour les initiatives nouvelles.

Quand il revint, chargé d'une édition princeps de 1746 de *La Cuisinière bourgeoise* de Menon, on le prévint que Curnonsky l'attendait au salon. Vu l'heure, il se doutait que la question du choix d'un restaurant allait se poser. Et à Lyon, il s'agissait d'un vrai casse-tête.

— Mon petit ! L'heure est grave. La tête me tourne.

Inquiet, Adrien le regarda attentivement. Il avait pourtant le teint frais et l'œil vif.

— Lyon ! Enfin, Lyon ! La ville dont nos estomacs, si j'ose dire, rêvaient depuis si longtemps, la ville aux cent caboulots, aux vingt restaurants, tous plus admirables les uns que les autres. Que devons-nous faire ? Allons-nous choisir le confort, voire le luxe, en allant chez Morateur, Sauret ou au Carillon…

Sans attendre la réponse, Curnonsky poursuivit :

— Et pourquoi pas dans un de ces restaurants au plancher couvert de sciure de bois, où on se serre à huit ou dix à une même table, et où la cuisine est bien en vue. Chez Fillioux, Farge, Bouchery, Brazier... Là où la cuisinière opère en public, *coram populo*, comme disaient les gourmets romains. On couve son déjeuner des yeux, on le discute, on regarde, on contemple pour ainsi dire la carte en action, on voit ce que l'on va manger... et ce qu'on va manger sent si bon, cuit, rôti, sauté dans du si beau beurre, à si petit feu, et entouré de tels soins, qu'on a une furieuse envie de tout choisir sur le menu du jour.

Le sourire aux lèvres, les yeux pétillants, Curnonsky faisait mine d'ouvrir un menu et suivait du doigt des lignes imaginaires.

— Voyons voir ! Que dirais-tu de ceci : Hors-d'œuvre variés, Volaille demi-deuil, Fonds d'artichauts au foie gras, Cailles flambées, Salade de fruits au kirsch... À moins que tu ne préfères : Cervelas chaud truffé, Filets de soles à la dieppoise, Épinards en branches, Volaille truffée rôtie, Dauphin...

— Tout ceci me semble excellent.

— Alors, c'est décidé, nous allons chez la mère Brazier.

La rue Royale, située derrière l'hôtel de ville, n'était pas tout près, mais ils décidèrent d'y aller à pied. Le temps était doux, un peu de marche leur ouvrirait l'appétit, annonça doctement Curnonsky.

— Sais-tu que juste derrière nous se trouve l'Hôtel-Dieu où Rabelais, notre maître à tous, fut médecin ?

Adrien ne l'ignorait pas. Il aurait même pu dire qu'un de ses très lointains ancêtres, François Savoisy, avait fait des études de médecine à Montpellier[1], vingt ans après que Rabelais y eut reçu son diplôme ; mais, tout à son discours, Curnonsky ne l'aurait pas écouté.

— Je suis angevin, sac à vin, né à une portée de fusil de La Devinière où naquit Rabelais, et comme lui je célèbre les temples du Bien-Manger et du Bien-Boire. Notre auteur ripailleur a toujours eu une préférence pour Lyon. Peut-être pressentait-il qu'elle deviendrait une capitale de la bonne chère, celle où les choses ont le goût de ce qu'elles sont. S'il était encore de ce monde, il serait le prince des humoristes. Et je vois en lui un anarchiste conservateur comme le seront plus tard La Fontaine et Voltaire. Ce fut un homme du plus vaste génie qui, sans affecter l'air rébarbatif d'un docteur, en avait la solidité.

C'est ainsi qu'Adrien aimait Curnonsky. Quand il dévoilait une pensée originale et qu'il ne se laissait pas aller à son goût immodéré pour les bons mots et les anecdotes. Il se prit à espérer qu'il continuerait dans la même veine chez la mère Brazier, pour ne pas avoir à supporter, tout seul, quelques cours sur l'histoire lyonnaise, angevine et autre. Le naturel revenant au galop, le Prince reprit :

— Sais-tu que grâce à ma trisaïeule Jeanne Sailland, fusillée en 1793 pour être restée fidèle au roi et béatifiée en 1904, le Vatican nous dispense, ma famille, mes amis et moi-même de faire maigre le vendredi.

Adrien s'en moquait éperdument.

1. Cf. *Meurtres à la pomme d'or*, Le Livre de Poche, nº 31140, 2008.

Ils passèrent par la place des Cordeliers, longèrent le Palais du commerce et de la bourse où, indiqua Curnonsky, était installé au deuxième étage le Musée historique des tissus. Adrien évita de justesse une conférence sur Lyon, capitale de la soie. Ils laissèrent sur leur gauche la place des Terreaux où pendant la Révolution était installée la guillotine, *dixit* le Prince. Lorsqu'ils arrivèrent devant l'hôtel de ville, Curnonsky ne put s'empêcher de préciser qu'il avait été restauré par Jules Hardouin-Mansart en 1702, après l'incendie qui l'avait ravagé en 1674. La mémoire de cet homme était prodigieuse. Derrière l'Opéra, commençait le quartier des soyeux avec leurs maisons de commerce. La rue Royale présentait un alignement d'austères et solides immeubles de pierre de cinq étages. Au 12, une enseigne modeste indiquait la présence du restaurant.

— Ah, quel endroit selon mon cœur ! s'exclama Curnonsky. Et comme il convient bien à ce beau soir d'amitié ! Je regrette juste que Rouff ne soit pas avec nous.

Adrien aussi ! Rouff était un être charmant, plus discret et moins disert que le Prince.

Ils entrèrent et furent accueillis par la mère Brazier en personne, une femme de trente-cinq ans environ, toute en rondeur, très imposante dans son sarrau blanc, ses cheveux roux clair tirés vers le haut de la tête et réunis en un minuscule chignon. Elle embrassa Curnonsky sur les deux joues en exprimant sa joie de le voir. Elle les conduisit à une petite table pour deux.

— Alors la Mère, je vois qu'on s'est agrandie…

— Vous voulez parler de mon tour de taille, ou de la grande salle et des deux petits salons au premier étage ?

Curnonsky rit de bon cœur et, s'adressant à Adrien :

— Tu vois ! Ici, officie une cuisinière, oui, une vraie, ronde, imposante, joviale, agréable, considérable, comme on aime à se représenter la femme à qui l'on confie l'honneur de sa table. Ici, le ramage ressemble au plumage. Et au fromage parfait dont sont faits les gratins… et l'on ne se régale pas que des yeux.

Les deux éclatèrent de rire.

— Et le menu ? Lui aussi, vous en avez doublé le prix ?

La mère Brazier le regarda d'un air faussement sévère.

— Si vous voulez du bon, il faut y mettre le prix. Tout augmente. Il est passé à 18 francs.

— Et vous nous proposez quoi, pour 18 francs ?

— Potage velouté, quenelles au gratin, poule au bouillon, salade, gâteau au kirsch. C'est un menu modeste du soir…

— Alors, allons-y pour la modestie ! Et dites à Pierre de nous mettre un pot de beaujolais.

Pierre, le compagnon d'Eugénie Brazier, plus âgé qu'elle et aussi maigre qu'elle était ronde, se matérialisa à leurs côtés, un pot de beaujolais à la main.

— Pas la peine de demander, le voilà ! dit-il en le posant sur la table.

Le potage velouté ne tarda pas, servi dans des assiettes brûlantes.

— Une volupté de velouté ! s'exclama Curnonsky en y goûtant. Ce n'est pourtant que du consommé de volaille auquel la mère Brazier ajoute du tapioca, des jaunes d'œufs battus et de la crème… beaucoup de crème. Tu vois : la cuisine lyonnaise ne pose pas, elle ne sacrifie pas à la facile éloquence. Elle atteint, tout naturellement et comme sans effort, ce degré suprême de l'art : la simplicité.

Il dégusta quelques cuillerées en silence, puis demanda tout à trac :

— Tu crois que l'un de tes amis de Mâcon est l'assassin du pauvre cuisinier ?

En se promenant dans les rues de Lyon, Adrien avait repensé au drame et aux événements qui l'avaient précédé. Il entreprit de raconter à Curnonsky la mort de l'obèse à Saulieu, puis lui rappela l'accident de Marcel Parent.

— Celui que tu appelles l'obèse devait bien avoir un nom. Tu le connais ?

Adrien avoua que non.

— Bon, nous dirons le gros homme.

Cette coquetterie de la part du Prince, qui devait peser cent vingt kilos, fit sourire Adrien.

— Personne, parmi ceux que tu appelles la bande, ne lui a manifesté d'hostilité ?

Adrien en convint mais signala le ton mordant de Rebecca quand elle avait évoqué son père obèse.

— Tssst, tssst... On en veut toujours à ses parents. Ce n'est pas une raison pour tuer. Donc, il s'agit bien d'un accident.

Adrien se rappela que le Dr Boulinois avait évoqué des substances toxiques, mais ce devait être pour se hausser du col, pour montrer qu'il était un éminent spécialiste.

— Je crois que oui. Mais je n'étais pas assez attentif pour avoir remarqué quelque chose de suspect. Sauf peut-être que Rebecca s'était levée de table peu avant que l'ob... le gros homme s'écroule.

— Décidément, tu tiens à impliquer ta jeune amie.

— Pas le moins du monde ! Mais je suis sûr qu'elle n'était pas dans la salle du Chevreuil au moment de l'accident de Parent, comme elle n'était pas dans sa chambre quand le cuisinier a été occis.

— Ça fait beaucoup, dis-moi ! Revenons à Parent. Tu m'as dit qu'il s'était violemment disputé avec Yvette, et aussi avec le vicomte. Cela nous fait deux suspects. Ah ! les quenelles !

Adrien qui commençait à se prendre au jeu se tut, interloqué.

Curnonsky ne s'intéressait plus à lui mais au plat odorant qui venait de leur être servi.

— Il n'est de bonnes quenelles que de Lyon, se pâma-t-il. Ah ! cette légèreté, cette immatérialité et cette suavité !

Il avait raison, elles étaient incomparables.

— Sais-tu que j'ai vu la Mère se mettre dans une colère terrible parce que ses quenelles « faisaient la planche », c'est-à-dire attendaient que les clients aient fini le plat précédent. Du coup, elle les refaisait. C'est le convive qui doit attendre les quenelles, pas le contraire. Du grand art !

Ils prirent leur temps pour apprécier la saveur fine et fondante du brochet. Un nouveau pot de beaujolais leur fut apporté.

— Tu vois, mon petit : Lyon, je n'hésite pas à le dire, à l'écrire et à le proclamer, est la capitale gastronomique du monde. Imagine : la boucherie tire ses bêtes à cornes du Charolais, ses moutons de l'Auvergne et de la Loire, où leur chair est ferme et parfumée ; les volailles viennent de la Bresse ; le beurre et le lait, du Dauphiné et du Bugey ; les carpes, des Dombes ; les brochets, de l'Ain ; les truites, des vallées des Alpes ; les truffes, de Valréas et du Ventoux ; les champignons, du Valromey ; enfin, la vallée du Rhône lui apporte tout le cortège de ses excellents fruits et de ses légumes choisis. Et les écrevisses des ruisseaux de la Haute-Loire ? Et les fromages de l'Isère et du Jura ? Et les poissons des lacs savoyards ? Et tant d'autres bonnes choses que nous avons, pour ainsi dire sous la main ? La bonne fée a bien fait les choses, qui s'est jadis penchée sur le berceau de la naissante Lugdunum ! Mais revenons à nos moutons, ou plutôt nos suspects. En vois-tu d'autres ?

— Il faudrait ajouter Boulinois qui en a profité pour s'approprier Yvette. Peut-être avait-il des vues sur elle.

Curnonsky fit la moue.

— Inutile de tuer pour s'attirer les bonnes grâces d'une cocotte. L'argent suffit.

Arriva la poule au bouillon, qui fut dûment savourée et accompagnée d'un troisième pot de beaujolais.

— Et je me souviens tout à coup que j'ai vu Lenoir jeter quelque chose dans la Saône.

— À quoi penses-tu ?

— Imaginons que la voiture de Parent ait été trafiquée. Qu'on ait, par exemple, coupé les câbles de freins ou scié la direction. Il aurait fallu des outils…

— Lenoir n'aurait pas été très malin de s'en débarrasser au vu et au su de tout le monde. Il aurait pu le faire dans la campagne. Mais ton idée est intéressante. Encore faut-il avoir les compétences techniques. Ainsi, je peux t'assurer que ce n'est pas moi… Yvette ? ça m'étonnerait. Son savoir doit se limiter aux vernis à ongles et au rouge à lèvres.

— Rebecca est une mécanicienne hors pair. Elle, elle aurait pu...

— Tout comme le vicomte, aidé par son mécanicien...

Ils se regardèrent, surpris et un peu effrayés par les conclusions auxquelles ils parvenaient. Dans leur ardeur à décortiquer l'éventuel crime, ils n'avaient pas vu qu'on leur avait servi la salade. La mère Brazier, qui avait l'œil à tout, s'approcha de leur table :

— Elle ne vous plaît pas, ma salade ?

— Nous sommes repus, s'excusa Curnonsky. Je crois que nous allons...

— Goûtez ! leur ordonna la cuisinière d'un ton sans appel.

Ils prirent quelques feuilles dans l'immense saladier.

— Un chef-d'œuvre ! s'écria Curnonsky, approuvé par Adrien qui se resservit aussitôt. Comment arrivez-vous à transformer ainsi les humbles feuilles de nos potagers ?

— Du jus et le foie des volailles que j'amalgame avec des oignons, de l'échalote et quelques autres assaisonnements, laissa tomber la mère Brazier qui, les sourcils froncés, passa à la table d'à côté où une dame avait laissé la moitié de ses quenelles.

— Où en étions-nous ? demanda Curnonsky en s'essuyant les lèvres avec sa serviette. Ah, oui ! Le meurtre du cuisinier de Mâcon.

— Lucien est le coupable tout désigné, même si les gendarmes l'ont relâché. J'ai tout de suite vu qu'il avait quelque chose de louche. Mais peut-être ne faudrait-il pas écarter Rebecca...

— Tu y tiens !

— Elle m'a dit que son père était un habitué des grands restaurants. Admettons qu'elle s'attaque à tout ce qu'elle détestait chez lui : l'ob… euh ! le surpoids, les cocottes, la grande cuisine.

— Je me félicite de ne pas avoir eu d'enfants. Et toi, tu es vraiment un amant attentionné. Si tu la crois coupable, il ne te reste plus qu'à la retrouver.

8

Le dîner s'était poursuivi fort tard. Il y avait eu le gâteau au kirsch et aux fruits, une perfection de finesse et de fondant, servi avec un bordeaux doux, puis des cafés accompagnés d'un admirable marc local. Résultat: impossible de tirer Curnonsky du lit le lendemain matin. Adrien eut le temps de lire tous les quotidiens. Il apprit ainsi qu'une liaison de nuit entre Lyon et Londres débutait à l'aéroport de Bron, que Radio Lyon avait fait l'acquisition d'un «pick-up» pour diffuser les chansons préférées de ses auditeurs. Dans *Le Progrès*, il lut attentivement un entretien avec le Dr Locard, créateur du Laboratoire scientifique de la police, qui venait de fonder l'Académie internationale de criminalistique. Le titre («Tout criminel dépose des traces sur les lieux de son action et emporte sur lui des indices») l'avait immédiatement alerté. La suite l'avait fait déchanter. L'éminent Dr Locard affirmait que la recherche des traces n'était fructueuse que dans la mesure où elle était immédiate. «Le temps qui passe, c'est la vérité qui s'enfuit», disait-il. Néanmoins, Adrien lut intégralement l'article sur cet étonnant scientifique. Il avait commencé ses travaux en 1910 avec un simple microscope et un bec Bunsen, dans les combles du palais de justice de Lyon, avec pour tout personnel un gardien de la paix et un garde-champêtre payés sur ses propres deniers. Adrien apprit aussi que la dactyloscopie était l'étude des empreintes digitales qu'on pouvait retrouver sur tous les objets polis, sur les surfaces métalliques unies ou sur les papiers. Elles se recherchaient avec des éclairages obliques ou avec des colorants type céruse ou minium en poudre. Les gendarmes de Mâcon n'avaient pas procédé à de telles investigations, regretta-t-il. Peut-être devrait-il aller voir ce fameux Edmond Locard qui semblait doté d'une grande ouverture d'esprit. Il avait même écrit une lettre à Conan Doyle, le créateur de Sherlock Holmes, disant : « C'est sous votre influence que j'ai entrepris mes premières recherches et choisi ce métier. Si votre héros s'appuie sur l'observation des petits riens et des détails insignifiants suivie d'une analyse logique, je m'attache pour ma part à substituer la preuve scientifique aux déductions aléatoires de ces Sherlock Holmes de troisième zone que sont parfois nos policiers. » Voilà qui s'appliquait parfaitement aux pandores mâconnais mais devait valoir au Dr Locard de solides inimitiés. Il disait aussi que tous les policiers experts ou magistrats trouveraient grand profit à lire ses aventures où lui-même avait puisé le germe de toutes ses inventions. Il déclarait avoir écrit des romans policiers inspirés d'affaires réelles, résolues en partie au laboratoire de police de Lyon.

La préfecture était à deux pas. Adrien n'avait qu'à traverser le pont Wilson. Sa conversation de la veille avec Curnonsky lui avait permis de mettre en lumière des éléments troublants. S'il s'adressait à n'importe quel poste de police, on lui rirait au nez, sans nul doute. La curiosité dont semblait faire preuve Locard le désignait comme un interlocuteur possible. Adrien ne pouvait rester seul avec ses doutes. Une personne était morte, voire deux ou trois, sous les coups d'un assassin qu'il avait peut-être côtoyé. Il avait besoin d'aide pour démêler l'écheveau. Quelqu'un qui lisait et écrivait des romans policiers ne le traiterait pas d'hurluberlu. Du moins l'espérait-il. Il se prit à regretter de ne pas être amateur de Sherlock Holmes. Il aurait peut-être été plus attentif à ces petites choses insignifiantes auxquelles faisait allusion Locard. Anthelme Lenoir et Yvette semblaient, eux, au fait de ce genre d'investigations.

Adrien remonta dans sa chambre. Pour faire bonne impression, il revêtit un veston et un pantalon stricts. Au cas où Curnonsky daignerait se lever, il laissa un message à l'accueil pour le prévenir qu'il avait une course urgente à faire. En traversant le pont Wilson, il s'arrêta quelques instants pour regarder les flots gris du Rhône. N'allait-il pas mettre Rebecca en difficulté en faisant part de ses soupçons qui reposaient seulement sur quelques paroles prononcées dans l'intimité ? Il continua son chemin et en cinq minutes il fut devant les lourdes portes de la préfecture de police. Ses espoirs furent très vite réduits à néant. L'agent à qui il s'adressa l'informa que le Dr Locard avait été appelé sur une scène de crime et qu'on ne savait pas quand il serait de retour à Lyon. Mais s'il voulait laisser son nom et son adresse… ou bien rencontrer un inspecteur… Quand il refusa, l'agent de police lui jeta un regard suspicieux. Adrien le salua poliment et rebroussa chemin rapidement. L'absence de Locard était peut-être le signe qu'il devait garder pour lui ses interrogations.

Au Carlton, Curnonsky l'attendait, habillé de pied en cap, sa volumineuse valise à ses pieds.

— Mon petit ! Je t'attends depuis des heures...

— Mais je ne suis parti que vingt minutes.

— Je te fais marcher ! Après notre excellente soirée, j'avais besoin de repos et je viens à peine de mettre le nez hors de ma chambre. Tu ne m'en voudras pas, j'ai fait avancer la voiture. Es-tu prêt pour de nouvelles aventures ?

Adrien lui tut sa démarche avortée à la préfecture de police. À son grand soulagement, Curnonsky ne semblait nullement désireux de remettre l'affaire sur le tapis. Alors qu'ils s'extrayaient avec difficulté des banlieues industrielles de Lyon, sordides et enfumées, il s'extasiait toujours sur la gastronomie locale.

— Tu vois, mon petit, les Lyonnais, quoique citoyens d'une grande cité, ont conservé cet esprit particulariste, plus commun dans les petites villes, et qui est toujours favorable à la gastronomie. Ils ont ainsi sauvegardé des traditions, non seulement de recettes mais encore de manières de cuire et de fignoler avec soin un repas. Il y a des villes qui vous sautent au cou pour ainsi dire, qui s'offrent à vous de toute leur splendeur ; il en est d'autres qui ne se livrent que lentement et réservent leur intimité aux seuls initiés. Lyon est une de ces villes. Car les Lyonnais, qui passent pour des gens froids, lointains, hautains et distants, apparaissent à les mieux connaître comme les plus francs et les plus sûrs des amis. Comme notre mère Brazier, une mignonne qui vous fait comme rien ses quatre-vingts kilos de chair et d'os – plutôt de chair ! Et, pourtant, ce n'est pas faute de s'agiter : le fourneau conserve...

Adrien le laissait parler, se demandant toujours s'il n'aurait pas dû accepter de rencontrer un inspecteur de police.

— Sais-tu que cette femme, une des meilleures cuisinières du monde, a été placée à dix ans comme fille de ferme ? Elle gardait les vaches et les cochons. À dix-neuf ans, elle se retrouve fille mère, son père la chasse, elle débarque à Lyon où elle est placée comme bonne à tout faire chez les Milliat, les fabricants de pâtes. À la fin de la guerre, elle entre chez la mère Fillioux, et là ça fait des étincelles entre la vieille et la jeune, toutes les deux des génies de la casserole. Bref, elle se met à son compte en achetant une épicerie-comptoir de quinze places. Huit ans après, elle est au firmament des étoiles de la cuisine. Il y aurait un roman à écrire sur elle, tu ne trouves pas ?

Adrien, qui n'avait rien écouté, fit un signe de tête approbateur. La Delage commença à tirer à gauche. Elle fit une embardée. Immédiatement, Adrien sut qu'il avait crevé. Il réussit à garer la voiture sur le bas-côté. La tuile ! Curnonsky descendit à son tour pour constater les dégâts.

— Tu as pris des pneus Michelin ?

— Évidemment ! rétorqua Adrien d'un ton hargneux. C'est bien vous qui avez proposé à André Michelin ce slogan : « Il y a quarante immortels à l'Académie, mais il n'y a qu'un increvable, c'est chez Michelin. »

— Tout comme j'ai dit: «Perrier, le champagne des eaux de table.» Ce n'est pas parce qu'on trouve une bonne formule qu'on dit la vérité. Allez, mon petit, dépêche-toi, répare-nous ça.

— Vous allez m'aider.

— Tu n'y penses pas! Je ne pourrais que t'encombrer. Je suis tout sauf habile. Excepté dans l'usage d'un couteau et d'une fourchette…

Réprimant un geste de colère, Adrien farfouilla dans le coffre à la recherche de la roue de secours. Il sortit leurs bagages pendant que le Prince allait s'asseoir sur un petit muret et allumait une cigarette.

Suant et soufflant, Adrien réussit à installer le cric et à dévisser les boulons. La Delage était certes une belle voiture, mais si lourde qu'il lui fallut un temps fou pour mener à bien ces opérations. Curnonsky l'encourageait de loin avec des petits signes de la main et soliloquait:

— Tu vois, mon petit, je dois à l'automobile les meilleures joies d'une existence nomade et agitée, que j'ai confiée bien souvent, ne conduisant pas moi-même, à des chauffeurs et à des pilotes éprouvés. J'ai été un fervent de la vitesse. Je l'ai vue croître et embellir depuis la naissance de l'auto. Il m'est arrivé d'écrire – naguère! – dans une grande revue sportive cette phrase enthousiaste, dont je ne m'exagère pas d'ailleurs la portée métaphysique: «En construisant des automobiles, l'homme a surpassé Dieu. Car Dieu, existant par nature et par définition en dehors de toute relation d'espace et de temps, s'est interdit la joie et la gloire de faire du 140 à l'heure. Son éternité ne lui permet pas de connaître l'ivresse de la vitesse et tout record lui est, à jamais, interdit.»

Adrien, qui tentait avec difficulté de placer la roue de secours, le laissait parler.

— Mais, en fait, on ne fait jamais bien ce que l'on fait trop vite ; et la vitesse est la pire ennemie du vrai tourisme. Combien de soi-disant voyageurs, possédés du démon de la moyenne, ont traversé en tous sens notre admirable France sans rien voir, sans prendre le temps de contempler les aspects innombrables de sa splendeur : les sites, les cathédrales, les châteaux, les palais, et ces vieilles villes qui ont des visages ? Deux heures pour le Mont-Saint-Michel, une heure vingt-cinq pour Chartres, une heure dix-huit pour Bourges, une heure pour Angers. Et ces malheureux ne prennent même pas le temps de manger, dans ce paradis de la bonne chère.

Adrien était à deux doigts d'assommer le discoureur impénitent avec une clé à molette. Dans un ultime effort et avec un cri de triomphe, il vissa le dernier boulon. Il démonta le cric et s'assit à côté de la voiture, la tête entre les genoux.

— Tu vois, ce n'était pas si difficile que ça, lui susurra le Prince qui, royalement, se réinstalla dans la voiture.

Après s'être sommairement nettoyé les mains, Adrien reprit le volant sans un mot. Hélas, deux kilomètres plus loin, alors qu'ils traversaient Feyzin, la Delage recommença à tirer à gauche. Adrien jura.

— Tu es sûr que ce sont des Michelin ?

— Taisez-vous ou je fais un malheur.

Cette fois, plus de roue de secours. Par chance, Adrien aperçut un garage à quelques centaines de mètres. Sentant l'exaspération de son compagnon, Curnonsky eut la bonne idée de se garder de tout autre commentaire. Avisant un café, il se contenta de dire :

— Prends ton temps. Je t'attendrai là-bas.

Et il disparut au petit trot. Muni de la roue crevée qui pesait un âne mort, Adrien marcha jusqu'au garage. L'accueil qu'on lui fit fut peu aimable. Le patron était sur une grosse réparation, et l'apprenti parti chercher des pièces à Lyon. Au bout d'une heure, le garagiste, un petit homme sec aux sourcils broussailleux et au visage grêlé, daigna s'occuper de la chambre à air. Il ne prononça pas une parole. « Une journée fichue », se disait Adrien en regardant sa montre toutes les cinq minutes. Quand enfin il récupéra sa roue, il lui fallut de nouveau passer par l'épreuve du cric, le garagiste ayant refusé de lui venir en aide. « Journée de merde », répétait Adrien en boucle. Un des poignets de sa chemise se déchira en restant accroché à un boulon et une énorme tache de graisse s'étalait sur le devant de son pull. Il prit soin de vérifier qu'il n'y avait pas d'autres traces sur ses vêtements, susceptibles de salir le cuir fauve de la Delage. Il démarra en trombe. Et pila au carrefour suivant. Il avait oublié Curnonsky. Il fit un demi-tour qui lui valut un concert de klaxons furieux. Le Prince était confortablement installé à une petite table devant un verre de vin. Les restes dans son assiette suggéraient qu'il s'était fait servir une andouillette et des frites. Il leva son verre et déclara :

— Je crois que j'ai trouvé un autre slogan : « Le pneu Michelin, le pneu qui boit l'obstacle. »

Adrien passa devant lui sans rien dire, demanda au patron où il pouvait se laver les mains. On lui indiqua une arrière-cour puante où un robinet laissait échapper un maigre filet d'eau. Et, bien entendu, rien pour s'essuyer les mains. « Journée de chiotte ! » clama-t-il.

Curnonsky dut l'entendre car quand Adrien revint dans la salle, il avait déjà payé et remerciait le patron pour son accueil.

Désormais attentif au moindre frémissement de la Delage, Adrien conduisait lentement, à tel point que Curnonsky lui demanda d'accélérer.

— Allons, mon petit, du nerf! À cette allure d'escargot, nous n'arriverons jamais à Vienne pour l'apéritif.

— Nous ne nous arrêtons pas à Vienne, rétorqua Adrien, les mâchoires serrées.

— Tu ne peux pas me faire ça ! Ne pas aller saluer mon ami Fernand Point serait une trahison passible du peloton d'exécution. Et où veux-tu nous faire dormir ? Dans un trou à rats garni de puces et de punaises ? Et nous faire manger des sandwichs ?

Adrien accéléra.

— Vous vous contenterez de ce que l'on trouvera.

Peu avant Vienne, la Nationale 7 longeait le Rhône. La circulation se fit plus dense en cette fin d'après-midi. Maussade, Curnonsky avait bourré sa pipe et les volutes d'une fumée âcre remplissaient l'habitacle. Adrien ouvrit grand sa vitre. Ce faisant, il aperçut une voiture qui prenait une rue à gauche. Cette voiture, il la connaissait ! La Renault Reinastella ! Quelques secondes plus tard, il empruntait la même rue. Le visage de Curnonsky s'éclaira.

— Te voilà revenu à de meilleurs sentiments.

Adrien n'ignorait pas que la rue menait à la Pyramide, un monument romain en face duquel était installé le restaurant de Fernand Point, une grosse maison crépie de gris, couverte de tuiles romaines. La voiture de Rebecca était garée dans la cour. Elle en descendait.

— Ah ! je comprends mieux, murmura Curnonsky.

Adrien s'engagea à son tour dans la cour. Dans sa hâte, il ne vit pas que les véhicules de « ses amis » selon Curnonsky étaient là aussi. Il s'élança à la suite de la jeune femme qui se retourna en entendant ses pas précipités.

— Je t'avais bien dit que nous nous retrouverions, dit-elle en le prenant familièrement par le bras.

— J'ai beaucoup pensé à toi.

— Après vingt-quatre heures de séparation, nous avons certainement beaucoup de choses à nous dire, lui dit-elle d'un ton moqueur.

Elle le regarda d'un œil attentif :

— Tu as de la graisse dans les cheveux... Des ennuis mécaniques ?

— Deux crevaisons à la suite.

Ils furent interrompus par les appels à l'aide du Prince qui ne trouvait plus ses bagages, Adrien ayant négligé de ranger le coffre après avoir replacé la roue de secours. Rebecca en profita pour s'échapper avec un léger sourire.

— Nous nous retrouverons au dîner.

En retournant sur ses pas, Adrien s'aperçut qu'ils auraient pour compagnie Anthelme Lenoir, les Anglais, Suzanne et Lucien, le vicomte et son bellâtre, Boulinois, et Yvette si elle était encore avec lui.

Il eut un étrange sentiment de déjà vécu. Un nouveau drame était-il en préparation ?

L'accueil que leur fit Fernand Point, un gaillard de trente-deux ans et de près de deux mètres pour plus de cent vingt kilos, fut on ne peut plus chaleureux. Quand Curnonsky et lui se tombèrent dans les bras, Adrien eut l'impression d'assister aux embrassades de deux montagnes. Aussitôt, le cuisinier fit apporter une bouteille de champagne pour fêter leurs retrouvailles. Adrien connaissait bien Fernand Point. Il s'arrêtait à la Pyramide à chacun de ses voyages dans le Sud, mais le cuisinier ignorait ses activités pour le *Guide Michelin*, le prenant pour ce qu'il était : un jeune oisif, amateur de plaisirs. Adrien était un de ceux qui militaient pour lui attribuer le maximum d'étoiles quand elles seraient mises en place. Il aimait son inaltérable bonne humeur, et surtout la touche personnelle qu'il ajoutait aux recettes traditionnelles. Fernand avait fait ses classes à Paris chez Foyot et au Bristol, au Majestic de Cannes, et enfin à l'Hôtel Royal d'Évian. Que des grandes maisons où il avait acquis une véritable passion pour les sauces. Il avait fait sienne la maxime du marquis de Cussy : « Point de sauce, point de salut, point de cuisine. » Mais il était aussi fils d'aubergiste et avait été nourri de plats paysans concoctés par sa mère et sa grand-mère au buffet de la gare de Louhans, en Bresse, que dirigeait son père, Auguste. Quand ce dernier avait demandé son adhésion à la chaîne des Buffets de France, on la lui avait refusée. Il avait alors tenté de s'installer à Lyon, mais les commerces y étaient si chers qu'il s'était rabattu sur le restaurant Guieu à Vienne, d'excellente réputation. Quand il l'avait acheté en 1923, Guieu aurait dit que c'était « pour son fils, un jeune con qui veut faire de la cuisine nouvelle ». Deux ans plus tard, à la mort d'Auguste, Fernand prenait les commandes du restaurant et, depuis, volait de succès en succès. Il était l'exemple de cette nouvelle génération de grands cuisiniers propriétaires de leur affaire. Il avait pour lui un caractère jovial qui plaisait aux clients, mais aussi une exigence, un sens du perfectionnisme qui le rendaient intransigeant sur la qualité des produits et de leur préparation.

Fernand Point et Curnonsky n'en finissant pas avec leurs démonstrations d'amitié, Adrien les planta là. Il avait hâte de prendre une douche et de se débarrasser des traces de graisse et de cambouis. En s'éloignant, il entendit Fernand Point déclarer :

— Il y a peu de monde ce soir. On sent que l'été est bientôt fini. Ça ne me dérange pas. Au contraire. Dorénavant, j'ai décidé de limiter le nombre de convives à cinquante. Je vais pouvoir vous gâter.

Adrien ne put s'empêcher de penser que les agapes risquaient d'être gâtées par la présence de la bande de la Côte d'Or.

Adrien opta pour le foie gras en brioche, tandis que Curnonsky hésitait entre la mousse de truites et le gratin de queues d'écrevisses à la fine de château-grillet. Fernand Point surgit à leurs côtés.

— Prenez les écrevisses. Elles sont superbes. Grosses pattes rouges, chair fine – et coffre bien garni ! Elles étaient bien vivantes, les garces. Il y en a une qui a réussi à me pincer le doigt. Je me suis vengé en les précipitant dans un court-bouillon bien odorant. Juste le temps nécessaire pour qu'on puisse les décortiquer. Et après, hop! on fait étuver les mignonnes avec du beurre. On ajoute sel, poivre et le divin nectar: une bonne fine de château-grillet. C'est ça qui fait la différence avec tous les autres gratins d'écrevisses. On réduit, et c'est au tour de la double crème bien onctueuse d'entrer en scène. Après, c'est tout simple: on gratine au four. Je vous le sers avec une chiffonnade de laitue au beurre? C'est ce qui va le mieux avec. Et comme je le dis toujours: les garnitures doivent être assorties comme une cravate à un complet.

— Et sans beurre, ce serait possible? demanda Curnonsky.

Fernand Point fit un pas en arrière comme s'il avait aperçu une mygale se promenant sur la nappe. L'ample lavallière à pois qu'il portait le soir en tressautait de colère.

— Vous n'y pensez pas! Il faut du beurre! Du beurre! Donnez-moi du beurre! Toujours du beurre!

Les yeux plissés de plaisir, Curnonsky lui dit:

— Je vous taquine, mon cher Fernand, je vous taquine.

— Bon! Pour la peine je vous condamne à une, voire deux bouteilles de château-grillet, et pour la suite un côte-rôtie au parfum de violette et framboise.

Finalement, la soirée débutait plutôt bien, d'autant que Rebecca venait de faire son entrée. Curnonsky autorisa Adrien à l'inviter à leur table. Adrien se leva, alla à sa rencontre et apprécia sa robe en crêpe de Chine noir avec une encolure en dentelle incrustée bis et or. À sa suite entrèrent Anthelme Lenoir et le

Dr Boulinois en compagnie d'Yvette. Il y eut comme un froid. Accentué par l'arrivée de Lucien et Suzanne, du vicomte et son petit ami. Tous se regardèrent en chiens de faïence et s'installèrent à des tables aussi éloignées que possible les unes des autres. Seuls les Anglais, déjà présents, ne manifestaient aucune gêne.

Le grand sourire de Fernand Point, qui avait l'habitude de jauger une ambiance, de mesurer le degré de contentement de ses clients, s'évanouit. Comme Adrien, il pressentit que ce dîner n'annonçait rien de bon.

9

Appliquant un de ses principes – « Même si certains clients font la soupe à la grimace, ayez toujours le sourire » –, Fernand Point tenta de réchauffer l'atmosphère en passant de table en table, et dans un premier temps, à force de bons mots et d'anecdotes, il y parvint. À moins que l'embellie ne fût due à sa poularde aux truffes, son turbot au champagne, son loup en feuilleté... En partie rassuré, il revint à la table de Curnonsky, s'enquit de leur satisfaction et annonça d'une voix timide :

— Jc vais me marier.

— Et qui est l'heureuse élue ? demanda Curnonsky qui se délectait de son gratin d'écrevisses.

— Elle s'appelle Marie-Louise mais on dit Mado. Elle est ardéchoise. Et coiffeuse.

— Va-t-elle continuer à exercer son métier ? voulut savoir Rebecca qui reprenait sa place après être allée chercher un mouchoir dans sa chambre.

— Oh non ! Elle va m'aider. Elle a beaucoup de goût. Une maison comme celle-ci a besoin de raffinements féminins. Je suis toujours bien embarrassé quand il s'agit de choisir des assiettes ou des verres.

J'aimerais bien de belles nappes damassées, des couverts en argent, de grands bouquets de glaïeuls...

— Nul doute que vous allez faire de la Pyramide un monument culinaire, se réjouit Adrien, contaminé par la manie des formules du Prince.

— Oh! vous savez, chaque matin, il faut se remettre en question. Une béarnaise, c'est simplement un jaune d'œuf, une échalote, un peu d'estragon. Mais il faut des années de pratique avant que le résultat soit parfait. Comme l'œuf au plat, qui nécessite une masse d'attentions aussi bien pour l'à point de cuisson que pour l'assaisonnement.

— Ça me rappelle ce que me confiait la mère Fillioux, à Lyon. Paix à son âme! commença Curnonsky. Pour elle, comme pour vous, la confection parfaite d'un bon plat exige des années d'étude et d'expérience. Elle disait avoir passé toute sa vie à faire quatre ou cinq plats, et qu'elle ne ferait jamais que ceux-là. Tous les jours de l'année, elle servait le potage velouté aux truffes, les quenelles au beurre d'écrevisses, la volaille demi-deuil, les fonds d'artichaut aux foies gras truffés.

— Mais elle pouvait se vanter de les réussir, renchérit Fernand Point. On ne s'en fatiguait jamais. À Louhans où je suis né et où elle achetait ses volailles, on disait que c'était plus de vingt-cinq mille qui passaient chaque année au fil de son couteau.

En évoquant ces souvenirs, Fernand Point ne cessait de jeter des regards nerveux à ses clients. Adrien remarqua son manège. Lui aussi s'attendait au pire.

Soudain, un cri étranglé jaillit. Anthelme Lenoir se tenait la gorge, pris d'étouffement. D'un bond, Point fut à ses côtés.

— Que se passe-t-il ? Vous avez avalé de travers ? demanda-t-il en essayant de desserrer les mains que le pauvre homme tenait autour de son cou.

— Non, couina le journaleux, les yeux exorbités.

— Vite, un médecin ! hurla Fernand Point.

Boulinois se leva sans hâte, abandonnant à regret sa sole aux nouilles et se dandina jusqu'à la table où le chef essayait de faire boire un verre d'eau à Lenoir. Adrien avait pris la main de Rebecca et la serrait fort. Les sourcils froncés, Curnonsky observait la scène sans émotion apparente.

Lenoir semblait reprendre ses esprits. Boulinois palpait sa gorge en demandant :

— Vous ressentez une brûlure ? Une gêne importante ? Pouvez-vous déglutir ?

Paniqué, Fernand Point essuyait la sueur perlant à son front avec une serviette de table. Tétanisés, les serveurs s'étaient transformés en statues de sel.

La tête de Lenoir s'affaissa. Boulinois lui tapota les joues sans conviction. Peut-être pensait-il aux termes qu'il allait employer pour rédiger l'acte de décès. Fernand Point se tordait les mains d'anxiété. Une sorte de râle s'échappa de la bouche de Lenoir. Le moment était horrible. Assister pour la deuxième fois à une mort dans un restaurant relevait de l'indicible. Adrien vit les Anglais, qui en étaient au dessert, se lever discrètement et partir en douce.

Était-ce un dernier sursaut, une ultime tentative pour avaler un peu d'air ? Lenoir releva la tête et dit d'une voix faible :

— Il y avait du verre pilé dans mon foie gras...

Il tendit la main, ouvrit son poing serré et des morceaux de verre apparurent.

— En avez-vous ingéré ? demanda d'une voix très professionnelle le Dr Boulinois.

— Je ne sais pas, gémit le pauvre homme.

Le docteur tripotait sa petite barbiche.

— Hum, hum... Intéressant ! C'était la manière employée dans les harems pour se débarrasser des eunuques...

Un petit rire, aussitôt réprimé échappa à Curnonsky.

— C'est nerveux, murmura-t-il à Adrien qui lui lançait un regard furibond.

Lenoir l'avait certainement entendu, car il se redressa et déclara d'une voix qui n'avait plus rien de faible :

— On a voulu me tuer ! Et ça vous fait rire ?

— Ça n'aurait pas été une grosse perte, fit savoir le vicomte à haute voix.

— Si vous en avez avalé, les douleurs vont être horribles, reprit Boulinois. Vous allez avoir des hémorragies de l'estomac, des intestins. Il n'y a pas grand-chose qu'on puisse faire...

— Vous voyez, c'est un assassinat ! hurla Lenoir, manifestement revenu à la vie.

Lucien se leva d'un bond et s'écria en gesticulant :

— Ce n'est pas moi ! Je n'y suis pour rien ! Je ne le connais pas !

Suzanne le fit se rasseoir, lui intima l'ordre de se taire et éclata en sanglots. Adrien et Rebecca s'étaient levés et s'approchèrent de la table de Lenoir.

— Les morceaux de verre sont bien gros... murmura Adrien à l'oreille de la jeune fille.

— Et ils ne portent pas trace de foie gras...

— Tu penses la même chose que moi ?

— Qu'il les y a mis lui-même ? Oui !

— Il faut en avoir le cœur net.

Entre les vociférations de Lenoir, les protestations de Fernand Point, les sanglots de Suzanne, la scène tournait au vinaigre. Adrien fit de grands gestes d'apaisement tout en disant :

— Écoutez-moi tous. S'il s'agit d'une tentative d'assassinat et si le verre a été introduit dans le plat, il nous faut savoir à quel moment il l'a été. Et cela nous conduira au coupable.

Comme par enchantement, le silence se fit. Seuls persistaient les reniflements de Suzanne.

— Oh oui ! s'exclama Yvette. Jouons aux détectives.

Adrien la foudroya du regard.

— Monsieur Point, continua-t-il, pouvez-vous nous décrire la recette du foie gras en brioche ?

Soulagé de revenir sur un terrain qu'il connaissait, le chef ne se fit pas prier.

— Je commence par réaliser un parfait de foie gras. Pour cela, il faut retirer le nerf d'un foie gras et le faire tremper dans l'eau froide. Puis l'éponger et le placer dans une marinade composée de vin de porto, cognac, sel, poivre et un peu de muscade. Après vingt-quatre heures, il reste à enlever le foie gras de la marinade, à ajouter les truffes au milieu, et à l'envelopper étroitement dans un tissu léger. Puis à enduire l'extérieur avec de la graisse de poulet fondu et le placer dans un plat allant au four. Couvrir le plat, le mettre dans un bain-marie, et faire cuire dans un four modéré pendant trente minutes. Retirer le foie gras, le déballer et lui redonner sa forme naturelle.

— Ce n'était pas des truffes, c'était du verre ! vociféra Lenoir.

— Taisez-vous, ordonna Adrien. Laissez parler le chef.

— Après, je le place dans un moule beurré et garni de pâte à brioche non sucrée. Je laisse lever la pâte et je fais cuire pendant environ quarante minutes dans un four modéré.

— Si je comprends bien, poursuivit Adrien, le verre aurait pu être mis au moment de la fabrication du foie gras ou avant la cuisson de la brioche.

— Impossible, s'insurgea Fernand Point, c'est moi qui ai procédé aux deux préparations.

— Il y a une autre possibilité, suggéra Curnonsky. Le verre a pu être introduit juste avant que le foie gras soit servi.

— C'est exact, admit Adrien. Monsieur Lenoir, avez-vous remarqué un trou dans la brioche ?

— Comme toutes les brioches, elle était boursouflée. Je ne l'ai pas examinée sous toutes les coutures.

— Elle n'était pas boursouflée, s'indigna le chef. Elle était juste gonflée, comme il se doit.

Curnonsky lui tapota le bras en signe d'apaisement.

— Qui a servi la brioche de M. Lenoir ? demanda Adrien à la cantonade.

Un jeune serveur sortit des rangs du personnel.

— C'est moi, monsieur, mais je vous jure...

— Je ne vous accuse pas, jeune homme. Nous cherchons juste à savoir.

Âgé d'une vingtaine d'années, le garçon arborait une mine terrifiée. Ses mains tremblaient.

— Je me porte garant d'André, dit Fernand Point avec force.

Ignorant l'interruption, Adrien continua d'un ton qui se voulait conciliant :

— Pouvez-vous nous dire exactement ce qui s'est passé entre le moment où vous avez pris le plat en cuisine et où vous l'avez servi à ce monsieur ?

Les yeux fixés sur ses pieds, André ne répondit pas.

— Allez, vas-y, l'encouragea le chef.

Le jeune serveur releva la tête, une lueur victorieuse dans le regard.

— Je sais ! J'ai déposé la brioche sur la desserte…

— Malheureux ! C'est un plat qui ne peut pas attendre ! rugit Fernand Point.

— Pardon, chef, gémit le jeune homme qui replongea dans son silence.

— Continuez, dites-nous… le pria Adrien. C'est très important.

— Que le chef me pardonne, mais il y a un autre monsieur, dit-il en montrant le vicomte, qui avait cassé son verre de vin et qui m'appelait avec insistance. J'ai cru bon de lui venir en aide.

— Donc, la brioche est restée sans surveillance quelques instants, fit observer Curnonsky.

— Oh, pas longtemps ! J'ai nettoyé la table pendant que le client allait aux toilettes et j'ai repris mon service.

— C'est bien, André, vous nous avez été d'une grande aide, le remercia Adrien qui, se souvenant des préceptes du Dr Locard, se demandait s'il ne devrait pas examiner les mains du jeune homme. Peut-être y avait-il encore des traces de verre, sous ses ongles par exemple.

— Eh ! dites donc, l'apostropha le vicomte, vous vous prenez pour qui ? Pour Sherlock Holmes ? De quel droit nous interrogez-vous ? Faites venir la police.

— Oui, oui, Sherlock Holmes, se réjouit Yvette en battant des mains. N'importe qui aurait pu mettre du verre dans la brioche. Il suffit de savoir qui s'est absenté à ce moment précis et se serait approché de la desserte.

Tous les regards se tournèrent vers le meuble, placé près de la porte donnant sur le hall.

— Je me suis rendue dans ma chambre quelques minutes avant que n'éclate l'incident, déclara Rebecca calmement. À mon retour, je n'ai rien vu de suspect.

— Sauf si c'est vous qui l'avez mis, déclara Yvette dont les joues rosissaient d'excitation.

Rebecca se contenta de hausser les épaules. Sentant que la situation lui échappait, même si les déductions d'Yvette s'avéraient judicieuses, Adrien fit quelques pas en avant.

— Reprenons. Il nous reste les serveurs…

— Et le chef, l'interrompit Suzanne qui avait enfin séché ses larmes.

La lavallière de Fernand Point recommença à tressauter sous le coup de l'indignation.

— Pourquoi diable voudrais-je tuer mes clients? C'est stupide!

Curnonsky lui tendit un verre de côte-rôtie en disant:

— Fernand Point était à nos côtés. Nous devisions gentiment.

Nullement vaincue, Suzanne reprit d'une voix criarde:

— Et les Anglais? Où sont-ils? Ils ont disparu.

— Je crois que nous n'avons rien à craindre d'eux, répondit Adrien avec un petit sourire. Ils vaquent à leurs affaires.

— Et on peut savoir lesquelles?

— La grivèlerie. Partout où ils vont, ils se débrouillent pour partir sans payer. À l'heure qu'il est, ils doivent digérer paisiblement leur dîner dans un petit hôtel pas cher au bord de la nationale.

À cette annonce, Fernand Point fit la grimace, sortit du restaurant et revint un instant plus tard.

— Vous avez raison. Leur voiture n'est plus là.

Le vicomte de La Saussaye avait profité du départ du chef pour se lever et s'approcher de la sortie.

— Eh là ! N'en profitez pas pour filer à l'anglaise, lui enjoignit Lenoir. Vous êtes le premier suspect.

Le poing brandi, le vicomte se précipita sur la pauvre victime, le prit par le col et le secoua comme un prunier. Boulinois lui fit lâcher prise.

— N'allez pas me tuer mon malade.

— Ce n'est pas l'envie d'écraser cette vermine qui me manque.

— Vous voyez ! éructa triomphalement le journaliste.

— C'est lui ! brailla Yvette. J'ai tout de suite vu qu'il avait l'air méchant.

— Toi, la grue, occupe-toi de tes fesses.

Prenant un air de vierge offensée, Yvette se tut et chercha du regard Boulinois qui se garda bien de prendre sa défense.

— C'est vrai, renchérit Suzanne, bien contente que l'attention se soit détournée de Lucien. Avec ses mœurs… on peut s'attendre à tout.

— Ce n'est pas le sujet, temporisa Adrien. Et ça ne nous dit pas pourquoi il aurait voulu tuer M. Lenoir.

— Je vais vous le dire ! clama ce dernier. Il n'y a pas que l'histoire du mécanicien du Grand Prix de Monaco. D'autres étranges disparitions de jeunes gens ont eu lieu. Et devinez qui ils avaient rencontré peu de temps avant? Le vicomte de La Saussaye, bien sûr! Les corps n'ont jamais été retrouvés. Je me suis intéressé à ces affaires, j'ai un peu enquêté de mon côté. Le vicomte possède des terres et un château, en très mauvais état soit dit en passant.

La Saussaye fulminait, de nouveau prêt à bondir sur son accusateur.

— Les cadavres sont peut-être là, enterrés dans quelque friche…

— Je ne vous permets pas! J'ai été entendu comme témoin par la police qui n'a pas jugé bon de poursuivre ses investigations. Que vous faut-il de plus? Oui, je connaissais ces garçons. Oui, ils m'attiraient. Oui, j'ai eu une aventure avec l'un d'entre eux.

Le vicomte avait perdu toute superbe et semblait sincèrement ému.

— Je ne sais pas ce qui leur est arrivé, continua-t-il, au bord des larmes. Je ne suis pas le seul à avoir ces «mœurs», comme dit cette dame, et je ne suis pas un pervers.

Adrien sentait confusément qu'il disait la vérité. Mais se sentant pousser des ailes de détective, il crut bon de continuer son interrogatoire.

— Vous vous y connaissez en mécanique?

— Bien sûr, mais qu'est-ce que ça a à voir?

— Vous avez eu une altercation avec Marcel Parent juste avant que sa voiture prenne feu…

Les visages se figèrent. Yvette étouffa un petit cri avec sa main.

— Vous ne pensez tout de même pas que j'ai pu provoquer cet accident? Ça suffit maintenant!

— Il vous avait refusé son aide pour monter une écurie de course, s'obstina Adrien.

— De l'histoire ancienne, dit le vicomte d'un ton las. Pourquoi vous acharnez-vous sur moi? Je suis certain que bien d'autres parmi nous ont des choses à cacher. Cette jeune femme, par exemple, qui elle aussi s'est absentée au moment du drame. Qu'a-t-elle à nous dire?

Avant qu'Adrien ait pu réagir, Rebecca s'était avancée au centre de la salle.

— Je vais vous le dire. Je vous déteste tous autant que vous êtes. Oisifs, pique-assiettes, nouveaux riches, infatués de vous-mêmes, veules, prêts à hurler avec les loups. Vous, le journaliste, obséquieux avec les puissants, méprisant pour les sans-grades, vous transpirez la magouille. Vous, le quincaillier et la ménagère, vous seriez prêts à tuer père et mère pour vous faire une place au soleil et vous pavaner dans ce que vous croyez être le grand monde. Vous, ma pauvre Yvette, qui croyez à chaque fois que vous rencontrez un homme que vous allez toucher le gros lot. Vous, le gros plein de soupe. Oui, vous, monsieur Curnonsky, vous portez votre bedaine comme un titre de gloire dans vos stupides académies de gastronomes où vous ne faites que transmettre les idées les plus éculées et les plus nocives.

Curnonsky leva son verre comme s'il lui portait un toast.

— Mademoiselle, j'apprécie la fougue de la jeunesse. Vous avez bien raison de vous emporter contre les vieux barbons que je représente. C'est vrai que je fais un métier bien inutile. Pour remplir correctement mes fonctions, il me faudrait douze gueules et vingt-quatre trous du cul ! Mais vous-même, vous mangez aux meilleures tables, vous roulez dans une voiture hors de prix, vous portez des tenues de grands couturiers. Le monde que vous décriez, vous en faites partie.

Rebecca se tourna lentement vers lui, prenant une pose qu'Adrien jugea excessivement théâtrale.

— Plus pour longtemps, dit-elle. Je suis atteinte d'une maladie qui ne me laisse que quelques mois à vivre.

Un murmure parcourut l'assemblée.

— Ce voyage est mon dernier ou plutôt, devrais-je dire, mon avant-dernier.

Yvette s'approcha d'elle et mit son bras autour de ses épaules. Fernand Point déglutissait avec difficulté. Stupéfait par cette confession, Adrien la regardait avec consternation.

— Je me rends sur la tombe de mon père. Avant de mourir. Et de le rejoindre.

Elle sortit, la tête haute. Le silence se fit, bientôt interrompu par un glapissement de Lenoir :

— Et mon verre pilé, tout le monde s'en moque ?

— Un peu de décence, lui rétorqua Fernand Point. Vous n'êtes pas mort, alors que cette pauvre jeune fille…

— Je me demande ce qu'elle a, s'interrogeait le Dr Boulinois. Elle me semble trop resplendissante pour être atteinte de tuberculose ou d'un cancer. Peut-être une tare familiale ou une maladie contractée sous les tropiques…

— Oui, mais le verre pilé… s'entêtait Lenoir.

— Écoutez, lui dit Fernand Point, c'est un malheureux incident. En dédommagement, je vous offre de séjourner à la Pyramide à mes frais autant de fois que vous le souhaiterez.

Lenoir fit la moue mais, d'un hochement de tête, signifia qu'il acceptait.

Toujours abasourdi par les révélations de Rebecca, Adrien ne savait plus que penser. Il s'esquiva et s'empressa d'aller rejoindre la jeune femme.

10

Rebecca revêtait un déshabillé de soie couleur saumon incrusté de dentelle de Calais et ne paraissait nullement affectée par la scène qui venait de se dérouler.

— Je suis désolé, commença-t-il d'une voix empreinte d'émotion. Pourquoi ne m'as-tu rien dit?

— À quel propos?

— De ta maladie…

Elle fit virevolter les larges pans du vêtement qui s'épanouirent en corolle et vint poser un baiser léger sur les lèvres d'Adrien.

— Mais c'est une blague! Ne me dis pas que tu m'as crue. Dieu, que tu es naïf!

De saisissement, il s'assit sur le lit et la regarda avec colère.

— Tu es complètement folle. Pourquoi faire une chose pareille? Bien sûr, je t'ai crue. Comme tout le monde.

Elle vint s'installer à genoux derrière lui et passa ses bras autour de ses épaules, l'enveloppant des arômes chauds et sucrés de son parfum.

— J'avais envie de leur dire leur fait, à tous ces braves gens qui ne sont pas si braves que ça. Pour faire passer la pilule, je n'ai rien trouvé de mieux. Je sais, c'est un peu puéril. Tu n'as jamais envie d'exploser, toi ? Avoue que c'était grotesque. Lenoir mettant en scène son propre faux assassinat, le déballage des turpitudes du vicomte, les cris effarouchés de la ménagère, la frousse du quincaillier… Et ton ami Curnonsky, si content de lui-même et de ses bons mots…

— Ne recommence pas, j'ai compris. Je suis entièrement d'accord avec toi. Mais ce n'est pas avec des gamineries que nous avancerons. Il se passe des choses pas claires. Tu es la première à me l'avoir fait remarquer.

— Je me moque bien qu'ils s'entretuent, dit-elle en l'enlaçant langoureusement.

Ses doutes à son sujet revinrent à l'esprit d'Adrien. Et si c'était elle qui manigançait tout depuis le début ? Et si le vicomte avait vu juste ? Rebecca pouvait très bien avoir mis le verre dans la brioche quand elle s'était absentée. Pourquoi l'aurait-elle fait ? Elle ne s'était tout de même pas donné comme mission d'éliminer toutes les vermines de la terre…

— Je te trouve bien pensif. Regarde ! Avant de monter dans ma chambre, je suis allée chercher deux parts de gâteau Marjolaine et j'ai raflé une bouteille de condrieu. Installe-toi, je vais t'en dire un peu plus sur moi. Je vois dans tes yeux que tu n'es pas loin d'aller me dénoncer à la police.

— Tu ne crois pas si bien dire, lui rétorqua Adrien, mi-figue, mi-raisin.

Elle plongea sa cuillère dans le délicieux mélange de crème blanche, crème au chocolat, amandes et noisettes, prit le temps de déguster et commença :

— Mon père était juif et il a fui les pogroms d'Odessa en 1880 pour se réfugier en Amérique. Il avait vingt-cinq ans. Quinze ans plus tard, il avait fait fortune en vendant du matériel à des compagnies de chemins de fer comme la Southern Pacific. Puis, il se spécialisa dans la construction de wagons réfrigérés pour le transport des oranges de Californie. Il fit encore plus d'argent. Comme il avait la nostalgie de la vieille Europe, il y revint plusieurs fois. En 1900, il tomba fou amoureux de la France et de ma mère par la même occasion. L'histoire banale du riche Américain et de la petite danseuse de revue sans le sou. Elle était très belle, lui voulait prendre du bon temps. Et ce fut la grande vie. Ils découvrirent ensemble les palaces, le champagne, les fêtes. Je crois qu'ils se sont beaucoup amusés. De temps en temps, il repartait en Amérique pour faire construire encore plus de wagons, pour transporter encore plus d'oranges. En 1904, quand il revint, j'étais née. De peur qu'il ne la quitte, ma mère lui avait caché qu'elle était enceinte. Il la quitta en effet, mais curieusement il m'emmena avec lui. Deux ans plus tard, nous étions de retour en France après avoir miraculeusement survécu au tremblement de terre de San Francisco. Ma mère avait disparu de la circulation et il ne chercha pas à la retrouver. J'ai grandi entourée de nurses anglaises. Rien n'était trop beau pour moi, mais j'étais une enfant triste et sans allant. Mon père m'emmenait partout avec lui, ce qui lui valait nombre de remarques désagréables. Parfois, il m'oubliait. Il collectionnait les bonnes fortunes féminines, ou du moins payait-il très cher pour être bien accompagné. À force de fréquenter les meilleures tables, il grossit démesurément. Il eut un grave accident de voiture, mais cela ne l'empêcha pas de continuer à rouler à tombeau ouvert. C'est lui qui m'a transmis l'amour des belles voitures.

— Vous n'êtes pas retourné aux États-Unis ? demanda Adrien.

— Lui, non. Moi, si. En 1914, peu de temps après la déclaration de guerre, il m'expédia à Boston, dans un pensionnat, pour que je sois en sécurité et que j'apprenne les bonnes manières.

— Et après ?

— J'y suis restée jusqu'à mes seize ans, m'ennuyant à mourir dans cette société cadenassée, puritaine, où règne l'hypocrisie. Je ne rêvais que de partir en Angleterre pour me joindre aux suffragettes et me battre pour le droit de vote.

Tiens, se dit Adrien, voilà qui plairait à Diane, sa mère.

— Je suppliais mon père de me faire revenir en Europe. Comme il faisait la sourde oreille, j'ai volé à une de mes camarades l'argent nécessaire pour la traversée et j'ai débarqué au Havre le 1er juillet 1920.

— Ton père... Comment t'a-t-il accueillie ?

— Mal ! Je crois qu'il avait honte de la vie qu'il menait, entourée de gamines de mon âge qui lui soutiraient tout l'argent qu'elles voulaient. C'est pour ça qu'Yvette me fait de la peine. Après l'abominable Parent, Boulinois, ce n'est guère mieux. Bref, il était devenu obèse et avait du mal à se déplacer. Il a vu dans mes yeux qu'il m'inspirait du dégoût. À seize ans, on n'est guère tendre envers ses parents.

Pour la première fois, Adrien perçut une émotion dans sa voix. Jusqu'alors, elle avait débité son histoire sur un ton qui laissait à penser qu'elle parlait de quelqu'un d'autre.

— J'étais en pleine révolte. J'ai coupé mes cheveux à la garçonne. Il m'a envoyée deux ans dans un pensionnat en Suisse pour parfaire mes bonnes manières. J'en ai acquis de bien mauvaises. Je me suis spécialisée dans le vol de mes richissimes camarades. Tout l'argent que je récupérais, je le donnais à des pauvres.

— Robin des Bois? Arsène Lupin?

— Si tu veux! Je m'ennuyais autant à Vevey qu'à Boston. Trouver le moyen de m'introduire dans les chambres, choisir le bon moment, agir vite... tout cela était beaucoup plus divertissant que l'apprentissage des danses de salon.

— Tu ne t'es jamais fait prendre?

— Bien sûr que si, et ce fut la fin de mon séjour au bord du lac Léman. Mon père fut obligé de venir me chercher. Il se répandit en excuses, fit une belle donation au pensionnat et, au final, ne m'en voulut pas trop. Je crois même que mes talents de malfaiteur en herbe l'amusaient.

La bouteille de condrieu était vide. Ils décidèrent de s'en procurer une autre. Ce fut chose facile. Rien d'étonnant, après ce que venait de lui révéler Rebecca. Elle opéra avec un drôle de petit couteau muni de plusieurs lames, d'un tournevis et d'un poinçon. Une fois remontés dans la chambre, Adrien découvrit que l'ustensile était aussi muni d'un tire-bouchon.

— Un outil miracle...

— C'est un couteau d'officier de l'armée suisse qui permet de manger, boire, et éventuellement démonter et remonter son fusil. Un vieux souvenir que je garde précieusement...

— De l'officier ou du couteau?

— Les deux! Je t'avoue que les hommes m'intéressent en fonction de ce qu'ils peuvent m'apporter. Avec un pilote de course, j'ai appris la mécanique, avec un jeune banquier, l'art de faire transiter l'argent à travers les continents, avec un vieil antiquaire, l'adresse des meilleurs faussaires, et le plus important, avec un commissaire de la police judiciaire, les moyens de ne pas se faire prendre.

Adrien faillit lui parler du Dr Locard, mais il voulait qu'elle aille au bout de son histoire. Elle dressait d'elle un portrait assez inquiétant. En le faisant si franchement, si naturellement, Adrien se demandait si elle disait la vérité ou si elle cherchait à le mystifier. Il la laissa poursuivre.

— Tu as mis en pratique ces différents enseignements? demanda-t-il.

— Ne prends pas ce ton faussement innocent, rétorqua-t-elle en riant. Tu aimerais savoir si je suis pour quelque chose dans les morts de ces derniers jours. La réponse est non. Je peux mentir, voler, mais tuer, non. Du moins jusqu'à présent.

En prononçant ces derniers mots, Adrien vit une étrange petite lueur danser dans son regard. Il n'en fut pas vraiment rassuré. Il se resservit un verre de condrieu et ferma les yeux pour en apprécier les arômes de miel.

— Passons sur mes aventures amoureuses pour en venir à mes préoccupations actuelles, poursuivit-elle. Les affaires de mon père continuaient à se porter à merveille. Il y a deux ans, il a décidé d'investir une bonne part de son argent dans les casinos d'été et les nouveaux hôtels que les Américains achetaient ou construisaient sur la Côte d'Azur.

— Comme le Palais de la Méditerranée, à Nice, suggéra Adrien.

— En l'occurrence, il s'agissait du Provençal à Antibes, créé par Frank Jay Gould qu'il connaissait depuis toujours et dont le père avait fait fortune avec le Missouri Pacific Railroad.

— Et alors ?

— Tout s'est fort bien passé jusqu'au jour où mon père a été retrouvé, une balle dans la tête, sur la plage de Juan. Il venait de perdre beaucoup d'argent au casino. Comme il tenait à la main le revolver qui l'a tué, la police a conclu à un suicide. C'est impossible.

— C'est toujours ce qu'on dit quand un proche se donne la mort.

Elle balaya ces paroles lénifiantes d'un geste.

— Non, pas lui. Il avait assez d'argent pour racheter le casino, et il aimait trop la vie. Peu de temps auparavant, il m'avait envoyé une lettre où il disait qu'il se passait des choses bizarres, qu'il était inquiet.

— Et tu veux en savoir plus…

— J'entretenais des rapports conflictuels avec mon père, continua-t-elle sans tenir compte de la question. Entre amour et haine. Quand il est mort, je m'en suis terriblement voulu de ne pas avoir cherché à comprendre qui il était vraiment. Je ne voyais qu'un gros homme avide de plaisirs qu'il obtenait facilement grâce à son argent. J'ai découvert récemment qu'il était plus que ça. Il a aidé des antifascistes italiens à fuir leur pays, et il a financé des mouvements en

Allemagne qui luttent contre Hitler. C'est un juif allemand, Victor Weil, qui me l'a dévoilé il y a trois mois, en venant me voir.

— Quelle drôle d'idée ! s'exclama Adrien.

Rebecca lui lança un regard d'incompréhension.

— Qu'est-ce que tu veux dire ?

— Lutter contre Mussolini, je comprends. Mais, Hitler, il est fini ! C'est à peine s'il a obtenu quelques pour cent aux élections, l'année dernière.

— C'est ce que tout le monde dit en France, mais c'est, hélas, une grande erreur. Son parti a plus de cent mille membres dans toute l'Allemagne, organisés comme une armée. Sa garde personnelle a tout d'une bande de tueurs.

— Les Allemands ne vont pas se laisser embobiner. Le putsch qu'il a tenté en 1923 a échoué, c'est une preuve, non ?

Rebecca le regarda avec commisération.

— Tu es aveugle ! Tu es bien comme tous tes compatriotes, persuadés d'avoir gagné la guerre.

— C'est le cas, non ? riposta Adrien que cette conversation commençait à ennuyer.

Ils avaient mieux à faire que de se pencher sur le sort de l'Allemagne vaincue. De toute évidence, Rebecca n'entendait pas lâcher le morceau.

— Hitler voulait prendre le pouvoir en Bavière puis mener une « Marche sur Berlin », comme son ami Mussolini l'a fait vers Rome en 1922. Ça a raté. Il est allé en prison. Sais-tu ce qu'il y a fait ? Il a écrit un livre : *Mein Kampf*.

— C'est son droit, non ?

— Ne te fais pas plus idiot que tu n'es.

— Merci, c'est gentil ! dit-il en voulant la prendre dans ses bras.

— Je n'ai aucune envie de rire. Dans ce livre, il y a le programme qu'il veut appliquer à l'Allemagne. Il y aura une race aryenne qui dominera les autres : les Latins, les Slaves, et à l'échelon le plus bas les juifs considérés comme des parasites. Toi, le grand blond aux yeux verts, tu t'en sortiras... Moi la juive aux cheveux noirs, je suis fichue. Tout comme les handicapés, les homosexuels, les Tsiganes qu'il appelle les faibles et les mauvais. Et comme il se doit, les Aryens ne devront en aucun cas mélanger leur sang avec celui des races inférieures, car ce métissage entraînerait la ruine du peuple civilisateur. Tu vois ce qui nous attend.

— Tu exagères. Cela fait cinquante ans que les antisémites nous rebattent les oreilles avec leurs discours éculés. J'en sais quelque chose, mon père et ma mère se sont battus toute leur vie contre.

— Eh bien, tu ferais mieux de suivre leur exemple, si tu ne veux pas avoir un jour à te battre contre la Grande Allemagne qui, selon Hitler, a besoin de colonies pour asseoir sa grandeur.

Adrien agita les bras en signe de reddition.

— Tu as certainement raison, quoique je pense que tu exagères. Laissons cette discussion et revenons-en à ton père. Tu ne crois pas à son suicide...

— Je ne crois rien, l'interrompit-elle. Je veux savoir. S'agit-il d'un crime crapuleux ? D'un règlement de comptes avec ses associés ? D'une vengeance personnelle ? D'un assassinat politique ? Tout est possible.

Ils étaient bien loin du verre pilé dans le foie gras d'Anthelme Lenoir.

— Comment comptes-tu t'y prendre pour connaître la vérité ?

— Je ne sais pas. Je verrai. Je me fie à mon intuition. Et pour l'heure, elle me dit que j'ai mieux à faire que de ressasser de vieux souvenirs.

Elle l'enlaça. Il se laissa faire.

Au petit matin, Adrien se leva sans réveiller Rebecca. La nuit avait été passionnée. La jeune femme savait faire preuve d'une délicieuse inventivité amoureuse et il ne regrettait pas d'avoir de nouveau succombé à son charme. Il lui était de plus en plus difficile de croire à sa culpabilité. Juste avant l'aube, il s'était dit qu'il ne lui restait plus qu'une chose à faire : trouver l'assassin. Pour ce faire, une idée lui était venue qui, pour sa mise en œuvre, nécessitait l'aide de Fernand Point. Il le trouva en cuisine, occupé à examiner soigneusement tous les plans de travail. Lui non plus n'avait pas dû dormir beaucoup. La mine soucieuse, il déclara :

— Cette histoire de verre pilé est bien fâcheuse. Je n'arrive pas à comprendre ce qui s'est passé. Ça m'ennuie beaucoup, mais je vais devoir renvoyer André. Pourtant, c'est un bon gars, consciencieux et honnête.

— À votre place, je n'en ferais rien.

Le chef regarda Adrien avec étonnement.

— Il est hors de cause. Ce serait trop long de vous expliquer comment je suis arrivé à cette conclusion.

Par contre, je vais avoir besoin de votre aide pour tenter d'en savoir plus.

— Tout ce que vous voudrez !

— Quand les premiers arriveront pour prendre leur petit déjeuner, installez-les, mais dites-leur qu'à cause d'une panne électrique, il va y avoir un peu de retard dans le service. J'ai besoin que tous soient rassemblés.

— Certains peuvent arriver très tard, objecta Point. Je ne vais pas pouvoir faire patienter les autres très longtemps.

— Ne vous inquiétez pas. Je parie qu'avec ce qui s'est passé hier soir, personne ne va s'attarder.

Adrien avait raison. À tel point que Fernand Point n'eut pas besoin de faire le coup de la panne. Tous arrivèrent à peu près en même temps, y compris Rebecca, fraîche et pimpante dans une jupe plissée soleil et vareuse de marin. Tous la regardèrent avec insistance, mais aucun n'osa l'aborder. Elle alla s'installer à une table seule et s'employa à dévorer croissants et tartines beurrées. Pensif, le Dr Boulinois lissait sa barbiche, se demandant quelle maladie mortelle était assez clémente pour préserver ainsi l'appétit des malades. Adrien avala une gorgée de café et se décida à intervenir. Il se leva.

— La nuit portant conseil, commença-t-il en s'éclaircissant la voix, j'ai décidé d'aller voir la police pour révéler les étranges coïncidences qui entourent les événements de ces derniers jours.

Un silence de mort se fit, aussitôt rompu par Suzanne suppliant qu'il n'en fasse rien.

— En voilà une qui a quelque chose sur la conscience, ricana Lenoir.

Avant que la scène ne tourne à la dispute générale, Adrien reprit la parole.

— J'ai aussi une alternative à vous proposer.

Tous redevinrent attentifs.

— Trois personnes sont mortes depuis que nous sommes ensemble. Enfin, trois et demie, rectifia Adrien en voyant Lenoir prêt à protester. Il y a de quoi se poser des questions, et chacun d'entre nous peut faire l'objet de soupçons légitimes.

Curnonsky s'agita, faisant de grands gestes de dénégation. Adrien continua :

— Ce ne sont que des hypothèses. La police, par contre, pourrait en faire un mauvais usage.

— Vous êtes en train de nous dire, l'interrompit le vicomte que vous n'avez nullement l'intention d'aller voir les gendarmes et que vous nous tendez un piège. Venez-en au fait.

Adrien ne se laissa pas démonter.

— Nous allons tous sur la Côte d'Azur. Il nous reste environ quatre cents kilomètres à parcourir. Si nous faisons le voyage ensemble et qu'aucun autre incident ne se produit, nous nous estimerons quittes.

— C'est complètement idiot, s'insurgea Curnonsky. Tu perds la tête, mon petit. Cours à la gendarmerie, raconte-leur ce que tu veux et poursuivons notre chemin, que diable !

Le vicomte l'applaudit.

— Ne comptez pas sur moi pour marcher dans votre combine, dit-il.

— Encore un qui a quelque chose à se reprocher, persifla Lenoir.

— Je vous emmerde ! hurla le vicomte, et il sortit en trombe suivi de son ami qui rafla les croissants restants.

Debout, les bras croisés, Fernand Point assistait, médusé, à la scène.

— Nous acceptons, dit d'une toute petite voix Suzanne après un long conciliabule avec Lucien.

— Pas moi, affirma le Dr Boulinois.

— Oh si ! Dis oui ! le supplia Yvette. C'est rigolo. On s'espionnera, on se racontera nos vies, on apprendra à se connaître...

— Je suis là pour ça, lui dit Boulinois d'un ton énamouré.

— C'est pas pareil, ronchonna-t-elle en lançant un regard aguicheur à Adrien. Moi, j'irais bien.

— Pas question, trancha Boulinois.

Il la prit par la main et l'entraîna à sa suite. Renfrognée, elle esquissa un geste d'adieu.

Ne restaient à se déclarer que Rebecca et Anthelme Lenoir.

— C'est une excellente idée, clama ce dernier. Je viens avec vous.

— Moi aussi, je me joins au troupeau. Comment allons-nous faire ? Tous monter dans la même voiture ? Nous remorquer les uns les autres ?

Adrien lança un regard de reproche à Rebecca. À vrai dire, il n'avait absolument pas pensé à la manière pratique de procéder.

— Je vois que notre jeune mourante n'a pas perdu son esprit caustique, dit Lenoir. Je propose que nous nous suivions en nous fixant un point de rencontre au cas où l'un d'entre nous se perdrait. Où nous arrêterons-nous ce soir ?

— Cavaillon, claironna Curnonsky. Puisque je ne peux pas me désolidariser de mon chauffeur, au moins que la prochaine étape m'apporte quelques douceurs. Et les melons de Cavaillon me consoleront de cette rocambolesque aventure.

Ils se donnèrent rendez-vous une heure plus tard dans la cour de l'hôtel. Toujours éberlué, Fernand Point assista au chargement des bagages et au départ de la caravane. Pour une fois, il n'assura pas ses clients de son désir de les voir revenir bientôt à sa table.

À la queue leu leu, les quatre voitures traversèrent Vienne pour retrouver la Nationale 7. La Delage était en tête, suivie de la Reinastella, puis venaient la Peugeot 201 de Lucien et Suzanne, et la Ford de Lenoir. Curnonsky enrageait.

— C'est bien joli de vouloir jouer au détective, mais tu nous mets dans une drôle de situation. Tous ces gens sont détestables. Et cette petite garce qui m'a traité de gros plein de soupe ! Accélère, mon petit, accélère !

— Je veux avoir le fin mot de cette histoire.

— Billevesées ! Le vicomte et le docteur t'ont faussé compagnie. Tu n'arriveras à rien.

Adrien n'était pas loin de partager cet avis. Il jeta un coup d'œil dans le rétroviseur : les trois voitures le suivaient sagement.

11

Dans la Peugeot, Lucien ne cachait pas son inquiétude et Suzanne avait le plus grand mal à lui remonter le moral.

— Avec tous ces sacs de nœuds, on n'a pas avancé, se désolait-il. C'était pourtant bien parti à Saulieu. J'étais à deux doigts de fourguer aux Budin la machine à laver la vaisselle Thomson-Houston et mon Choftou. Il a fallu qu'un imbécile casse sa pipe…

— Nous nous y arrêterons au retour, ce sera oublié.

— À Meursault, la mère Daugier est bien trop rétrograde. Elle m'a ri au nez quand je lui ai parlé du chauffe-eau électrique instantané de Lemercier et de la laveuse Waap à tambour rotatif.

— Je sais, c'est terrible de voir comme les gens sont réfractaires aux progrès de la science. Ils ne se rendent pas compte qu'ils vivent dans des nids à microbes et qu'ils font peser sur leurs clients les pires menaces. Alors qu'avec le docteur Frigidaire, plus d'intoxications alimentaires, et avec la machine à laver la vaisselle, plus de torchon bouillon de culture.

Lucien lui lança un regard admiratif.

— Ah, si toutes les femmes pouvaient être aussi modernes que toi ! Nous pourrions vendre des flopées de savon en paillettes Mir, de lessive Kif-Kif et Saporève.

— Rien n'est perdu, mon chéri, assura Suzanne en se rengorgeant. Regarde le succès des fers électriques. Le Tirecho de Brandt se vend comme des petits pains. Tout comme la cafetière Femoka. C'est une question d'éducation. Il faut tirer les femmes de leur ignorance crasse.

— Oui, ma chérie, mais ici nous devons vendre du lourd et du cher, pas des fers à friser. Et jusqu'à présent, c'est raté sur toute la ligne. Je ne parle même pas de Mâcon où j'ai vraiment eu chaud. Espérons qu'en suivant M. Curnonsky, d'autres portes s'ouvriront.

Suzanne prit un air soucieux.

— Peut-être devrions-nous nous contenter de vendre des produits de marques connues. Tes inventions sont formidables, je suis la première à le dire, mais avoue qu'il y a des problèmes.

Comme il se tournait vers Suzanne, le volant échappa des mains de Lucien, la voiture fit un écart et mordit dangereusement le bas-côté. Suzanne poussa un cri de frayeur. Lucien rétablit la situation.

— Tu ne peux pas dire ça ! J'ai juste quelques points techniques à revoir. Je suis sûr que mon Choftou va connaître un grand succès. Il ne peut pas en être autrement.

— À condition qu'il n'explose pas entre les mains de celui qui s'en sert.

Lucien se mura dans un silence réprobateur.

Dans la Ford, Anthelme Lenoir sifflotait joyeusement. Il n'aurait pu rêver un voyage plus intéressant.

Avoir choisi de descendre sur la Côte en voiture et non par le Train Bleu comme il l'avait prévu, était une excellente idée. Et encore plus excitant que le récit éponyme d'Agatha Christie qu'il venait de lire en anglais, tant il avait aimé son premier roman publié par les Éditions du Masque, deux ans auparavant. Il avait sous la main une galerie de personnages qui dépassaient ses espérances. La jeune Américaine richissime et son amant un peu benêt. Le couple aux desseins cachés. L'aristocrate homosexuel ruiné. Le médecin un tantinet véreux. La jeune femme aux mœurs légères. Et, cerise sur le gâteau, la coqueluche des dîners parisiens. Celui-là, il le détestait cordialement et ne pleurerait pas s'il lui arrivait quelque chose. Que pourrait-il imaginer de bien cruel et de bien sanglant qui lui fasse perdre son assurance ? Après tout, le crime était son domaine. Il ne frémissait pas aux descriptions macabres, il était rompu aux pires mobiles criminels. Il pouvait s'amuser à concocter une histoire digne d'Agatha Christie.

Dans la Reinsatella, Rebecca pensait à Adrien. Il avait peu parlé de lui, mais elle savait qui il était. Il lui plaisait. Beaucoup. C'était ennuyeux. Elle ne pouvait se permettre de le mêler à son histoire. Sous ses dehors de jeune homme policé et privilégié, elle sentait qu'il pouvait s'enflammer. Pour elle ? Sans aucun doute. C'était sur le point de se produire. Mais accepterait-il de se mettre en danger ? Rien n'était moins sûr. Il avait remarqué des anomalies dans son comportement. Elle devait rester prudente.

Une histoire d'amour, si plaisante fût-elle, ne devait pas la détourner de ses objectifs.

Dans la Delage, Curnonsky commença par bouder, tirant sur sa cigarette en silence ; mais, incapable de se taire et d'un naturel peu rancunier, il reprit ses soliloques.

— Ah ! ce château-grillet, un prince, un seigneur, un prodige. Un grand, un très grand qui fait partie, selon moi, des cinq meilleurs vins du monde. Récolté sur un minuscule territoire à Condrieu, aussi petit que la Romanée-Conti. À peine dix mille bouteilles par an ! Et nous avons eu la chance d'en boire deux hier. C'est émouvant, tu ne trouves pas ? Si tu n'avais pas eu la stupide idée de nous faire escorter par cette bande de casse-pieds, je t'aurais emmené voir les petites terrasses où on le récolte, dans un amphithéâtre exposé au sud et dominé par un joli château où séjourna Mme de Sévigné. Il doit sa robe dorée, son intensité, sa minéralité et sa palette d'arômes de fruits et de fleurs enrichie de fraîcheur marine au cépage viognier. Ce n'est pas un vin facile. Il demande à être goûté encore et encore.

Adrien adorait le château-grillet et tous les vins produits autour de Condrieu, mais il avait d'autres préoccupations en tête. Il repensait à sa discussion avec Rebecca. Le discours qu'elle lui avait tenu aurait pu l'être par sa mère, qui se désolait de le savoir hermétique à l'actualité politique. Elles avaient en partie raison. Comme nombre de Français, il était las du spectacle offert par les partis : combinaisons ministérielles qui tombaient les unes après les autres mais remettaient toujours les mêmes au pouvoir. Il s'y intéresserait le jour où le personnel politique serait renouvelé, et la corruption éradiquée. C'est-à-dire jamais. Mais il n'était pas pour autant aveugle, il voyait bien que des mouvements de plus en plus nombreux jouaient sur les rancœurs et les peurs de ses compatriotes. L'arrivée de Mussolini au pouvoir avait donné des ailes à certains qui, comme les Jeunes Patriotes, portaient insignes et uniformes, ou le Faisceau de Valois dont les hommes étaient vêtus de chemises bleues. Ou encore les Croix de Feu, anciens combattants et blessés de guerre dont le nouveau patron, le colonel de La Rocque, ne semblait pas insensible aux sirènes mussoliniennes. Mais il était persuadé que Diane et Rebecca exagéraient. Il en voulait pour preuve la dégringolade de l'Action française après que le pape Pie XI eut, trois ans auparavant, condamné les écrits de son chef, Charles Maurras. Et surtout, il ne pouvait imaginer qu'un monde qui avait découvert le jazz, le cinéma parlant, l'architecture de Mallet-Stevens, les robes de Jeanne Lanvin, les Ballets russes, les tableaux de Picasso, les photos de Man Ray, la musique d'Erik Satie sombre dans de nouveaux délires mortifères. La France était plus que jamais terre d'accueil, Paris la ville la plus cosmopolite du monde et la capitale des avant-gardes. La vie était une fête. Qui se jouait à La Coupole, à La Closerie des Lilas, au Grand Duc, à La Cigale, au Monocle. Comment pourrait-on réprimer une telle vitalité ?

Adrien était à mille lieues des commentaires de Curnonsky sur le paysage qui changeait, le Sud qui pointait son nez avec des fermes entourées de vastes vergers, et au loin les hautes collines drômoises.

À Tain-l'Hermitage, le Prince le supplia de faire un détour de quelques kilomètres pour aller jusqu'à Romans acheter quelques ravioles, ces délicieux petits carrés de pâte farcis au fromage de chèvre et au persil fondant sous la langue. Il connaissait un café tenu par une dame du nom de Marie-Louise Maury qui les fabriquait elle-même. Adrien refusa catégoriquement. Tout comme il refusa d'aller goûter à la défarde, sans conteste la meilleure spécialité culinaire de Crest. Le prince sanglota presque de devoir renoncer à ce plat de tripes d'agneaux, roulées en paquet, dont la sauce était rendue plus onctueuse par l'ajout de quelques pieds d'agneaux et parfumée avec des tomates fraîches.

Juste avant d'arriver à Valence, Curnonsky recommença à trépigner. Il connaissait une excellente adresse, l'Auberge du Pin, tout près, à Saint-Péray. Adrien voyait très bien ! Il parlait d'André Pic. Comme Fernand Point, Pic était issu d'une famille d'aubergistes et, après une solide formation, avait repris l'affaire familiale ; et grâce à son excellente cuisine, il attirait de plus en plus de monde.

— Allez ! mon petit ! Un bon mouvement ! Le lièvre à la broche, la poularde en vessie, le chausson aux truffes, la ballottine de pigeon farcie... On ne peut pas leur faire faux bond, que diable !

— Nous nous en passerons. Et comme vous avez l'habitude de ne pas déjeuner, cela ne vous dérangera pas.

— Même pas un petit boudin Richelieu, une petite terrine de bécasse ?

— C'est non, nous avons encore un bout de chemin à faire jusqu'à Cavaillon.

— Alors, juste un petit arrêt à Chabeuil pour la caillette, servie tiède, avec une petite salade de rien du tout...

— Avec vous, une « petite » salade devient tout de suite un menu de six plats.

— Tu es vraiment une buse. Renoncer à ces plaisirs ! Elle est belle, la jeunesse d'aujourd'hui ! De mon temps...

— Oui, je sais, l'interrompit Adrien, la Belle Époque sur les grands boulevards, l'insouciance, le bal du Moulin-Rouge... Et les cinquante-deux mois de massacre, les dix millions de morts dans toute l'Europe, le double d'invalides, de gazés, de gueules cassées, vous en faites quoi ? Tous ces pauvres gars à qui on a dit que c'était pour défendre la patrie et qui jaillissaient de la tranchée sous la menace des revolvers de leurs gradés. Et tous ceux qui ont fait fortune avec le commerce des armes et des morts. Il y en a en pagaille dans votre cher Club des Cent. Alors, vous savez ce qu'elle vous dit, la jeunesse ?

— Je m'en doute, mon petit, je m'en doute. Inutile de me faire un dessin. Je ne peux pas te donner tort. J'étais déjà trop vieux pour être appelé sous les drapeaux. Crois bien que j'ai détesté cette horrible tuerie. Mais je te vois bien remonté. Faisons la paix, tu veux bien ? Autour d'un nougat ! Promets-moi que nous nous arrêterons à Montélimar.

Incorrigible Curnonsky ! Même les sujets les plus graves, il parvenait à les esquiver.

La colère d'Adrien retomba. S'ils partageaient les mêmes tables, s'ils comptaient parmi les privilégiés, ils appartenaient à deux mondes différents. Celui du théâtre de boulevard pour Curnonsky, et celui de la Revue Nègre pour Adrien. Mais au moins, le Prince n'était pas un brigand. Il avait la bonhomie pour lui.

— Si je suis un vieux réactionnaire attaché comme un fou à mon pays natal, je sais aussi faire preuve d'ouverture d'esprit. Connais-tu Jules Maincave, le cuisinier futuriste ?

— Mon père m'a emmené une fois dans son restaurant au Quartier latin. J'étais très jeune, mais je me souviens d'avoir mangé des choses extraordinaires.

— Comme la purée de harengs à la gelée de framboises ou les sardines au camembert ? Ou la crème fouettée à la tomate ? Maincave s'attaquait à toutes les idées reçues culinaires, et je l'ai soutenu dans sa démarche. Il disait fort justement que les cuisiniers se traînent lamentablement autour d'une douzaine de recettes et y reviennent toujours, que les mêmes plats circulent sur les tables, baptisés et rebaptisés cent fois de noms ronflants qui dissimulent mal leur médiocre uniformité, et que depuis quatre cents ans il n'y a pas eu sur terre de mets vraiment nouveau. Je partage complètement son opinion. Alors, j'ai gagné mon brevet de modernité ? Et mon nougat ?

Adrien acquiesça.

— Que devient-il, Maincave ? On n'en entend plus parler.

— Paix à son âme ! Il est mort quelque part en 1915 ou 1916, dans la Somme. Il tenait la roulante d'un régiment, et il allait cueillir dans les bois des herbes pour aromatiser ses ragoûts et faisait mijoter sa viande dans la gnole réglementaire. Il appelait ça les steaks d'attaque, et les officiers venaient de loin pour les déguster. Ce sont ses dernières prouesses culinaires.

Après Porte-lès-Valence, la Nationale 7 devenait rectiligne et autorisait quelques pointes de vitesse. Adrien ne s'en priva pas, aussitôt suivi par la Reinastella qui depuis un certain temps piaffait derrière la Delage. Il se demanda si Rebecca n'allait pas se livrer de nouveau à une course-poursuite dans le genre de celle de La Rochepot. Il n'en fut rien. Elle resta tranquillement derrière lui, quoique à quelques dizaines de mètres. Pas très rassuré, Curnonsky se tenait à son siège et se contentait de nommer les villages qui s'étageaient sur les falaises : La Paillasse, Fiancey... À Livron, ils franchirent la Drôme où ne coulaient que de rares filets d'eau dans un lit immense. Les pluies d'automne n'allaient pas tarder, mais l'air était encore si chaud qu'ils roulaient vitres ouvertes. À Loriol, Curnonsky passa la tête à l'extérieur, huma et déclara :

— Ça sent le nougat ! Le fameux « canard sauvage » de Chabert et Guillot.

— Vous voulez vous arrêter ? proposa aimablement Adrien.

— Nous avons dit Montélimar, nous irons à Montélimar.

Juste après La Coucourde, Adrien s'aperçut que Rebecca allumait et éteignait ses phares. Le signal dont ils étaient convenus pour signaler une difficulté. La Delage ralentit et se gara, imitée par la Reinastella. Les deux autres voitures avaient disparu.

— C'était à prévoir, maugréa Curnonsky. Ils n'allaient tout de même pas suivre comme de bons toutous. Ils se sont fait la belle.

— Faisons demi-tour, suggéra Adrien.

— Attendons, dit Rebecca. Ils étaient encore derrière moi il y a dix minutes.

Elle ouvrit la porte côté passager de sa voiture, en extirpa une mallette en osier dont elle sortit une bouteille thermos et trois gobelets. Adrien eut le temps d'apercevoir un petit pistolet soigneusement rangé dans un des compartiments de la mallette.

— Un café ne nous fera pas de mal.

Curnonsky, qui revenait d'une incursion dans les fourrés, en fut ravi.

— Écoutez, dit-il, j'entends les premières cigales. Nous sommes bien dans le Midi.

Le capot de la Delage faisant office de bar, ils dégustèrent l'excellent café de Fernand Point.

— Mademoiselle sait voyager, déclara le Prince.

— On ne sait jamais ce qui peut se passer, répliqua Rebecca. Il faut pouvoir parer à toute éventualité. Imaginez que je vous kidnappe et que, sous la menace, je vous emmène dans un lieu retiré.

Adrien déglutit difficilement. Curnonsky pouffa.

— Vous ne seriez guère gagnante. Que pourriez-vous me soutirer ? De l'argent, je n'en ai pas. À moins que vous ne souhaitiez connaître le nom du prochain élu à l'Académie des gastronomes ? Ou encore que vous n'en vouliez à mon corps de rêve ?

Ils éclatèrent de rire. Bon prince, Curnonsky semblait avoir oublié que la jeune femme avait dit pis que pendre de lui. Adrien ne se joignit pas à leur hilarité. Pourquoi Rebecca avait-elle une arme à portée de main ? Il n'eut pas le temps de s'appesantir, la Peugeot de Lucien et Suzanne se profilant à l'horizon suivie de la Ford de Lenoir. Ils s'arrêtèrent à leur tour.

— Alors, vous avez cru qu'on vous avait faussé compagnie ! s'exclama Lenoir en ouvrant sa portière.

— Vous nous faites mener un train d'enfer, rouspéta Lucien. Nos voitures ne supportent pas. La nôtre chauffait et M. Lenoir a eu l'amabilité de s'arrêter et de nous venir en aide, alors que vous, mademoiselle, vous n'avez même pas daigné remarquer mes appels de phare.

— Je n'aime pas les traînards, laissa-t-elle tomber. Bien, puisque tout le monde est là, reprenons la route.

Tous réintégrèrent leurs véhicules. Adrien prit soin de ne pas rouler trop vite. Le pistolet de Rebecca le turlupinait. Le temps des diligences attaquées par des bandits de grand chemin était révolu. La Nationale 7 n'était pas un coupe-gorge. Se sentait-elle menacée ? Auprès duquel de ses amants avait-elle obtenu cette arme ?

Ils roulèrent une dizaine de kilomètres en bon ordre et, arrivés sur le mail planté de platanes entourant le centre-ville de Montélimar, Adrien fit signe qu'il allait s'arrêter. Disciplinés, les autres conducteurs firent de même. Passablement énervée, Rebecca claqua la portière de sa voiture.

— Quoi encore ? lança-t-elle.

— Arrêt nougat pour M. Curnonsky, annonça Adrien, pas mécontent de la faire bisquer.

Son côté autoritaire était pénible, tout comme ses sautes d'humeur. Elle n'allait tout de même pas lui tirer dessus !

— Ma chère Rebecca. Je sais que vous êtes à moitié américaine, mais la moitié française ne peut que vibrer à l'évocation de cette délicate confiserie. Savez-vous qu'on attribue son invention aux Phéniciens qui l'auraient transmise aux Marseillais ? À l'origine, le nougat était fait avec des noix. Puis le génial agronome Olivier de Serres planta dans les années 1600 des amandiers dans la région et on le fit aux amandes. Pour finir, au XVIIIe siècle, on lui ajouta du blanc d'œuf pour l'alléger.

Rebecca n'avait cure de ces informations doctement énoncées par Curnonsky et pianotait sur le capot de sa voiture. Lenoir bâillait aux corneilles. Lucien et Suzanne écoutaient, prenant un air faussement intéressé.

— Mais le plus grand représentant de commerce, celui qui fit la réputation mondiale du nougat de Montélimar, n'est autre que notre ancien président de la République, Émile Loubet, qui fut maire de cette bonne ville pendant vingt-neuf ans. Il en faisait cadeau à tout le monde, députés, sénateurs, ambassadeurs, rois et reines.

— Plus facile à offrir que des tripes à la mode de Caen, gloussa Lucien.

Rebecca poussa un soupir d'exaspération.

— Faites ce que vous voulez, mais nous avons encore cent kilomètres à faire pour arriver à Cavaillon, ronchonna-t-elle, regardant ostensiblement Lucien et Lenoir.

— Mademoiselle est mal lunée, attaqua ce dernier. Pour une mourante, vous faites preuve de beaucoup d'allant.

— J'en ai surtout plus qu'assez de votre compagnie. Vivement que cesse cette mascarade !

Adrien n'était pas loin de partager son avis. Sa proposition avait été stupide. Il ne découvrirait rien de plus. Il décida qu'une fois à Cavaillon chacun reprendrait sa liberté.

Lenoir alla s'installer dans un café, Rebecca dans un autre. Lucien et Suzanne s'assirent sur un banc. Adrien accompagna Curnonsky dans sa chasse au nougat. Ils revinrent une demi-heure plus tard, chargés comme des baudets. Magnanime, Curnonsky en offrit à tous. Mastiquant consciencieusement, ils reprirent leur pérégrination.

Toujours à la queue leu leu, ils attaquèrent la montée du massif du Tricastin pour ensuite descendre sur Donzère, où un camion en panne leur fit perdre beaucoup de temps. La traversée des villages aux rues étroites, construits au Moyen Âge, était une véritable plaie. Arrivés à Pierrelatte, dominé par un énorme rocher, Curnonsky précisa que la légende disait que ce nom venait de *petra lata*, signifiant caillou. Caillou que Gargantua aurait enlevé de son soulier. À Piolenc, il chanta les louanges de l'ail dont le village s'était fait une spécialité. Arguant de son odeur, Adrien refusa obstinément qu'il en achète. La Delage n'allait pas se transformer en étal de marché provençal. À Orange, le Prince salua par un tonitruant «*Ave Germanicus*» l'arc de triomphe élevé par les vétérans de la IIe légion romaine dans les premières années de l'ère chrétienne. Il devint lyrique en traversant Avignon, la cité des papes, et souligna l'incroyable travail de Viollet-le-Duc qui avait rendu aux remparts de la ville leur splendeur d'antan.

Quelques kilomètres après Avignon, à la chartreuse de Bompas, ils franchirent la Durance, elle aussi presque à sec. Il ne leur restait que quelques kilomètres jusqu'à Cavaillon, qu'ils parcoururent à l'ombre des platanes bordant la Nationale 7. De part et d'autre de la route s'étendaient des champs où l'on pouvait distinguer des petites boules blondes.

— Les melons de Cavaillon ! s'extasia Curnonsky. Sais-tu…

— Vous me le direz plus tard, l'interrompit brutalement Adrien. Il nous faut trouver un hôtel. En connaissez-vous ?

— L'Auberge des Petits Pavés, mais c'est à Orgon.

— Nous avons dit Cavaillon. Ce sera Cavaillon.

Adrien éprouvait une grande lassitude. Il en avait assez de passer de l'attirance à la plus grande méfiance envers Rebecca. De nouveau, Curnonsky lui tapait sérieusement sur les nerfs avec sa propension à jouer les guides touristiques. Suzanne, Lucien, Lenoir n'étaient pas des compagnons de voyage rêvés. Il avait hâte de rendre sa liberté à tout ce petit monde. Au bout du compte, il se fichait complètement de la mort de l'obèse, de Parent et du cuisinier. Quant à sa volonté chevaleresque de disculper Rebecca, elle avait été réduite à néant par l'apparition du pistolet.

Ils n'eurent guère à chercher. Sur la place centrale de Cavaillon se dressait un hôtel qui semblait de bonne tenue. Le Prince fit la moue. Adrien ne lui laissa pas le temps de râler. Il avait déjà franchi les portes pour demander s'il y avait cinq chambres de libres. Suspicieuse, la dame de l'accueil le regarda d'un sale œil et demanda :

— C'est pour une famille ? Il y a beaucoup d'enfants ? Je vous préviens, on ne veut pas de barouf.

Adrien n'était pas d'humeur à subir la mauvaise humeur de la Cavaillonnaise.

— Vous avez cinq chambres ?

— Oui, mais il va falloir les payer maintenant. Hier, nous avons eu deux Anglais qui sont partis sans régler.

Adrien ne put retenir un léger sourire. La taulière s'en aperçut et gueula :

— Vous faites partie de la même bande, c'est ça ?

— Pas tout à fait. Nous travaillons pour le *Guide Michelin*, vous savez, le guide qui note les hôtels et les restaurants.

La dame blêmit.

— Nous testons l'accueil, la vigilance, la qualité des hôteliers…

— Cher monsieur, il fallait me le dire avant. Jamais je ne me serais permis… Mais vous savez, les temps sont durs, les affaires ne sont pas bonnes…

— Donc, vous avez cinq chambres disponibles.

— Mais oui, monsieur, bien sûr, monsieur, tout de suite, monsieur.

Et elle posa sur le comptoir cinq clés, en précisant d'une voix flûtée :

— Ce sont les meilleures.

— J'espère bien, lui répondit Adrien avec un rictus féroce qui provoqua un léger tremblement des mains de la bonne dame.

Ne le voyant pas revenir, les autres avaient conclu que cet hôtel était le bon et ils entraient les uns après les autres. L'hôtelière fit le tour de son comptoir et vint leur serrer la main, un grand sourire aux lèvres et de doux mots de bienvenue aux lèvres. À tel point que Curnonsky s'exclama :

— Madame, votre accueil est vraiment charmant. Je m'en souviendrai !

Et sous les yeux émerveillés de la vieille bique, il sortit un petit carnet où il nota le nom de l'hôtel.

Deux gringalets venaient de s'emparer de leurs bagages quand la porte de l'hôtel s'ouvrit sur Yvette. Une Yvette essoufflée, les cheveux passablement décoiffés.

— Oh ! Vous êtes là ! Quelle chance ! Quelle joie de vous revoir ! Je viens de plaquer Boulinois. J'ai vu vos voitures. Il ne voulait pas s'arrêter. Je l'ai menacé de me jeter par la portière. Il m'a laissée sortir. J'en avais assez. Il m'a tout fait visiter : la synagogue, les bains rituels qui s'appellent je ne sais plus comment.

— *Mikve*, lança Rebecca.

— Oui, quelque chose comme ça. Je me suis ennuyée, vous ne pouvez pas savoir. Alors, vous avez trouvé qui est l'assassin ?

L'hôtelière prit un drôle d'air, posa discrètement une main sur les clés.

— Nous cherchons, ma chère, répliqua Curnonsky d'un ton débonnaire. Nous avons la soirée devant nous. Peut-être quelque horrible événement va-t-il se produire.

— Je viens de me souvenir que j'attends cinq personnes, s'étrangla l'hôtelière. Vous ne pouvez pas rester.

Adrien rafla les clés en lui lançant un regard meurtrier.

— Oh ! nous avons déjeuné ici, confia Yvette à l'oreille de Curnonsky. Ce n'était pas très bon. Peut-être pourrions-nous aller ailleurs…

L'hôtelière l'entendit, ses mains agrippèrent le bois du comptoir.

— Faites ce que vous voulez, grommela Adrien. Je vais me coucher.

— Certainement pas, s'indigna Lenoir. Nous avions dit que nous ne nous quittions pas. Respectez votre part du marché.

L'hôtelière était au bord de l'évanouissement. Elle disparut par une porte qui devait donner sur les cuisines. Une forte odeur d'huile bouillante envahit le hall. Adrien réprima un haut-le-cœur. Encore une soirée éprouvante en perspective…

12

Le repas fut abominable. Souhaitant isoler ses encombrants clients, la patronne avait dressé une table pour sept dans un recoin de la grande salle. Malgré leurs récriminations, elle ne leur laissa pas d'autre choix que de s'asseoir ensemble – ce qu'ils firent la mort dans l'âme. Yvette s'installa à côté d'Adrien, au grand déplaisir de ce dernier. Il n'avait aucune envie de subir ses tentatives de séduction. Que croyait-elle ? Qu'il allait prendre la suite de Parent et de Boulinois, et l'embarquer dans la Delage ? Maquillée à outrance, vêtue d'une robe aux couleurs criardes, elle se penchait vers lui en minaudant. Il ne l'écoutait pas. Rebecca regardait la scène avec un léger sourire. Elle paraissait lointaine, préoccupée. Adrien, qui s'interrogeait toujours sur la présence du pistolet, jugea qu'il vaudrait mieux, à l'avenir, mettre le maximum de distance entre elle et lui. Suzanne et Lucien arboraient des airs de chien battu, chuchotant entre eux. Fidèle à lui-même, Lenoir toisait la compagnie d'un regard méprisant. Seul Curnonsky ne s'était pas départi de sa bonne humeur. Comme de coutume, il demanda qu'on mît sa veste sur un cintre puis noua la serviette autour de son cou.

Le chef, dûment averti de la présence d'éminents critiques gastronomiques, avait mis les petits plats dans les grands. L'avenir du restaurant était entre ses mains, et il comptait bien les éblouir en leur servant le fin du fin de son répertoire culinaire. La patronne en personne vint leur annoncer le menu. Ils auraient droit à un potage de grenouilles au safran, des croustades à la Reine, des boudins Richelieu, des ris de veau à la Duchesse, de la sole Dugléré, des tournedos Rossini, une poularde à la Maréchale, et pour finir des fromages, salades, aspic de pomme, pâtisseries et salade de fruits. Et un melon surprise.

— Mon Dieu ! se désola Curnonsky. Que d'importants personnages convoqués à notre dîner d'étape...

— Je ne prendrai que de la salade et du fromage, claironna Yvette.

— Vous mangerez ce qu'on vous donnera, la rabroua la patronne.

— N'auriez-vous pas une simple daube comme on sait si bien les faire en Provence ? demanda de sa voix la plus aimable Curnonsky avant de dire entre ses dents : Je redoute le pire...

Et le pire arriva. D'abord sous la forme d'un potage ressemblant à de l'eau de vaisselle où surnageaient quelques pâles grenouilles à peine cuites. Le cuisinier avait tellement forcé sur le safran que le brouet était immangeable. Avec dépit, la patronne vit revenir des assiettes pleines. La suite ne fut pas plus convaincante. Les pauvres croustades étaient désolantes. Dans le boudin à la Richelieu, en principe composé de filets et foies de volaille, de maigre de veau et de foie gras, ce dernier manquait cruellement. Les truffes qui devaient le parsemer étaient réduites à de microscopiques grains noirs qui auraient aussi bien pu être des chiures de mouche. Le cuisinier les avait oubliées ainsi que le foie gras dans le ris de veau à la Duchesse qui n'était accompagné que de champignons noyés dans une sauce au mauvais vin.

— Retenez-moi ou je fais un malheur, annonça Curnonsky en repoussant son assiette. Pour une fois, il avait perdu sa jovialité.

— Voilà les dégâts provoqués par la cuisine de palace, continua-t-il. On met des titres ronflants sur des plats compliqués que le pauvre cuisinier de province est incapable de réaliser. N'est pas Escoffier qui veut. Se voulant à la mode, ces pauvres gens s'écartent des bonnes vieilles recettes qu'ils réussiraient parfaitement.

Adrien ne pouvait que lui donner raison.

Ils crurent avoir atteint le sommet de l'horreur avec la sole Dugléré qui portait bien son nom si l'on s'en tenait à la sauce glaireuse dans laquelle elle baignait.

— Comment peut-on massacrer un plat aussi facile à réaliser ! s'indigna Curnonsky. Il suffit de pocher délicatement le poisson dans un fumet de poisson avec du vin blanc, de le coucher gentiment sur un lit de tomates concassées, d'oignons et d'échalotes ciselés et de persil haché, et de l'accompagner d'une réduction du liquide de cuisson monté au beurre.

— Cette pauvre sole a dû traîner des jours et des jours dans la cuisine pour avoir une odeur aussi forte, signala Lucien. On voit que ce restaurant manque d'équipements frigorifiques. J'irai leur proposer quelques améliorations.

— J'ai bien peur que, même avec une chambre froide, le résultat soit identique, soupira Curnonsky.

— Vous croyez qu'on peut s'empoisonner en en mangeant ? s'inquiéta Yvette qui, fort élégamment, recracha la bouchée qu'elle avait dans la bouche.

— Sans aucun doute, affirma Adrien, espérant que cela lui clouerait le bec pour le reste du repas.

— Le pauvre Dugléré, élève de l'illustre Carême et chef des cuisines du baron Rothschild, doit se retourner dans sa tombe. Espérons que Rossini et son tournedos seront mieux traités, conclut Curnonsky dans un déchirant soupir.

Fallacieux espoir ! On pouvait se demander quelle carne avait été sacrifiée pour produire une viande aussi dure et filandreuse. Quant au foie gras, il avait été remplacé par une sorte de pâté qui faisait des bulles au sommet du soi-disant tournedos.

— Le pauvre Rossini ! S'il savait ! se désola Curnonsky. Il en pleurerait de honte, lui qui était si fin gastronome et avait sa table attitrée à La Tour d'Argent, au Café des Anglais et à La Maison Dorée, dont on dit que le chef, Casimir Moisson, lui aurait dédié ce tournedos de légende. Je ne suis pas sûr que Rossini, qui avait l'habitude d'aller serrer la main du maître d'hôtel, du sommelier, des serveurs et du chef avant de s'asseoir à table, l'aurait fait, ici.

Tous faisaient une tête de six pieds de long. La patronne n'osait plus venir recueillir leurs avis et quand ils renvoyèrent la poularde sans y avoir touché, elle quitta la salle en pleurant.

— Au moins, nous pourrons nous consoler avec les melons, dit Curnonsky. En espérant qu'une idée biscornue ne soit pas passée par la tête de ce maudit cuisinier.

— Comme de nous les servir à la manière des Romains de l'Antiquité, avec une sauce faite de poivre, menthe, mie de pain, vinaigre et liqueur de poisson, ajouta Adrien.

— C'est dégoûtant, s'insurgea Yvette en le regardant avec des yeux de merlan frit.

— Le melon peut être traître, continua-t-il, se souvenant de ce qu'il avait lu à ce sujet dans sa collection de livres anciens. Jacques Pons, un médecin lyonnais, au XVIe siècle, l'accusait de toutes les malices. Il disait que « se cache sous le miel de sa chair sucrée un agréable poison et des amertumes insupportables » et décrivait tous les malheurs qui peuvent arriver aux mangeurs de melons : « des distensions ou enflures d'estomac, des vomissements, des bouleversements de cœur ». Il allait même jusqu'à l'accuser de provoquer le choléra et dressait la liste des innombrables papes, empereurs et rois qui en étaient morts.

Les melons arrivèrent. Mûrs à souhait et bien tranchés.

— Avant de nous régaler, enfin, de ces petits chefs-d'œuvre au jus sucré et à la tendre chair orangée, laissez-moi vous dire que la bibliothèque de Cavaillon doit sa richesse au melon. En effet, en 1864, suite à une requête du bibliothécaire, Alexandre Dumas répondit : « Si la ville et les autorités de Cavaillon estiment mes livres, j'aime fort leurs melons et je désire qu'en échange de mes trois cents ou quatre cents volumes, il me soit constitué par arrêté municipal une rente viagère de douze melons par an. » Et ce fut fait jusqu'à sa mort, en 1870.

Sur ces doctes paroles, Curnonsky s'empara d'une tranche, puis d'une deuxième, imité par toute la compagnie. Les melons étaient excellents.

Soudain, Yvette laissa tomber la quatrième tranche qu'elle s'était octroyée et, se tournant vers Adrien, déclara d'une voix blanche :

— C'est curieux ce que vous avez dit sur le poison contenu dans les melons. Ce midi, ici même, le Dr Boulinois m'a dit que le melon était le fruit idéal pour y injecter du poison sans que le mangeur s'en aperçoive.

13

Aucun ne mourut, mais les heures qui suivirent l'ingestion des melons furent éprouvantes. Au grand désespoir de la patronne, tous restèrent à table, commandant tisane sur tisane puis toute la gamme de digestifs que pouvait offrir le bar. Elle n'y comprenait plus rien. Alors qu'ils avaient manifesté le plus grand mépris pour les mets délicieux qui leur avaient été servis, ils semblaient pris de frénésie depuis qu'ils avaient mangé du melon. Pensant leur faire plaisir, elle proposa de leur apporter quelques tranches supplémentaires. Tous se récrièrent : pour rien au monde, ils n'en avaleraient une bouchée. Les Parisiens étaient vraiment d'étranges personnes, se dit-elle. Et les critiques gastronomiques encore plus. Le chef avait demandé s'il pouvait venir saluer ses honorables clients. Elle l'en dissuada. Le personnel de cuisine ainsi que les derniers clients étaient partis se coucher. Elle restait seule, assise à l'entrée du restaurant, guettant avec impatience le moment où ils quitteraient la table. Malheureusement, si l'un d'eux se levait, c'était sous l'effet diurétique des tisanes et il ne tardait pas à reprendre sa place parmi les autres. Elle leur trouvait l'air inquiet et revêche.

Et ce qu'elle entendait de leurs conversations lui fit se demander si elle ne devrait pas prévenir les gendarmes. Il était question de morts, d'assassinats, d'empoisonnements, de coupable qui courait toujours... Elle lorgnait le téléphone, posé sur le comptoir d'accueil, et calculait le temps qu'il lui faudrait pour l'atteindre et composer le numéro au cas où ils deviendraient dangereux. Il y eut des cris, des disputes, la petite jeune fille vulgaire accusant un certain Lenoir d'écrire des histoires cochonnes. Ce dernier ne nia pas, disant qu'elles avaient eu un certain succès mais que ce n'était rien à côté de ce qu'il préparait. Le gros homme à la serviette autour du cou s'était gaussé. Ledit Lenoir avait voulu lui sauter à la gorge. Les autres l'avaient retenu, et ils étaient repartis à se disputer. La patronne n'en pouvait plus et redoutait qu'ils missent à sac son restaurant. Sur le coup de minuit, le jeune homme qui semblait le chef de bande leur demanda de se calmer.

— S'il y avait eu du poison dans le melon, nous devrions déjà être malades, voire morts.

La patronne crut s'évanouir. Du poison dans le melon?

— Nous avons été le jouet de notre imagination, poursuivit Adrien, ce qui prouve bien que nous devons cesser cette aventure. Allons nous coucher et reprenons notre liberté demain matin.

— Pas question, objecta Lenoir. Séparons-nous demain soir, à l'arrivée à Antibes, comme prévu.

— Faites comme vous voulez, répliqua Adrien d'une voix lasse. Je vais dormir.

La patronne reprit espoir. Un quart d'heure plus tard, avec un immense soupir de soulagement, elle fermait à clé les portes du restaurant.

Et c'est avec allégresse qu'elle les vit partir le lendemain. Tous ensemble. Frais et dispos malgré l'incroyable quantité de liqueurs qu'ils avaient absorbée et dont elle leur avait fait cadeau, ainsi que du repas, ignorant qu'un inspecteur du *Michelin* ne se dévoilait jamais et payait toutes ses consommations. Malgré leur comportement étrange, elle ne doutait pas de découvrir dans le guide 1930 quelques étoiles accolées au nom de son établissement. Sans savoir ce qu'elle allait en faire, elle avait aussi passé commande de plusieurs Choftou, appareil censé cuire gaufres, frites, rôtis, purées et soupes, dont un des couples lui avait vanté les qualités. Un investissement certes inutile mais qui serait bientôt amorti par la foule des clients qui quitteraient la Nationale 7 pour passer la nuit chez elle. Dans un dernier élan de générosité, elle leur souhaita bonne route et les prévint que le temps était à l'orage. Qu'ils soient prudents !

Adrien ne décolérait pas de les voir tous lui coller au train. Il avait pourtant été clair : il abandonnait toute velléité de retrouver l'assassin. Avant le départ, il avait fallu décider dans quelle voiture voyagerait Yvette. D'entrée de jeu, Adrien signala que, entre ses bagages et ceux de Curnonsky, il n'avait plus de place. Yvette fit la tête. Comme il était hors de question qu'elle allât avec Lenoir et que Lucien allégua du manque de puissance de la Peugeot, elle échut à Rebecca qui accepta de bonne grâce. En montant dans la Delage, il vit que le rétroviseur extérieur, une nouveauté en matière automobile qu'il avait eu la bonne idée de faire installer, avait disparu. Il pesta contre les gamins qui avaient dû faire le coup.

Entre Orgon et Sénas, il roula à faible allure, faisant de grands signes pour que les autres le dépassent. Aucun ne le fit, provoquant un embouteillage qui faillit tourner à l'accident quand un camion chargé de melons entreprit de doubler la caravane. Il allait à peine plus vite qu'eux, mit un temps insensé pour les dépasser et se trouva nez à nez avec une autre camionnette, elle aussi chargée de melons. Vu la vitesse réduite des deux véhicules, le choc fut léger, et seule la cargaison de melons qui se répandit sur la chaussée eut à en souffrir. La Delage, la Renault, la Peugeot et la Ford roulèrent sur le tapis de cucurbitacées transformant la chaussée en un marécage orangé et, ignorant les hurlements des deux maraîchers, passèrent leur chemin.

À Sénas, Adrien se prit à espérer qu'une ou deux voitures bifurqueraient vers Marseille. Il n'en fut rien. Jusqu'à Aix-en-Provence, il roula à un train d'enfer sans réussir à les semer. Pour une fois, Curnonsky ne disait rien. Il se contentait de tirer sur sa pipe. Malgré les vitres ouvertes, l'habitacle de la Delage était envahi d'une fumée âcre.

— Ne pourriez-vous cesser de fumer ! râla Adrien en s'éventant d'une main.

— Ah ! mon petit… Il faut bien que je me remette de l'apocalyptique dîner d'hier. Je me sens un peu abattu par tant de médiocrité. C'est vrai que je suis un des plus incorrigibles fumeurs de ma génération. Je grille mes trente cigarettes et mon paquet de caporal ordinaire tous les jours que Dieu fait. Rien n'est plus agréable qu'un fin cigare, une gentille cigarette ou une bonne pipe, au moment où l'on sert le café, les eaux-de-vie et les liqueurs. Chacun sait que le tabac a le triple avantage d'être délicieux à fumer quand on a fini de manger, d'aider à la digestion et d'être antiseptique !

— Vous êtes en voiture, pas au restaurant ! s'indigna Adrien.

— Tu as raison, je vais faire attention, dit-il en tirant de plus belle sur sa pipe. Je n'ai pas envie que tu me débarques en pleine campagne. Laisse-moi te raconter une anecdote. Il y a, à Paris, rue de la Banque, une admirable cuisinière, Mme Génot, d'une renommée égale à celle de Mme Fillioux, l'illustre cordon-bleu de Lyon. Un jour, elle nous casa dans un petit coin discret, d'où, un quart d'heure après, nous assistâmes à l'irruption de trois femmes charmantes et empanachées et de cinq gentlemen habillés comme des gravures de mode. Ils s'installèrent à grand bruit. Mme Génot leur servit un potage qui embaumait la salle. Ils l'engloutirent, puis les dames tirèrent de leurs sacs des étuis à cigarettes, et les hommes d'énormes Extra-Largas qui sont, comme chacun sait, des cigares divins ; et tout ce joli monde se mit à fumer. Alors, tranquillement, Mme Génot leur fit servir le café. Et, comme ils roulaient des yeux ahuris : « J'ai pensé, dit-elle simplement, que ces messieurs et dames avaient fini. » Les Américains comprirent, éteignirent, restèrent… et en eurent pour leur argent. D'ailleurs, que penserais-tu de prendre un petit café ?

— Quand nous aurons semé nos chers amis.

Adrien ne put éviter l'arrêt dans une confiserie d'Aix pour acheter des calissons. Que Curnonsky se gave de pâte d'amandes serait bien préférable à la pipe. Il se chargea lui-même de l'achat, pour éviter que le Prince ne l'entraîne dans les ruelles chargées d'Histoire de la ville. Il n'était certainement pas d'humeur à s'entendre débiter par le menu tous les événements ayant marqué le Parlement de Provence. À sa grande surprise et à son grand plaisir, la Peugeot de Lucien et Suzanne avait disparu quand il revint.

— Ils ont pris le large, l'informa Curnonsky en se jetant sur les calissons.

— Grand bien leur fasse et bon vent !

De toute manière, il ne croyait pas à leur culpabilité. Il avait surpris des bribes de leur marchandage avec l'hôtelière de Cavaillon. Avec un exceptionnel bagout et en se vantant de bénéficier de l'appui du *Guide Michelin*, Lucien avait réussi à lui vendre un ensemble extravagant de matériel. Adrien aurait dû intervenir, mettre en garde la pauvre femme contre l'escroquerie évidente, mais il s'en était bien gardé. La sole Dugléré et le tournedos Rossini étaient vengés.

La montagne Sainte-Victoire dressait sa face abrupte sur un fond de ciel bleu strié de longs nuages blancs. Le contraste entre les argiles rouges de la base et le calcaire lumineux de la haute muraille était saisissant. En arrivant à Pourcieux, entre deux calissons, le Prince montra le Logis de la Poste et le Logis du Mouton couronné, deux hostelleries du temps ou la Nationale 7 était encore le « grand chemin royal ».

Puis, il fut question à Saint-Maximin de la grotte où Marie-Madeleine, la pécheresse, était venue se recueillir après avoir débarqué aux Saintes-Maries-de-la-Mer. À Brignoles, Adrien demanda un calisson. Curnonsky l'informa qu'il n'y en avait plus.

— Dis-moi, mon petit, toi qui connais bien Antibes, qu'y a-t-il d'intéressant à voir? Et qui? Tu sais que je me méfie des Américains et de cette nouvelle lubie de passer l'été sur la Côte. Cela me semble vraiment farfelu.

— Rassurez-vous, personne ne vous obligera à vous baigner. Mais vous pourrez faire de jolies balades autour du cap d'Antibes et de Juan-les-Pins. Il y a par exemple le château de la Croë, construit il y a deux ans par Sir Burton sur le modèle de celui de la reine Victoria à Clermont. Plus ancien, le château de Juan, construit vers 1860 pour la reine Émilie de Saxe, qui domine le petit port du Croûton. Il a été acheté juste avant la guerre par Richard Hudnut, un Américain, roi des cosmétiques. C'est là que logeait Rudolph Valentino qui avait épousé la fille adoptive des Hudnut. Leur chambre était peinte en noir, le lit, la salle de bains, tout était noir, sauf les robinets en vermeil.

— Quelle horreur! C'est certainement ça qui a causé sa mort.

— Pas vraiment! Un médecin niçois avait diagnostiqué une péritonite et lui avait conseillé une opération dans les quarante-huit heures. Rudy ne voulait pas de la médecine du Vieux Continent et a tenu à faire la traversée, même si elle durait huit jours. Il est mort de septicémie à New York. C'était il y a tout juste trois ans.

— On dit que cent mille personnes ont suivi son enterrement. Bon, tu n'as pas quelque chose de plus gai ?

— Louis-Dudley et Helen Beaumont. Lui a fait fortune en créant, en Amérique, une chaîne de grands magasins, et a offert à Helen, en cadeau de mariage, la villa Eilenroc : un palais blanc, un parc de gazon, des palmiers et un jardin de rocaille plongeant dans la mer étincelante. Assez excentriques tous les deux. Passionné de magie et voulant à tout prix obtenir l'amitié d'Houdini, il a appris le tour qui consiste à mettre dans sa bouche des lames de rasoir et des épingles pour les ressortir enfilées. Helen collectionne les Bentley et organise des tournois de tennis.

— Rien qui me passionne, laissa tomber Curnonsky en bâillant. Et ces fameux nouveaux hôtels, parle-m'en un peu. Je serai à l'Hôtel du Cap.

— L'Hôtel du Cap n'a pas toujours été un hôtel, commença Adrien qui eut l'impression d'endosser le rôle du guide touristique jusqu'alors dévolu au Prince. En 1870, Hippolyte de Villemesant, directeur du *Figaro*, avait fait édifier un petit château dans le plus pur style Napoléon III et l'avait baptisé « Villa Soleil ». Son projet était d'y accueillir des artistes et écrivains surmenés, malades ou en mal d'inspiration. L'affaire échoua, la bâtisse fut abandonnée et tomba presque en ruine.

— Quelle belle et bonne idée ! Et quel dommage que cela n'ait pas fonctionné. J'en connais bon nombre qui n'auraient pas dédaigné une telle offre.

— Antoine Sella, continua Adrien, un jeune hôtelier italien, s'en est entiché et a commencé à la rénover en 1887. Deux ans plus tard, l'Hôtel du Cap ouvrait ses portes. Au cours des années suivantes, des améliorations luxueuses furent apportées : chauffage central, salles de bains privées, ascenseur. Antoine Sella n'a pas hésité à attaquer les rochers de basalte à la dynamite pour créer une piscine surplombant la mer, surnommée Eden-Roc. Son trait de génie majeur a été d'accepter de louer en 1922 une aile de l'hôtel aux Américains, ceux-là mêmes qui allaient lancer la mode de la saison d'été.

— Et ceux qui ont été construits depuis ?

— L'Hôtel Provençal, ouvert il y a deux ans par Frank Jay Gould, un Américain richissime dont le père a fait fortune dans les chemins de fer. Il a aussi racheté le casino de Juan. Vous pourrez y rencontrer Douglas Fairbanks, Marie Laurencin, Georges Carpentier, Dranem, Cécile Sorel, Saint-Granier, Mayol... Mais je suis sûr que vous n'aimerez pas le Provençal : le restaurant ne propose pas de carte, mais uniquement un menu, soi-disant pour éviter aux hôtes la fatigue du choix, et se vante de pouvoir servir mille repas par jour.

— Quelle épouvante ! Vite, retournons chez Fernand Point. Tu as d'autres mauvaises nouvelles ?

— Le Belles Rives vient juste d'ouvrir à la limite du Cap et de Juan. C'est une ancienne villa décatie qui a été achetée par un couple russe, Boma et Simone Estène. Nous allons le découvrir ensemble.

— Et tes Américains, ils mangent, ils boivent ?

Pour ne pas lui faire de peine, Adrien préféra ne pas parler des exécrables habitudes alimentaires d'Ann, la compagne de sa mère, qui ne jurait que par les beignets de maïs, le poulet Maryland, les brownies et le beurre de cacahuètes dont elle tartinait allégrement son pain et qui représentait la pire des abominations pour Adrien. Elle avait beau clamer qu'il avait été inventé au début du siècle par un médecin, le Dr Kellog, il avait le plus grand mal à l'avaler. Tout comme ces horribles «corn flakes» qu'elle s'obstinait à leur servir, au prétexte que le bon docteur en avait fait une des bases du régime alimentaire de son sanatorium de Battle Creek dans le Michigan.

Il rassura le Prince en disant qu'il y avait d'excellents restaurants avec des chefs français. Côté boisson, il aurait pu lui dire que l'alcool coulait à flots. Juste retour des choses pour tous ces Américains qui fuyaient la prohibition. Chez les Murphy, par exemple, on ne lésinait pas sur la bière, le vin, le champagne et les cocktails. Adrien avait rarement vu une telle bande de soiffards. La palme revenait certainement à Scott et Zelda Fitzgerald qui se fichaient complètement de ce qu'il y avait dans leur assiette et de la qualité du vin du moment que la quantité y était. Il pourrait raconter à Curnonsky qu'il avait vu Scott entrer au casino de Juan couvert d'un paillasson et imitant le cri de la tortue marine et qu'il était ressorti en rampant, la bouche pleine de billets pour les recracher au pied du portier. Les anecdotes sur leurs excentricités ne manquaient pas. Un soir, ils avaient tellement bu qu'ils s'étaient endormis dans leur voiture… garée sur la voie ferrée. On les avait sortis de là juste avant le passage d'un train. Ils étaient complètement cinglés mais beaux, fantasques et séduisants. Adrien les aimait bien. L'argent leur glissait entre les doigts. Ils vivaient comme s'ils n'étaient pas tout à fait sûrs que le soleil se lèverait le lendemain.

Il les verrait certainement mais ne les présenterait pas à Curnonsky. Ils n'auraient pas grand-chose à se dire et, de toute manière, les Fitz ne parlaient que trois mots de français même si Scott adorait la France et disait que le meilleur de l'Amérique se retrouvait à Paris et que l'Américain à Paris était ce que l'Amérique faisait de mieux.

Curnonsky avait sombré dans une douce somnolence. Il rouvrit un œil pour demander :

— Tu peux me dire ce qu'ils trouvent à la Riviera en plein été ?

— D'après un écrivain américain qui y vient souvent, John Dos Passos...

— Connais pas, l'interrompit le Prince.

— C'est normal, il n'est pas encore traduit en français, tout comme Ernest Hemingway qui fréquente la Côte d'Azur. Il n'y a guère que Scott Fitzgerald qui le soit.

— Lui, je connais. J'ai lu son livre *Gatsby le Magnifique* après avoir lu une critique d'Armand Lanoux qui disait que ce roman dépeint la vie des équivoques richards new-yorkais dans une atmosphère d'orgie, de scandales et de crimes et qu'il fallait lire ce témoignage pour méditer la tragédie d'une société qui emprisonne Dieu dans une liasse de dollars et Satan dans une bouteille de whisky.

— Pas mal vu, admit Adrien.

— Alors, que disait ton écrivain américain ?

— Que les Français et les Britanniques aisés qui fréquentaient la Riviera en hiver seraient morts plutôt que d'y être vus en été. L'endroit leur paraissait trop chaud, mais à eux, Américains, la température leur semblait parfaite, les bains délicieux, et Antibes était le petit port provincial vierge qu'ils avaient rêvé de découvrir. Le culte du soleil !

— Le culte du soleil ! On aura tout vu ! À ce propos, il n'y en a plus trace. Il a complètement disparu.

La patronne de l'hôtel avait vu juste. Un orage se préparait. Ils étaient encore à une centaine de kilomètres d'Antibes. Ils n'y couperaient pas. La pluie commença à tomber après la traversée du Muy. La Reinastella et la Ford suivaient toujours. À Fréjus, Adrien crut les avoir perdues. Il décida alors de prendre la route de la corniche plutôt que de continuer par la Nationale 7. Non pas pour admirer les panoramas à couper le souffle et les flamboyances du massif de l'Estérel se jetant dans les eaux turquoise de la Méditerranée, mais pour échapper une fois pour toutes à Rebecca et à Lenoir. De toute manière, la pluie qui se faisait de plus en dense lui cacherait toutes ces merveilles. La route était étroite et sinueuse mais ne présentait pas plus de danger que la nationale qui, avec ses cent quatre-vingt-trois virages et ses multiples cols, était un véritable calvaire pour les automobiles et leurs conducteurs. Enfin seul ! se réjouit-il, après avoir traversé Saint-Raphaël. Peu après Agay, il crut voir derrière lui des phares trouant le rideau de pluie, mais ils disparurent aussitôt. Il conduisait prudemment. Cette route, construite à l'initiative du Touring Club de France au tout début du siècle, était destinée aux touristes venus admirer les somptueux à-pics et nullement aux amateurs de vitesse. Le fracas du tonnerre réussit à réveiller Curnonsky qui, ouvrant les yeux, s'étonna :

— Quelle purée de pois ! Où sommes-nous ? Dans

l'antichambre de l'enfer? Eh, attention mon petit! Il y a un grand trou noir à notre droite.

L'orage se déchaînait, et Adrien avait dû allumer ses phares. Ils abordaient la partie la plus délicate de la route, dominée par la forêt, accolée à la ligne de chemin de fer et séparée de l'abîme par un muret de pierre.

— Ne vous inquiétez pas. Nous sommes à trente kilomètres de Cannes. Je vous promets que nous nous arrêterons pour boire un café.

— Arrosé, comme il se doit! Car tu vois, si l'alcool tue, il y met le temps. Il empoisonne, tout comme l'eau; mais il a sur elle l'immense avantage de ne jamais désaltérer; il donne soif – et c'est là ce qui le rend si appréciable. Le bon poivrot garde toujours, sinon ses distances, au moins le sourire. Il boit pour oublier, mais il n'oublie jamais de boire.

Sur ces bonnes paroles, il alluma sa pipe. Ayant hâte de sortir de ce pot au noir, Adrien accéléra, négociant habilement les virages. Ses essuie-glaces eurent la mauvaise idée de s'enrayer. Le nez au ras du pare-brise, il s'efforçait de garder le cap en maintenant sa vitesse. Puis, ils ressentirent un léger choc. Quelque chose avait heurté l'arrière de la Delage. Adrien pensa aussitôt à une pierre tombée de la falaise. Le choc se reproduisit et dura. Comme il n'avait pas jugé bon de faire installer un rétroviseur intérieur pour ne pas nuire à l'esthétique de l'habitacle, il se retourna. Une masse sombre les poussait. Une voiture, tous feux éteints, dont il distinguait à peine les contours. Il freina, mais il pleuvait tellement que les pneus avaient du mal à adhérer à la chaussée. La pente était forte. La Delage partit légèrement en crabe. La poussée se fit plus forte. Il s'affola. Curnonsky lui cria d'arrêter ce petit jeu. Adrien se retourna de nouveau. Mal lui en prit. Il vit trop tard le virage en épingle à cheveux. La Delage allait trop vite. La poussée s'accentua. La voiture percuta le muret, les pierres volèrent en éclats. Le capot était suspendu au-dessus du vide. La voiture tangua, piqua du nez. Ils allaient s'écraser cent mètres plus bas dans une mer en furie après avoir heurté des grappes de rochers acérés. Ils étaient morts.

La Delage cessa son balancement. Pétrifiés, ils n'osaient faire un mouvement. L'orage continuait à se déchaîner. Le vent forcissait. La foudre tomba non loin. À la lueur de l'éclair qui l'avait précédée, ils s'étaient lancé un regard terrorisé. Ils n'entendirent pas la voiture qui avait causé l'accident s'éloigner.

— Surtout ne faites pas un geste, supplia Adrien d'une voix sourde comme si parler plus fort allait les faire basculer dans le vide.

— Si seulement j'étais plus léger…

— Vous ne l'êtes pas. Laissez-moi réfléchir.

— Pas trop longtemps…

Le plus doucement possible, Adrien entreprit d'ouvrir sa portière.

— Pas si vite, gémit Curnonsky.

Adrien passa un pied dans l'espace entrouvert. Ne rencontrant que le vide, il renonça à l'explorer plus avant.

— Nous sommes mal, très mal. Peut-être pourrions-nous tenter de passer par la porte arrière.

— Comment voulez-vous ? pleurnicha le Prince. Je suis trop gros. Avec mon poids, je vais nous envoyer par le fond.

Entre horreur et soulagement, ils entendirent tambouriner à la fenêtre arrière. Était-ce l'assassin qui venait terminer son forfait, ou un bon Samaritain qui leur apportait son aide ? Ils tournèrent la tête et ne virent rien. Puis, une voix qu'ils connaissaient bien se fit entendre.

— Vous êtes en mauvaise posture, disait le vicomte.

Ça, ils le savaient.

— Vous êtes à moitié dans le vide.

Merci du renseignement !

— Vous risquez à tout moment de basculer.

À quoi jouait-il ? À leur faire endurer une torture supplémentaire ?

Une autre voix se joignit à celle de La Saussaye. Rebecca ! Adrien craignit le pire. Pour des raisons qu'il était bien incapable de deviner, ces deux-là avaient partie liée. Ils allaient joindre leurs efforts et les catapulter dans la mer.

— Êtes-vous blessés ? demanda-t-elle d'une voix inquiète.

Voilà qui changeait la donne. Elle ne pouvait tout de même pas avoir le cynisme de s'enquérir de leur santé avant de les expédier dans l'au-delà.

— Nous allons bien, se résolut à répondre Adrien.

Curnonsky poussa un long gémissement qui laissait croire que tel n'était pas tout à fait le cas.

— Ne bougez pas ! leur intima la jeune femme.

Ils ne faisaient que ça.

Ils entendirent divers bruits de moteur, de raclements. Ils entrevirent la lumière de phares braqués sur la Delage. Le vicomte et Rebecca s'activaient pour les sauver, Adrien en était maintenant persuadé. Rien n'était gagné, mais il sentait poindre une onde de soulagement.

Un éboulement se produisit sous la Delage, qui les épouvanta. La voiture bougea mais, pour leur plus grande joie, en arrière. Ils retinrent leur souffle pendant tout le temps où, centimètre par centimètre, ils s'éloignaient de l'abysse. Quand ils virent le visage de Rebecca, dégoulinant de pluie, s'encadrer dans la vitre de la portière d'Adrien, ils surent qu'ils avaient regagné la terre ferme. Sauvés !

Ils sortirent de la voiture comme des diables hors de leur boîte, serrèrent leurs sauveteurs dans leurs bras en criant et riant. Ils applaudirent à leur ingéniosité : ils avaient attaché des câbles aux essieux de la Delage et les avaient reliés à la massive Reinastella. Le vicomte s'était mis au volant et, guidé par Rebecca et le bellâtre qui surveillait les câbles, il avait reculé lentement jusqu'à ce que la Delage reprenne son équilibre.

Chargée d'arrêter toute voiture au virage précédent pour éviter une collision, Yvette arrivait en courant, trempée comme une soupe. Elle se pendit au cou d'Adrien, lui témoignant comme un jeune chien fou sa joie de le savoir vivant. Ils grimpèrent tous dans la Reinastella pour se protéger de la pluie.

— Avez-vous vu la voiture qui nous a poussés ? demanda Adrien en claquant des dents.

Rebecca avait mis en route le chauffage et demandé à Yvette de fouiller dans une valise et de sortir des vêtements dont ils useraient comme de serviettes éponge.

— Quand je suis arrivé, il n'y avait personne, déclara La Saussaye qui se frictionnait les cheveux avec un charmant chemisier à pois verts.

— Je n'ai croisé aucune voiture, affirma Rebecca.

Puis, regardant Adrien :

— La Delage a subi de gros dégâts. Pas sûr qu'elle soit réparable.

— Ce n'est pas ce qui me soucie le plus. On a voulu nous tuer.

— Toi ou moi ? s'enquit Curnonsky qui s'était enroulé un cardigan couleur feuille-morte autour du cou.

14

La voiture du vicomte ne comptant que deux places, Adrien et Curnonsky restèrent dans la Reinastella où ils entassèrent les bagages récupérés dans la Delage. Pour son plus grand bonheur, Yvette céda sa place à l'avant à Curnonsky. Sous prétexte de le réchauffer, elle se colla contre Adrien qui dut la repousser à plusieurs reprises. Ils s'arrêtèrent dans un garage à Mandelieu, pour que ce qui restait de la Delage soit remorqué et examiné. Les fumées qui s'étaient échappées du capot laissaient prévoir un moteur sérieusement endommagé. Quant à la carrosserie, le choc avec le muret l'avait plissée en accordéon. Adrien avait peu d'espoir de revoir sa belle auto. À côté de la mort à laquelle ils venaient d'échapper, ce n'était pas si grave.

Sonné et grelottant malgré la chaleur tropicale qui régnait maintenant dans l'habitacle, Curnonsky ne disait mot, tirant goulûment sur une cigarette. Adrien essayait de se remémorer les minutes qui avaient précédé l'accident. Il était sûr que personne ne les suivait. La voiture qui les avait poussés avait dû arriver très rapidement. Il demanda à Rebecca ce qui l'avait incitée à prendre la route de la corniche.

— Je t'avais perdu de vue. J'ai pensé que tu choisirais cet itinéraire pour te débarrasser de nous. C'était une ruse trop facile.

— Et le vicomte ?

— Il faudra lui demander. À la sortie d'Agay, une voiture m'a doublée. C'était peut-être lui.

Ou un autre.

— Et Lenoir, il a continué sur la Nationale 7 ?

— Je n'en sais rien. Pour ma part, il peut bien aller au diable.

Adrien se rencogna au fond de son siège. L'orage avait cessé. Il baissa sa vitre et respira avidement les odeurs de terre mouillée et de sève de pin. Avoir frôlé la mort d'aussi près donnait envie de jouir des moindres détails de la vie. Mais pourquoi avoir voulu le tuer ? Lui ou Curnonsky. Le Prince était certes un personnage encombrant dans tous les sens du terme, mais sa jovialité le prédisposait à se faire des amis plutôt que des ennemis. Quant à lui, il était bien trop insignifiant pour provoquer des envies de meurtre. Cette histoire n'avait pas de sens. Perdu dans ses pensées, Adrien aperçut à peine les lumières de Cannes qu'ils traversèrent sans s'arrêter. Antibes n'était plus qu'à quelques kilomètres. Il n'éprouvait plus aucun soulagement à l'idée d'arriver au terme du voyage. La menace était toujours présente et le danger les guettait partout et à tout moment.

Sa mère savait qu'il venait mais ignorait le jour de son arrivée. Il aurait dû lui téléphoner mais, avec les dernières péripéties, cela lui était complètement sorti de la tête. Ils arrivaient à Juan-les-Pins. Le casino était brillamment éclairé. La température avait sévèrement chuté, et les femmes qui en sortaient portaient de légers manteaux ou des châles. Rebecca s'arrêta au bord de la plage et leur demanda où ils voulaient qu'elle les dépose. Elle précisa qu'elle logerait au Provençal. Curnonsky annonça qu'il avait une chambre réservée à l'Hôtel du Cap. Yvette lança un regard plein d'espoir à Adrien qui détourna ostensiblement les yeux. Cette petite grue ne croyait tout de même pas qu'il allait se charger d'elle ! Rebecca, qui avait suivi l'échange muet, signala à Yvette que la saison d'été se terminant, il y aurait certainement des chambres libres au Provençal. La jeune fille fit la moue mais d'un signe de tête indiqua qu'elle acceptait la proposition. Adrien n'avait nulle envie de dévoiler l'adresse de sa mère. Pour ne pas avoir à subir les visites intempestives d'Yvette mais aussi, confusément, pour la cacher à Rebecca. Il savait que c'était illusoire. L'une comme l'autre n'aurait aucun mal à dénicher la villa Galicia. Le cap d'Antibes était minuscule, et tout se savait. Néanmoins, il se fit arrêter avant le chemin menant au phare. Sous l'œil goguenard de Rebecca, il prit ses valises, recommanda à Curnonsky la plus grande prudence et promit de lui rendre visite le lendemain à l'hôtel ; il salua les deux jeunes femmes et attendit que la voiture fasse demi-tour. Il avait un bon kilomètre à parcourir sur un chemin de terre. Ses valises pesaient lourd, et il se disait qu'il avait été ridicule de ne pas donner l'adresse de la villa. Il avançait avec peine, pataugeant dans des flaques d'eau quand, soudain, des phares percèrent la nuit. Une voiture arrivait à grande vitesse. Affolé, il se colla contre une haie qui s'avéra constituée d'agaves aux feuilles piquantes. Si on voulait l'écraser, il n'avait aucune solution de repli. La voiture freina brutalement. C'était la Reinastella. Rebecca lui fit signe de monter.

— Inutile de te fatiguer. Je t'emmène. Tu pourrais faire de mauvaises rencontres.

Elle était seule. Il hésita, puis se raisonna. Elle conduisait. Elle pouvait difficilement lâcher le volant pour braquer son pistolet sur lui. Et elle venait de le sauver ! Ses craintes reprirent quand, sans qu'il le lui indique, elle prit le bon embranchement dans la pinède et s'arrêta pile devant la villa de sa mère.

— Mais, comment sais-tu ?

— Une longue histoire… Je connais Diane et Ann, mais je ne t'en dirai pas plus ce soir. Tu es mort de fatigue. Va te reposer. Et viens au Provençal demain.

Le ton de sa voix était empreint de tendresse et elle l'embrassa légèrement sur les lèvres. Adrien sortit de la voiture, reprit ses valises sur la banquette arrière et regarda la voiture s'éloigner. Avec tous ses mystères, ses changements d'humeur, cette fille était fatigante mais diablement attirante.

Il poussa la haute grille de fer forgé qui n'était jamais close. Par mesure de prudence, il la referma. Des aboiements se firent entendre dans la maison, et quelques secondes plus tard deux flèches noir, blanc et feu fondirent sur lui, jappant de plaisir et manquant le renverser dans leurs manifestations de plaisir. Jaboie et Jaccuse, les deux bouviers suisses de sa mère, la queue frétillante, l'accompagnèrent jusqu'au perron où se tenait Diane.

— Adrien ! À pied ! En pleine nuit !

Elle se retourna vers la porte ouverte et s'écria :

— Ann, ne t'inquiète pas. C'est Adrien.

Elle fut bientôt rejointe par son amie. Toutes deux portaient des kimonos fluides, en satin gris pour Diane, fuchsia pour Ann. Sa mère le serra dans ses bras. Ann l'étreignit avec sa vigueur coutumière. Ravis de ces embrassades, les deux bouviers tentèrent de s'en mêler mais furent fermement rabroués.

— Rentrons, fit Diane en frissonnant. Il y a eu un gros orage. Des trombes d'eau…

— Je sais, l'interrompit Adrien. J'étais dessous. Ma voiture n'y a pas survécu.

— Oh ! Mon petit ! Un accident…

— Je t'en prie, ne m'appelle pas mon petit, lui dit-il d'un ton hargneux.

Décontenancée, Diane se tut. Adrien s'en voulut aussitôt de cet accès de colère. Sa mère n'était pour rien dans l'accumulation de catastrophes de ces derniers jours.

— Excuse-moi. Je suis fatigué. Je ne voulais pas me montrer désagréable.

Ann, habituée aux rapports tendus entre la mère et le fils, se tenait en retrait.

— Nous avons fait un feu dans la cheminée pour égayer cette soirée un peu sombre, dit-elle avec son accent américain dont elle n'avait jamais réussi à se défaire après dix-sept ans de présence en France. Mais avec les fenêtres ouvertes, car nous crevions de chaud. L'été n'est pas fini. Va t'installer. Je vais préparer des sandwichs.

Diane et Adrien se lancèrent un regard entendu. Le beurre de cacahuètes n'était pas loin. Diane observait son fils avec attention. Elle le trouvait pâle et fatigué mais ne se risqua pas à lui en demander la raison. Si au fil des ans leurs relations s'étaient apaisées, Adrien avait horreur, Diane le savait, qu'elle se mêle de sa vie privée. Ils s'assirent dans des canapés recouverts de toile bise devant la cheminée aux lignes épurées où se consumaient quelques bûches. Adrien remarqua de nouveaux tableaux aux murs, de nouveaux meubles, dont une superbe chaise longue en cuir noir et acier chromé. Il y avait quelque chose d'apaisant dans cet intérieur au jeu de lignes horizontales et verticales, où les matériaux nouveaux, le verre, l'acier et le béton, régnaient en maître. Diane et Ann détestaient les rondeurs et les sinuosités du style tarabiscoté de la Belle Époque, et leur maison ressemblait à un paquebot donnant sur le large. Adrien commençait à se détendre un peu et à se sentir en sécurité. Jaccuse vint se coucher à ses pieds. Adrien lui gratouilla les oreilles. Le chien émit de petits gémissements de bonheur. Adrien accentua ses caresses, plongeant les mains dans la douce fourrure et lui murmura tous ces petits mots idiots dont on couvre les animaux de compagnie. L'effet lénitif fut immédiat. Adrien poussa un long soupir et sourit à sa mère.

En attendant le retour d'Ann, Diane opta pour un sujet de conversation ne prêtant pas à controverse : les dernières nouvelles du cap d'Antibes.

— Sais-tu que le torchon brûle entre Juan-les-Pins et Antibes ? La première se plaint que la seconde l'ignore, voire veuille l'étrangler, et se targue de pratiquer des prix raisonnables alors qu'Antibes serait en train de tuer la poule aux œufs d'or. Juan dit qu'Antibes est pareille à une vieille fille abandonnée qui ne peut supporter les attentions dont est l'objet sa sœur cadette, plus jolie, plus aimable, plus active.

— C'est vrai qu'en passant j'ai remarqué bon nombre de nouveaux cafés et restaurants à côté du casino.

— Ça n'arrête pas ! Le bruit court que certains ont l'idée d'ouvrir un restaurant à la Garoupe.

— Ah non ! pas la Garoupe, s'indigna Adrien. C'est la plus jolie plage du coin.

Ann revint avec un plateau surchargé où Adrien reconnut les inévitables tartines au beurre de cacahuètes, mais aussi des « club sandwichs » à base de pain grillé tartiné de beurre, avec du lard grillé, du blanc de poulet, de la tomate et de la laitue, le tout accompagné d'une généreuse couche de mayonnaise. Toujours friande d'anecdotes, Ann lui avait confié que cet énorme sandwich à étages était né à la fin du siècle précédent dans un casino de Saratoga Springs où les joueurs étaient trop occupés pour manger autre chose que ces triangles de pain bien garnis. Il y avait aussi des tomates à l'antiboise, farcies de thon, de riz et de crème qui constituaient le summum du savoir-faire culinaire d'Ann.

Adrien se servit et commença à dévorer son sandwich sous l'œil attendri et appréciateur de l'Américaine qui ne résista pas, elle, à l'appel du beurre de cacahuètes.

— Hélas ! reprit Diane. Les touristes commencent à arriver. Cet endroit n'a plus rien à voir avec ce que nous avons connu il y a douze ans. Juan-les-Pins n'existait pas. C'était un désert, juste une plage où personne n'aurait eu l'idée de se baigner. À peine si les Antibois venaient y pique-niquer et y ramasser des pignes de pin. Aujourd'hui, les plages sont tellement envahies par les touristes que Sara Murphy veut dresser nos chiens à aller faire pipi sur leurs serviettes de bain.

— Et maintenant, continua Ann, ces plages sont l'objet de toutes les convoitises. Malgré la loi, le château de la Croë a fait construire un mur sur la plage, ce qui a provoqué un scandale… Mais les partisans de la privatisation répondent que s'il venait à l'idée du populaire d'envahir les plages, les propriétaires de domaines ne tarderaient pas à quitter les lieux.

Adrien écoutait d'une oreille distraite. Le vin de bandol, le volumineux sandwich l'avaient plongé dans un état d'engourdissement sans pour autant atténuer son inquiétude. Rebecca lui avait dit connaître Ann et Diane. Mais il se sentait trop fatigué pour essayer d'en savoir plus ce soir. Il pria sa mère et son amie de bien vouloir l'excuser de les abandonner. Diane lui souhaita une bonne nuit. Sa chambre dans l'aile droite l'attendait.

Le ciel avait retrouvé sa transparence, le soleil son éclat et, en ouvrant la baie vitrée, Adrien sentit les effluves poivrés des pins, des cèdres et des lavandes. Des pointus se balançaient au gré d'une houle légère. Les grandes pelouses entourant la maison étaient parfaitement entretenues, tout comme les haies bordant les allées pavées de terre cuite en une parfaite symétrie de formes rectilignes. Diane et Ann employaient deux jardiniers, mais l'une et l'autre aimaient à tailler, planter; et Adrien aperçut le grand chapeau de paille de sa mère penchée sur un massif de myrtes, le sécateur à la main. D'Ann, nulle trace: elle devait travailler dans son atelier de sculpture, un petit bâtiment dominant la mer, tout aussi cubique que la maison. Les deux chiens, oreilles au vent, se poursuivaient et se roulaient dans l'herbe.

À la lumière du jour, les événements de la veille prenaient une autre tonalité. Avaient-ils affaire à un malade mental? Qui s'attaquait au petit bonheur la chance à des innocents pour les trucider. Bien entendu, Adrien avait entendu parler de Jack l'Éventreur, mais lui ne visait qu'une sorte de victimes: les prostituées. Il y avait eu aussi Karl Denke, un Allemand, qui attirait des sans-abri, les tuait et mangeait leur chair. Il se souvenait des gros titres des journaux, cinq ans auparavant, quand la police avait découvert au domicile de ce monstre des centaines de dents, d'ossements et des bocaux, où des restes humains avaient été mis en conserve. Ou un an plus tard, du boucher de Hanovre qui avait tué vingt-sept garçons et jeunes hommes en les mordant à la gorge. Tous ces tueurs étaient fous et ciblaient des catégories très particulières. Dans le cas présent, rien ne reliait un obèse, un vieil industriel, un cuisinier, un jeune homme oisif et un plumitif culinaire. De ses compagnons de voyage, aucun n'était fou. Ou, du moins, aucun ne manifestait de troubles flagrants. Une chose était sûre: la personne qui avait cherché à les tuer, Curnonsky et lui, faisait partie du petit groupe qui s'était rencontré à Saulieu. On pouvait exclure les Anglais, qu'Adrien avait depuis belle lurette rayés de la liste des suspects. Tout comme Suzanne et Lucien, bien trop occupés à vendre leurs «Kibrille» et autres «Kilavtou». Le Dr Boulinois, lui aussi, pouvait être définitivement écarté, n'ayant pas réapparu depuis Vienne. Yvette était bien trop godiche pour organiser des assassinats. Restait le trio infernal : Rebecca, le vicomte et Lenoir. Les deux premiers, leur étant venus en aide, pouvaient *a priori* être écartés, mais Adrien ne parvenait pas à se défaire d'une certaine méfiance envers Rebecca, même si elle était arrivée sur les lieux de l'accident après La Saussaye. Si elle avait été coupable, il aurait fallu qu'Yvette, qui l'accompagnait, soit complice. Vu l'intérêt que la jeune fille lui portait, cela semblait hautement improbable. Le vicomte pouvait très bien avoir fait le coup, mais quel pouvait être son mobile ? Adrien ne l'avait côtoyé que de loin toutes ces dernières années et, à sa connaissance, si Curnonsky aimait les belles voitures, il ne s'était jamais passionné pour les courses et les coureurs automobiles. Restait Anthelme Lenoir. Qui ne cachait pas son animosité envers le Prince, lequel, d'ailleurs, le lui rendait bien. Lenoir, qui, souffrant d'un ego surdimensionné, tentait à toute force de s'infiltrer dans les cercles gastronomiques élitistes. Mais faire disparaître le créateur de l'Académie des gastronomes n'était certainement pas la meilleure manière d'y entrer. Certes, il était insupportable, imbu de lui-même, irascible, voire violent ; mais, là encore, Adrien se heurtait à la diversité des victimes pour lui trouver un mobile cohérent. Une chose était certaine : si Lenoir était le coupable, Curnonsky était la victime visée. Il n'avait aucune raison de lui en vouloir à lui, Adrien. Il avait même applaudi à son initiative de voyager ensemble et avait insisté pour continuer, alors qu'Adrien se disait prêt à jeter l'éponge. Était-ce pour rester au contact de Curnonsky et perpétrer son forfait au bon moment ? Et pourquoi avait-il mis en scène un simulacre d'assassinat à Vienne ?

Quel dommage qu'il n'ait pu rencontrer le Dr Locard à Lyon. Assailli d'interrogations, livré à lui même, Adrien pataugeait lamentablement. S'il voulait éviter un nouveau crime, il devait agir méthodiquement, avec le peu de moyens dont il disposait. Tout d'abord, il devait s'assurer de la sécurité de Curnonsky. Pour ce faire, le mieux serait qu'il regagnât illico presto Paris. Adrien allait s'y employer. Ensuite, il devait remettre la main sur le vicomte et sur Lenoir. Quant à Rebecca, il garderait facilement un œil sur elle, sa quête de l'assassin de son père la retenant à Antibes.

Il s'habilla en toute hâte et dévala l'escalier. Dans le vaste hall crépi de blanc, sa mère arrangeait un bouquet de roses qu'elle venait de cueillir.

— Regarde les merveilles créées par Louisette Paolino. Cette gamine a tout juste dix-huit ans et passe sa vie à créer de nouvelles roses. Et sais-tu qu'il y a un projet de train des fleurs, avec des wagons isothermes pour livrer les fleurs coupées dans le Nord?

Quoique appréciant beaucoup les fleurs dont Antibes s'était fait une spécialité avec des dizaines d'hectares de champs et de serres qui montaient à l'assaut des collines, Adrien n'avait guère de temps à leur consacrer. Pas plus qu'à sa mère. Il embrassa Diane sur la joue et se dirigea vers la porte.

— Ton petit déjeuner est prêt, dit-elle.

— Je le prendrai à l'Hôtel du Cap. On m'y attend.

— Tu veux la voiture? ajouta-t-elle, visiblement déçue de le voir partir si vite.

— J'irai à pied. Ce n'est qu'à quelques centaines de mètres. Et laisse la grille fermée.

— Mais… nous n'avons jamais fait ça. Que se passe-t-il ? Tu as des ennuis ?

— En quelque sorte. Mieux vaut prendre quelques précautions. Ne laisse entrer personne et garde les chiens près de toi.

L'idée qu'il puisse mettre en péril sa mère et Ann venait de le frapper. Diane avait une réputation d'intrépidité, et prouvé qu'elle savait faire face au danger. Mais si elle devait affronter un tueur fou ?

15

En prenant les petits chemins de terre qui serpentaient dans la pinède, Adrien alla plus vite qu'en voiture. Niché dans un parc planté de pins maritimes, l'Hôtel du Cap lui apparut comme un havre de beauté et de sérénité. Une sérénité qui lui faisait complètement défaut. Dans les minutes qui allaient suivre, on pouvait très bien lui annoncer que le Prince avait malencontreusement glissé sur une dalle et s'était rompu le cou ou qu'on l'avait retrouvé égorgé dans sa chambre. Il pressa le pas. On lui indiqua que M. Curnonsky prenait son petit déjeuner sur la terrasse. Adrien en fut soulagé et très surpris. Curnonsky avait-il radicalement changé ses habitudes? Était-il devenu un lève-tôt? Il traversa le hall en marbre et le grand salon où une brise légère soulevait les voilages immaculés. Curnonsky ne déjeunait pas seul. Autre surprise: il était en compagnie de Marcel Rouff.

— Mon petit! lui lança-t-il quand il le vit. Viens prendre une tasse de café avec nous. Dans ce cadre idyllique où nous pouvons nous croire à l'aube de l'humanité.

Une humanité qui aurait déjà découvert les plaisirs de la porcelaine la plus fine et des serviettes en lin brodé, se dit Adrien qui se faisait une autre idée de l'âge des cavernes. Il salua les deux hommes et s'enquit auprès de Rouff de l'état de sa voiture.

— Morte ! laissa-t-il tomber. Par chance, nous avons le Train Bleu qui depuis cette année est devenu quotidien, alors qu'avant il ne circulait que de l'automne au printemps. Je suis parti à 19h35, et onze arrêts et onze cents kilomètres plus tard, je suis arrivé à Nice hier vers midi. Un excellent voyage, agrémenté de cocktails à la voiture-bar et d'un délicieux repas au wagon-restaurant en charmante compagnie. Si j'en crois mon camarade Curnonsky, le vôtre a été plus que mouvementé.

— J'ai bien peur que ce ne soit pas fini, dit Adrien en se tournant vers le Prince. Vous devez redoubler de prudence. Je suis sûr que celui qui a cherché à nous tuer vous visait.

Curnonsky manqua s'étrangler avec son café.

— Il m'est arrivé beaucoup de choses dans ma vie, mais jamais je n'aurais imaginé être la proie d'un tueur sanguinaire. Je vais rentrer dare-dare à Paris.

— Voilà qui est parfait, se réjouit Adrien. Je vais vous accompagner à la gare.

— Pas question, s'insurgea Rouff. Je viens juste d'arriver. Prenons le temps de savourer les plaisirs de ce lieu.

— On voit bien que ce n'est pas toi qui as failli servir de nourriture aux poissons ou dont on risque de retrouver le corps lardé de coups de couteau ou découpé comme une vulgaire volaille.

— Trois jours ! Restons trois jours ! Un pour l'Hôtel du Cap, un pour le Belles Rives, un pour le Provençal où une grande fête est prévue demain. Je ne te quitterai pas d'une semelle. De mon corps je te ferai un rempart. J'irai même jusqu'à goûter tous tes plats pour m'assurer qu'aucun poison n'y a été versé.

— Voilà une belle déclaration d'amitié.

— Que pourrais-je refuser à l'ami avec qui j'ai goûté la vie, aimé Balzac, adoré la table, célébré le vin, détesté les cuistres, chanté la femme, et pris à la blague une planète ridicule ! Au frère de trente années de route, au compagnon de chères soirées, je ne peux que l'assurer de mon indéfectible protection.

— Tu as bien dit : pas d'une semelle ?

— Je serai ton ombre.

— Adrien, mon petit, qu'en penses-tu ? Est-ce raisonnable ?

— Je n'en sais fichtrement rien. À vous de voir. Si vous êtes très vigilant… Si vous restez ensemble, pourquoi pas, mais je vous aurai prévenu.

— Alors, je reste. Et toi, mon petit, active-toi, trouve-nous cet assassin de malheur.

Curnonsky ne semblait pas prendre au sérieux la menace qui pesait sur lui. Tant pis pour lui, se dit Adrien que la présence de Marcel Rouff soulageait grandement. Il ne serait pas obligé de jouer les nounous et pourrait mener ses investigations en toute liberté. Après avoir avalé une tasse de café et grignoté un petit pain, il prit congé des deux compères qui planifiaient leurs futurs repas.

Maintenant, il devait mettre la main sur Rebecca. Il était plus que temps qu'elle dévoile ses secrets. Il continua son chemin vers Juan-les-Pins. En bordure de plage, adossé à la pinède, il découvrit le tout nouvel Hôtel Belles Rives. Il connaissait bien l'endroit. À l'ancienne villa Saint-Louis de style castel normand, une aile et deux étages avaient été ajoutés, ce qui rendait l'endroit méconnaissable. Il y avait vécu de grands moments quand Scott et Zelda Fitzgerald l'avaient occupée en 1926. Ils s'étaient d'abord installés à la villa Paquita à Juan mais l'avaient quittée pour la laisser aux Hemingway qui séjournaient chez les Murphy, leur fils John ayant attrapé la coqueluche et devant être mis en quarantaine. Ils avaient alors loué la villa Saint-Louis, avec sa plage privée, à deux pas du casino. *Gatsby le Magnifique* avait rapporté vingt-huit mille dollars et, grâce à un taux de change particulièrement avantageux, les Fitz pouvaient mener la grande vie. Ils ne s'en étaient pas privés. Décidé à écrire et à ne pas boire, Scott avait très vite abandonné ses bonnes résolutions. À la fin de l'été, la grille de la propriété hérissée de bouteilles vides en témoignait. Comme à son habitude, le couple s'était déchiré sous les yeux incrédules de leurs amis. Et cette année-là, Zelda avait pris en grippe Hemingway. Elle ne l'aimait pas, et il le lui rendait bien. Elle le trouvait ennuyeux et pique-assiette, et le traitait de tapette à la poitrine velue. Adrien avait l'impression qu'un siècle s'était écoulé depuis cet été mouvementé. Hemingway ne venait plus, Cole Porter non plus, la villa Saint-Louis n'existait plus. Cela signifiait-il que la fête était finie ? Ce qu'avait dit Diane la veille tendait à le prouver. Y avait-il un lien avec les craintes de Rebecca et de Diane sur l'avenir du monde ? Les années folles, qui avaient vu tant d'extravagances, de provocations dont les Fitz étaient le plus bel exemple, étaient-elles sur le point de se terminer ? Ou était-ce parce qu'il se sentait en danger qu'il nourrissait d'aussi sombres pensées? Faisait-il partie comme ses amis américains de cette génération perdue, parlant du tragique avec frivolité, se nourrissant de plaisirs éphémères, se perdant dans des errances, cherchant toujours autre chose sans jamais l'atteindre? Irait-il de désenchantement en désenchantement? Pouvait-il y changer quoi que ce soit? Il n'était pas dupe des mirages que lui offrait son existence de privilégié. Il n'adulait ni l'argent, ni le pouvoir, ni la futilité. Il s'en servait pour vivre comme bon lui semblait. Il ne croyait pas comme son père à de grandes causes, il avait bien trop peur qu'on lui vole sa vie. En marchant dans la pinède, il se rendit compte que s'il avait hâte de rejoindre Rebecca, c'était en partie à cause de la profonde révolte qui semblait guider ses faits et gestes et de son énergie à mener sa vie en solitaire. Elle était lunatique, souvent désagréable, parfois méchante, mais Adrien sentait qu'elle détenait une part de vérité qu'il aimerait partager avec elle. Il arrivait à l'Hôtel Provençal, étrange et majestueux bâtiment, mélange d'Art déco et de néoprovençal, mâtiné de références orientales, antiques et andalouses. Une fois de plus, il le trouva un peu ridicule. Il préférait mille fois l'Hôtel du Cap, plus élégant et moins tapageur.

Sur la terrasse, assise à l'ombre d'un parasol, Rebecca n'était pas seule. Un homme d'une quarantaine d'années, brun, les cheveux gominés, plutôt séduisant, lui parlait avec ardeur. Elle semblait sous le charme, l'écoutant avec attention. Adrien sentit une pointe de jalousie. Qui était ce type? Avait-elle passé la nuit avec lui ? Il le vit poser sa main sur celle de Rebecca. Elle ne s'en offusqua pas. Adrien grinça des dents. Après ce qu'elle lui avait raconté, il ne fallait pas s'étonner. Elle jetait son dévolu sur le premier venu si elle pensait qu'il pouvait lui apporter quelque chose. Et lui, Adrien, que souhaitait-elle obtenir de lui ? Sa méfiance envers elle revint au grand galop. Il s'était laissé emporter, quelques minutes plus tôt, par un ridicule élan romantique. Rebecca était une aventurière. Manipulatrice et sans scrupules. Son mensonge sur sa supposée maladie l'avait bien montré. Il était prêt à faire demi-tour quand il vit l'homme se lever et quitter la table de Rebecca en lui faisant un petit signe de la main. Au moins ne s'étaient-ils pas embrassés. Prenant son air le plus détaché, il s'approcha et lui toucha légèrement l'épaule. Elle sursauta vivement et se retourna vers lui.

— Que veux-tu ? demanda-t-elle d'un ton rogue.

— Qui est cet homme ?

— Oh ! Tout doux, mon ami ! Tu te prends pour qui ? Mon mari ? J'ai le droit de partager ma table avec la personne de mon choix. Que crains-tu ?

S'apercevant, un peu tard, qu'il s'était montré grossier, il agita les mains en signe de reddition.

— Excuse-moi, je suis à cran, j'ai cru que…

— Ça va, j'ai compris ! C'est assez peu flatteur pour moi. Mais je vais mettre ton pitoyable accès de jalousie sur le compte de l'immense attachement que tu as pour moi.

Il y avait dans son regard une petite lueur qui fit comprendre à Adrien qu'elle ne lui en voulait pas vraiment.

— Cet homme est mon informateur. Un Italien. Un antifasciste.

— Et tu as obtenu des renseignements intéressants?

Le visage de Rebecca se ferma.

— Et toi? Tu t'es remis de tes émotions d'hier? Et ton ami Curnonsky?

— Je lui ai trouvé un garde du corps. Ça me rassure. Quant à moi, je ne pense pas que je sois visé.

— À ta place, je ne serais pas si confiant.

— Qu'est-ce qui te fait dire ça?

— Ma connaissance des dangereux criminels! déclara-t-elle en éclatant de rire. Ne m'en veux pas, je n'ai pas trop de temps à t'accorder.

Le sourire d'Adrien s'effaça.

— Je suis à cran, moi aussi. J'ai rendez-vous tout à l'heure avec Frank Jay Gould au sujet de la mort de mon père. Je relis en ce moment les lettres qu'il m'a envoyées depuis 1926. Il y a des choses bizarres. Il parle des sommes astronomiques qu'il a investies dans les projets de Gould, notamment le Palais de la Méditerranée à Nice.

— Tu crois qu'il y a eu des malversations? demanda Adrien.

— Je n'en sais rien. Gould a d'autres associés, dont un principal, Édouard Baudoin.

— Lui, je le connais. Il a été un des promoteurs de Deauville. Et c'est lui qui a racheté avec Gould le casino de Juan en 1925 pour lui refaire une santé. Depuis, ça marche du feu de Dieu.

— Et quelle réputation a-t-il?

— Tu le soupçonnes?

— Non, mais je cherche à en savoir plus. Je connais bien Frank Jay Gould. C'est un flamboyant.

Il a assez d'argent pour vivre mille ans. Ce qui l'intéresse… les palaces, les casinos et les champs de courses.

— Je sais. Il a commencé en voulant faire de Granville « la Monaco du Nord ». Il y a fait construire un casino, avant de venir s'installer ici. C'est en grande partie lui qui donne une nouvelle image de la Riviera. Ne crains-tu pas que, s'il a quelque chose à se reprocher vis-à-vis de ton père, il ne te dise rien ? Il ne va pas t'avouer de but en blanc qu'il lui a extorqué des fonds ou l'a fait supprimer.

— Je saurai le faire parler, affirma Rebecca d'un air farouche.

Adrien repensa aussitôt au pistolet. Était-ce là l'un de ses moyens de persuasion ? Avait-elle vraiment l'intention de s'en servir ?

— Sois prudente. Veux-tu que je t'accompagne ?

— C'est gentil, mais je me débrouillerai toute seule. Que veux-tu que je risque ? J'ai rendez-vous chez lui, à la Vigie. Florence sera là. Crois-tu qu'ils vont me trucider et enterrer mon corps dans la pinède ?

À son tour, Adrien éclata de rire. Il voyait très mal la très chic Florence Gould creuser une tombe à la bêche dans les sublimes pelouses de sa villa, située juste derrière l'hôtel. Ses bagues Van Cleef & Arpels n'y survivraient pas.

— Tu as toi aussi du pain sur la planche, ajouta Rebecca en lui caressant la main. Tu m'as demandé, hier, où pouvait bien se rendre le vicomte. À mon avis, tu devrais aller traîner du côté de Monaco. Tu as toutes les chances d'y retrouver sa piste. Avec le premier Grand Prix automobile organisé cette année, il s'essaye peut-être à reconnaître le circuit. Ça m'amuserait bien de t'accompagner si je le pouvais.

Son regard se perdit dans la contemplation du bleu intense de la Méditerranée. Elle avait perdu toute agressivité, et paraissait fragile et inquiète. Elle se leva, fit quelques pas vers la balustrade dominant la mer. Adrien la suivit et lui entoura les épaules de son bras.

— J'ai hâte de découvrir la vérité, dit-elle. Nous pourrons alors passer un peu de temps ensemble.

— Si je ne suis pas mort d'ici là, soupira Adrien.

— Tu n'as pas grand-chose à craindre du vicomte. À ta place, je me méfierais de Lenoir.

— Je ne le sais que trop, mais il a disparu de la circulation.

— N'avait-il pas dit qu'il devait assister à un procès d'assises à Nice ?

— Si, tu as raison ! J'avais oublié. Voilà mon programme tout tracé : le palais de justice de Nice et les rues de la Principauté.

— Prends garde à toi, lui dit-elle en lui pressant le bras.

Il allait l'embrasser quand apparut Yvette, ses mèches blondes savamment décoiffées et un sourire gourmand aux lèvres.

— Oh ! Adrien ! Je pensais justement à vous. Que diriez-vous d'aller vous baigner ? J'en reviens. L'eau est très bonne.

— Un autre jour, Yvette. Je suis pressé.

Dépitée, la jeune fille fronça le nez.

— Voyons-nous ce soir au dîner chez les Murphy, glissa Rebecca à l'oreille d'Adrien.

— Oh oui ! Voyons-nous ce soir ! applaudit Yvette qui avait l'ouïe fine.

— Vous n'êtes pas invitée, lui signifia Rebecca d'une voix sèche.

Adrien hésita. Il avait encore des questions à lui poser, notamment sur ses relations avec Diane et Ann. Le faire en présence d'Yvette, ce serait s'exposer aux commentaires indiscrets de cette dernière. Il attendrait. Il aurait tout son temps chez les Murphy.

16

De retour à la villa Galicia, Adrien ne trouva qu'un mot où sa mère lui disait qu'elle était avec Ann chez les Beaumont. Elles y passeraient la journée. Qu'il prenne la voiture s'il en avait besoin et qu'il soit prudent. Adrien entendait bien ne prendre aucun risque. Il voulait juste s'assurer de l'endroit où se trouvaient La Saussaye et Lenoir. Il se rendit d'abord à Mandelieu où, comme il s'en doutait, le garagiste lui annonça que la Delage était sérieusement endommagée. S'il pouvait se charger de la réparation du moteur, la carrosserie aurait besoin des soins attentifs d'Henri Chapron. Au moins n'était-elle pas complètement fichue, se dit Adrien. La remise en état prendrait une bonne semaine, et il serait obligé de rentrer à Paris à petite vitesse.

De Mandelieu, il reprit la route de Cannes et, par acquit de conscience, il en sillonna les rues. Il s'arrêta dans tous les hôtels de luxe pour demander si y séjournait l'un ou l'autre des suspects. Il fit chou blanc. Puis il se dirigea vers Nice en passant le long des champs de fleurs de Cagnes-sur-Mer.

Au Cros-de-Cagne, plus d'une centaine de pointus mouillaient dans le port. C'était rageant ! Il se serait tellement bien vu en compagnie de Rebecca musarder le long de la côte, s'arrêter dans un petit restaurant pour manger une délicieuse soupe de poissons arrosée d'un rosé léger avant de retourner au Provençal faire une sieste voluptueuse, suivie, pourquoi pas, d'une baignade à la Garoupe et d'un dîner aux chandelles dans la pinède. Au lieu de cela, il courait comme un poulet sans tête après un hypothétique criminel, et elle traquait l'assassin supposé de son père. On faisait mieux comme ébats amoureux. Comme toujours quand il était attiré par une femme, il repensait à Gisèle, son amour d'adolescence. Quel aurait été leur destin si elle avait vécu ? Seraient-ils toujours ensemble ? Il aimait à penser que oui. Ils auraient des enfants qui feraient le bonheur de Nénette. Nénette ! Il devait absolument lui envoyer une carte postale pour qu'elle ne se fasse pas de mouron et ameute toutes les polices de France. Il était arrivé à Nice. Il connaissait bien la ville et se rendit directement au palais de justice, un bâtiment à colonnade, de style néoclassique bien dans l'esprit des années 1890. Il fut vite fixé : aucun procès d'assises n'était prévu avant la mi-octobre. Lenoir avait donc menti. Il venait sur la Riviera pour tout autre chose. Tuer ? Cela ne faisait plus guère de doute aux yeux d'Adrien. Mais cela signifiait aussi qu'il allait être très difficile à retrouver. À moins que sa propension à vouloir à tout prix se mettre en avant ne le trahisse. Il pouvait très bien se croire invulnérable. Il n'y avait aucune preuve contre lui, Adrien était le premier à le reconnaître. Il comprit soudain pourquoi Lenoir avait mis en scène l'histoire du verre dans le foie gras. En se faisant passer pour une victime, il détournait à coup sûr les soupçons de lui-même. Rompu aux procédures policières, il aurait beau jeu de convaincre des flics peu aguerris. Adrien se sentait dans une impasse. Tout concourait à désigner Lenoir comme coupable. Rien ne le prouvait. S'il se rendait maintenant dans un commissariat, au mieux on le prendrait pour un guignol, au pire on l'accuserait d'avoir caché à la police des faits graves. Les meurtres de Saulieu, Meursault, Mâcon étaient maintenant trop anciens pour qu'on retrouve des indices probants sur les lieux. Mais il restait l'accident de la corniche. Une voiture qui en percutait une autre avec une telle violence ne pouvait qu'en garder des traces. La solution était là : il devait trouver la Ford. Une telle preuve pourrait convaincre la police de mener l'enquête. La traque n'allait pas être simple. Lenoir devait l'avoir cachée, ou bien s'en être débarrassé.

Adrien reprit sa voiture et se dirigea vers la Promenade des Anglais. Il était mort de faim et réfléchirait mieux le ventre plein. Il s'installa à la terrasse d'une brasserie et commanda une salade niçoise et une pissaladière. En attendant d'être servi, il regardait attentivement les voitures qui passaient. Parfois, le hasard faisait bien les choses… Hélas, s'il vit quelques Ford, aucune n'était du modèle conduit par Lenoir. Sa commande arriva et avec elle, oh ! surprise, le couple d'Anglais ! En le voyant, ils esquissèrent une volte-face, mais il leur fit signe de s'approcher. Ils avaient une mine superbe, toujours habillés de tweed malgré le soleil encore très chaud. Adrien remarqua qu'ils avaient un peu grossi. Il les invita à s'asseoir avec lui. Une légère inquiétude apparut dans leurs yeux mais, flegmatiques comme il se doit, ils le saluèrent poliment et prirent place.

— Vous avez un très beau pays, commença l'Anglais.

— Dont vous profitez allégrement, répondit Adrien d'un ton léger et en anglais.

L'Anglais se troubla à peine.

— Nous pratiquons une sorte de sport. Comme la chasse au renard. La France s'y prête à merveille. Avec un peu d'entraînement…

— Je vous ai vus à l'œuvre et je dois avouer que vous pratiquez ce « sport » avec maestria.

Comprenant qu'Adrien n'était pas là pour leur reprocher leur grivèlerie, ils lui adressèrent un grand sourire.

— Nous sommes assez déçus par Nice, déclara l'Anglaise. Ce n'est pas aussi chic que nous le croyions. Depuis 1913, je rêvais du Negresco. J'avais lu dans un journal le récit de son inauguration en présence de sept têtes couronnées. On y parlait de marbre de Carrare à profusion, du lustre de baccarat aux seize mille cristaux, de la distribution du courrier dans les chambres par service pneumatique. Nous y sommes allés et nous n'avons trouvé que des tapis élimés et des rideaux en lambeaux.

— Comme bien d'autres palaces, la guerre l'a vidé de ses hôtes de marque pour le transformer en hôpital militaire, expliqua Adrien. Et comme les compensations financières ont tardé à arriver, son créateur Henri Negresco a été acculé à la ruine. Si on y ajoute la disparition de l'aristocratie russe pour cause de révolution, le mal était fait. Mais grâce à la saison d'été, Nice va renaître, c'est certain.

L'attention d'Adrien fut attirée par une femme qui faisait les cent pas devant la brasserie. Sa silhouette lui disait quelque chose, mais des clients la cachaient partiellement. Elle ne cessait de regarder nerveusement sa montre. Quand elle releva la tête, il la reconnut. Suzanne ! Lucien ne devait pas être bien loin. Il fit non pas une entrée mais une sortie spectaculaire de la brasserie. Traîné par deux garçons, il fut jeté brutalement sur le trottoir. Le patron qui suivait lança sur le pauvre Lucien de lourds catalogues dont les feuilles s'éparpillèrent au sol et un sac plein d'ustensiles de cuisine qui roulèrent jusqu'à la chaussée.

— Espèce d'escroc, ne remettez jamais les pieds ici ! hurlait le cafetier en brandissant le poing.

Suzanne se précipita au secours de son cher et tendre. Adrien et les Anglais se levèrent en toute hâte et s'employèrent à récupérer papiers et objets dont certains étaient déjà passés sous les roues des voitures.

Défait, dépenaillé, cramoisi, Lucien se relevait péniblement. D'une voix étranglée, il remercia Adrien et les Anglais de leur aide.

— Ça ne marche pas fort, s'apitoya Adrien.

— Ce voyage est une catastrophe, avoua Lucien. Toutes nos économies y sont passées. On va bientôt être obligés de dormir dans la voiture.

Suzanne avait le plus grand mal à retenir ses larmes. Adrien lui tapota l'épaule. L'Anglais qui parlait à peu près français se tourna vers elle :

— Faites comme nous. Mangez et dormez gratuitement. Je vais vous expliquer.

Adrien, qui n'avait guère besoin de ces conseils, prit congé en leur souhaitant bonne chance. Après quelques pas, il revint vers eux.

— Je vais vous donner un tuyau. Demain, l'Hôtel Provençal à Juan-les-Pins donne une grande réception. Je pense que les petits fours seront à la hauteur et que vous pourrez vous y introduire sans trop de difficultés.

— C'est très aimable à vous de nous le signaler, répondit l'Anglais. Nous ne le connaissons pas. Ce sera une excellente occasion de le découvrir.

Et à l'intention de Lucien et Suzanne, il ajouta:

— Vous pourrez mettre en pratique nos enseignements.

Offrir à des pique-assiettes et des escrocs l'occasion de se livrer à leurs activités favorites était assez amusant, et ces derniers temps les occasions de plaisanter avaient cruellement manqué à Adrien.

En rejoignant sa voiture, garée devant le Palais de la Méditerranée, il ne fut absolument pas surpris d'en voir sortir le Dr Boulinois qui fit semblant de ne pas le reconnaître. Contrairement aux Anglais, il ne paraissait pas au meilleur de sa forme. Pas rasé, le nœud papillon de travers, les yeux rougis par la fatigue, il traînait derrière lui des relents de cigare froid. Adrien comprit tout de suite ce qui lui arrivait. Le Palais de la Méditerranée et son casino avaient ouvert quelques mois auparavant, à l'initiative de Gould, et on y gagnait et perdait des sommes folles. Cet homme était un joueur invétéré, et il y avait fort à parier que son fameux congrès de toxicologie n'existait pas plus que le procès criminel de Lenoir. Il en eut confirmation quand Boulinois lui demanda s'il pouvait lui prêter quelques billets – ce qu'Adrien fit.

— Je vous les rendrai. Demain, je vais au casino de Juan. Je vais me refaire, c'est sûr.

En voilà un autre qui serait sans aucun doute à la fête du Provençal le lendemain. Ils seraient ainsi presque tous réunis. Sauf La Saussaye et Lenoir. Adrien renonça à pousser jusqu'à Monaco. Le vicomte lui paraissait maintenant hors de cause. Le peu qu'Adrien avait pu voir de sa voiture sur la corniche ne montrait aucun signe de choc. Quant à Anthelme Lenoir, il n'avait aucun moyen de savoir où il se cachait. Aucune chance de le retrouver au Provençal. Il n'aurait tout de même pas l'audace d'apparaître en pleine lumière, sachant qu'Adrien et Curnonsky étaient à Antibes. À moins que…

17

Adrien était bien décidé à oublier tout ce qui le tracassait et à profiter pleinement de la soirée chez les Murphy où il retrouverait Rebecca. À la villa America, il ne risquerait rien. Personne ne chercherait à le tuer. C'était bien le dernier endroit où Lenoir se rendrait. S'ils recevaient beaucoup de monde, Sara et Gerald Murphy étaient très sélectifs dans leurs amitiés. Jamais ils n'auraient l'idée d'entretenir des liens avec un cuistre comme Anthelme Lenoir.

La nuit tombait et l'air était embaumé des senteurs des orangers, jasmins d'Espagne et tubéreuses. Pour parcourir les quelques centaines de mètres entre le chemin des Mougins et la villa, Adrien avait passé son bras sous celui de Diane, heureux de la voir aussi belle et alerte à près de soixante ans. Si elle n'avait jamais été une mère conventionnelle, elle était une femme exceptionnelle. Il lui lança un regard teinté d'admiration en resserrant son étreinte. Elle lui adressa un sourire lumineux.

Ce soir, elle portait une robe en mousseline de soie rouge. Ann, un peu boulotte, cachait ses rondeurs sous un large pantalon de crêpe georgette chocolat. Adrien avait revêtu un costume de lin grège. Les Murphy détestaient les soirées guindées, mais l'élégance y était de règle.

Ils étaient venus en voiture. Sa mère et Ann, qui avaient l'habitude d'aller à pied jusqu'à la villa America, l'avaient traité de flemmard. Il ne leur dit pas qu'il agissait ainsi par souci de sécurité. Quand il avait ouvert la portière et aidé sa mère à descendre, cette dernière lui avait dit :

— Depuis que tu es arrivé, je te sens inquiet. Tu ne veux pas me dire ce qui te préoccupe ?

— Rien de grave. Ce soir, je compte bien m'amuser.

Diane avait eu une petite moue dubitative.

— Laisse-le ! dit Ann. Adrien a bien le droit d'avoir des secrets. Y aurait-il une jeune fille sous roche ?

Quoique parlant un excellent français, elle avait parfois une manière très particulière de s'approprier les expressions idiomatiques.

— J'avoue ! déclara-t-il. Une jeune Américaine rencontrée au cours de mon voyage.

— Peut-être la connaissons-nous… Quoique, maintenant, avec les dizaines de milliers de compatriotes qui débarquent chaque année, rien n'est moins sûr. Comment s'appelle-t-elle ?

— Rebecca Miller.

— Oui, bien sûr, nous la connaissons ! s'exclama Diane. Ou plutôt, nous connaissions son père. Une bien triste histoire.

— Que veux-tu dire ?

— Je te raconterai plus tard. Nous arrivons.

Adrien n'insista pas. Ils en parleraient avec Rebecca qui était peut-être déjà arrivée.

Des centaines de photophores traçaient un chemin de la grille à la maison située en hauteur. Quand les Murphy l'avaient achetée, ce n'était guère qu'un cabanon entouré d'espèces exotiques : hibiscus, pommiers d'Arabie, cèdres du Liban. Ils avaient créé de nouvelles terrasses bordées de pierres sèches, et fait planter des mimosas, oliviers, amandiers, arbousiers. Un enchantement végétal auquel Sara et Gérald apportaient le plus grand soin.

Une douzaine de personnes, un verre à la main, se pressaient sur la terrasse qui longeait la maison brillamment éclairée. Sara vint à leur rencontre. Elle était belle, tout simplement belle. À quarante-six ans, avec ses cheveux bouclés coupés court, sa taille fine et élancée, elle avait une allure de jeune fille. Adrien l'aimait beaucoup. Franche, parfois brutale, généreuse, toujours de bonne humeur, elle aimait les gens et faisait tout son possible pour les mettre à leur aise. Elle s'empressa de leur souhaiter la bienvenue et se déclara ravie du retour d'Adrien parmi eux. Ce dernier nota une ombre inhabituelle dans son regard. Elle les invita à se servir un verre avant d'aller accueillir l'acteur Monty Woolley. Adrien chercha des yeux Rebecca et ne la vit pas. Pas plus que les Fitzgerald.

Bien décidé à profiter de la soirée, il s'approcha de la table où étaient entassés verres, carafes de jus de fruits, bouteilles d'alcool, cubes de glace, olives vertes, zestes d'orange, petits oignons au vinaigre. Gerald, qui prenait très au sérieux l'art de confectionner des cocktails, cette invention américaine, agitait son shaker comme un professionnel. Diane demanda un classique Manhattan, et en un tournemain Gerald mélangea bourbon, vermouth rouge et angustura. Ann hésitait entre un Bloody Mary – vodka, jus de tomate, jus de citron, tabasco et sauce worcestershire – et un Side Car composé de triple sec, cognac et jus de citron. En attendant qu'elle se décide, Adrien demanda à Gerald où se cachaient les Fitzgerald pour qu'il aille les saluer.

— Ils sont interdits de séjour pour trois semaines, déclara le maître de maison. Tout l'été, Scott nous a harcelés, assaillis de questions très personnelles pour son nouveau livre. Sara n'en peut plus. Elle n'a aucune envie de se retrouver dans la peau d'un personnage de fiction. Et la semaine dernière, ils ont dépassé les bornes : ils ont cassé ses verres de Murano mouchetés d'or, comme ça, sans raison. On les adore, mais ils sont insupportables. Il est de plus en plus évident que Zelda est malade des nerfs. Et Scott qui claironne partout qu'il est alcoolique doit avoir raison.

De cinq ans plus jeune que Sara, Gerald était comme elle un pur produit de la *high society* américaine : grand, sportif, un visage régulier, des dents éclatantes de blancheur. Comme bien d'autres, Adrien admirait ce couple dont l'amour solide et tranquille s'épanouissait au vu de tous. Ils faisaient de leur vie une œuvre d'art. Il n'y avait jamais une fausse note. Sauf peut-être ce soir où Gerald, à l'instar de Sara, paraissait absent, anxieux. La raison ne pouvait en être la brouille avec les Fitz. Ils en avaient l'habitude. Adrien se sentit gagné par une sourde inquiétude. L'ambiance avait changé, même la lumière semblait plus terne. Rebecca n'était toujours pas arrivée. Il l'attendait avec impatience. Gerald lui tendit un verre glacé, bordé d'une ligne de sucre cristallisé, orné d'une fleur d'hibiscus et de feuilles de menthe. Le cocktail, un French 75, se composait de sirop de sucre de canne, de gin, de champagne et de jus de citron. Adrien goûta et félicita Gerald : son mélange était digne d'Harry Craddock, du Savoy à Londres, ou de Frank Meier, du Ritz, des barmen américains contraints de s'exiler en Europe à cause de la prohibition.

Le breuvage le détendit un peu. Il regrettait l'absence des Fitz. Ce soir, leurs pitreries auraient été les bienvenues et il les aurait volontiers accompagnés dans leurs excès.

Adrien salua Philip Barry et Alexander Woollcott, respectivement dramaturge et journaliste, sans se mêler à leur conversation. Un air de jazz venait de l'intérieur où quelques personnes étaient rassemblées. Les Murphy recevaient chaque mois une cargaison des disques de jazz les plus récents. Gerald avait même fait sceller dans la quille de son navire, le *Weather Bird*, un exemplaire du disque original du duo Louis Armstrong et Earl Hines ! Adrien pénétra dans le vaste salon où fauteuils et canapés étaient recouverts de noir. Rien de pompeux dans le décor : de beaux objets, mais aussi des colliers de coquillages, des petits personnages en pâte à modeler réalisés par les enfants, des bouquets partout et des photos en quantité, de Picasso, de Valentino, d'Hemingway... Tout était fait pour qu'on puisse s'y installer en maillot de bain. C'était ça, le charme de ces Américains de la Côte : leur manière décontractée de vivre, leur mépris pour les chichis, les embarras, les comportements convenus. Les Murphy ne suivaient aucune mode, ils la créaient.

Un homme d'une quarantaine d'années, inconnu d'Adrien, s'entretenait dans un anglais fortement teinté d'accent français avec un homme du même âge au visage très allongé et à la barbe soigneusement taillée.

— Le problème policier doit être résolu à l'aide de moyens strictement réalistes, disait ce dernier. Apprendre la vérité par le spiritisme, la clairvoyance ou les boules de cristal est absolument interdit. Le coupable doit être déterminé par une suite de déductions logiques et non pas par hasard, par accident, ou par confession spontanée. La tâche du détective consiste à réunir les indices qui nous mèneront à l'individu qui a fait le mauvais coup. Le fin mot de l'énigme doit être apparent tout au long de l'histoire.

Adrien tendit l'oreille. Avait-il affaire à des policiers ? Ce n'était pas le genre des Murphy. Il s'apprêtait à le leur demander quand il vit le premier interlocuteur se ratatiner sur son siège, glisser à terre et ramper derrière le canapé en disant à voix basse :

— Excusez-moi, Van Dine, je vois venir un raseur. Je disparais. Nous continuerons tout à l'heure.

Ébahi, Adrien le vit disparaître à croupetons par une baie vitrée donnant sur le jardin. Sa stupeur fut encore plus grande quand, en se retournant, il tomba nez à nez avec Anthelme Lenoir. Il lut dans son regard le même étonnement vite maîtrisé.

— Adrien Savoisy ! Quelle bonne surprise. J'aurais dû me douter qu'un jeune homme tel que vous faisait partie de ce cercle de *happy few*. Ce n'est pas mon cas, hélas, et j'ai dû batailler pour arriver jusqu'ici.

Lenoir avait pris un détestable ton plaintif, mais son regard disait tout autre chose. On y percevait un sentiment d'intense satisfaction. Désemparé, Adrien ne savait que faire. Hurler à l'assassin ? Ceinturer Lenoir et appeler à l'aide ? Se précipiter sur le téléphone et joindre la gendarmerie ?

— Vous qui êtes un habitué, continua Lenoir, pourriez-vous me dire si vous avez vu Albert Pigasse ?

— Je ne connais pas ce monsieur.

Lenoir eut un petit rire plein de suffisance.

— C'est vrai, vous n'êtes guère porté sur la littérature. Pigasse a quitté les Éditions Grasset il y a quatre ans, après s'être vu refuser la création d'une collection de romans d'aventures. Mais je vois que je vous ennuie… L'Hôtel du Cap m'a dit que Pigasse passait la soirée à la villa America. Je vais le chercher.

Adrien était catastrophé. Il avait l'assassin sous la main, et il restait les bras ballants à lui faire la conversation. Son esprit tournait à vide. Il saisit Lenoir par le bras.

— C'est vous qui avez essayé de nous tuer, Curnonsky et moi.

Lenoir le toisa et ricana.

— De quoi parlez-vous ?

— De la corniche de l'Estérel.

— Très bel endroit. Je compte bien y faire un tour.

— Cessez vos simagrées, ce ne peut être que vous.

— Vos velléités de jouer au détective au petit pied vous montent à la tête, jeune homme. Vous délirez. J'arrive tout juste à Antibes. Quand vous nous avez lâchés, j'ai continué mon petit bonhomme de chemin. J'ai dû m'arrêter une journée entière aux Adrets, à cause du terrible orage qui a noyé mon moteur. Et me revoilà ! Vous aviez raison. Votre méthode n'était pas la bonne pour découvrir l'assassin.

— C'est vous.

— Encore ! C'est une idée fixe ! Transmettez mes amitiés à Curnonsky et à votre jeune amie, si elle est encore en vie. Ce fut un plaisir de vous rencontrer, dit sèchement Lenoir. Comme vous l'imaginez, je ne suis pas convié à rester dîner… aussi faut-il que je trouve Pigasse. À très bientôt, j'espère.

Il ressortit sur la terrasse, jeta un regard alentour et prit un des chemins qui serpentait dans le jardin. Bien décidé à ne pas le perdre de vue, Adrien sortit lui aussi et se retrouva aussitôt assailli par les enfants Murphy, en pyjama, venus pour le traditionnel *Kiss me good night*. Ravis de le revoir, Honoria, Baoth et Patrick s'agrippèrent à lui, Honoria réclamant qu'il vienne voir le jardin qui avait été spécialement conçu pour eux. Le temps qu'il se libère et leur promette de revenir le lendemain, Lenoir avait disparu dans la nuit. Il emprunta l'allée qu'il avait prise, se retrouva en vue de la ferme des Orangers, rebaptisée Ferme dérangée, maison où logeaient les amis des Murphy. Personne ! Il continua en direction du potager où Sara faisait pousser différentes sortes d'herbes et du maïs, indispensable à tout estomac américain nostalgique. Toujours personne. Il trébucha sur des pierres mal scellées, piétina des massifs de myrtes, emprunta tous les petits chemins qui menaient de terrasse en terrasse. Un moment, il crut entendre des voix, mais ce n'étaient que des mouettes criailleuses se disputant quelque déchet. Où se cachait Lenoir ? Et Pigasse qui ne pouvait être que l'individu qu'il avait vu sortir du salon en rampant. Bredouille, il se résigna à abandonner et rebrousser chemin.

Cette soirée, qui aurait dû être calme et heureuse, s'avérait une suite de mauvaises surprises. Rencontrer

Lenoir puis perdre sa trace n'était pas la moindre. Rebecca n'était toujours pas là. Adrien oscillait entre colère et inquiétude. Qu'elle lui ait posé un lapin ne l'aurait pas étonné outre mesure, mais quelque chose lui disait qu'elle était peut-être en danger. Pigasse n'avait pas réapparu. Pourvu qu'on ne le retrouve pas, gisant quelque part dans le jardin !

18

Pour se calmer, Adrien retourna à la table des cocktails. Gerald lui proposa un Mimosa-champagne, jus d'orange et triple sec. Il apprécia et en réclama un autre. Sans sourciller, Gerald le lui servit. Adrien se demanda s'il devait lui dire que Pigasse s'était volatilisé et, pourquoi pas, lui raconter toute l'histoire. Le voyant toujours aussi soucieux et silencieux, lui si disert habituellement, il renonça. Attendant avec impatience Rebecca avec qui il pourrait partager ses inquiétudes, il piocha dans les amuse-gueules que Sara avait préparés avec les légumes du potager. Deux domestiques avaient installé sur une longue table les plats du dîner : tapenade, petits légumes farcis, rougets grillés, beignets de sardines, salade niçoise, artichauts à la barigoule, daube provençale, mais aussi poulet Maryland et galettes de maïs. Sara faisait le tour de ses invités, disant à chacun d'aller se servir et de s'asseoir où bon lui semblait avec les personnes de son choix.

Toujours pas de Rebecca. Son retard était impardonnable. Elle aurait au moins pu prévenir leurs hôtes, à défaut de lui, qu'elle ne venait pas. En revanche, Pigasse venait d'apparaître, remontant à grands pas l'allée menant à l'entrée de la propriété. Soulagé, Adrien se précipita vers lui.

— Quelqu'un vous cherchait tout à l'heure.

— Ah ! Lenoir ! Quelle glu ! Toujours à me coller. Il veut absolument écrire des romans policiers et, depuis un an, me tarabuste pour que je le publie. Hélas, il m'a trouvé. Pourtant, je m'étais planqué dans ma voiture.

Adrien se traita d'imbécile de ne pas avoir pensé à descendre jusqu'au chemin de Mougins. Pour un détective, il manquait sérieusement de jugeote. D'autant que Lenoir était certainement venu en voiture et qu'il aurait pu examiner celle-ci de plus près. Mais la révélation que venait de lui faire Pigasse était d'importance. Très éclairante ! C'était donc ça ! Lenoir voulait écrire des romans policiers. Il avait d'ailleurs parlé de ses ambitions littéraires, mais comment expliquer qu'il soit devenu un assassin ?

Pigasse alla se servir de salade niçoise. Adrien le suivit et s'installa à ses côtés, à une petite table, entre deux massifs d'acanthe.

— Ainsi vous êtes éditeur.

Pigasse le regarda d'un air suspicieux.

— Ne me dites pas que vous aussi vous écrivez, marmonna-t-il.

— Loin de moi cette idée. Je me présente : Adrien Savoisy. Je travaille pour le *Guide Michelin*.

— Vous m'en voyez soulagé. Le roman policier n'est pas encore très apprécié en France. Il se vend mal. Trois mille exemplaires en trois ans pour le premier Agatha Christie. Une misère ! Les gens ont honte d'en acheter. J'ai ouvert une librairie sur les Champs-Élysées et créé les Éditions du Masque. Quand les gens les prennent, ils disent que c'est pour leurs gens de maison ! Heureusement, j'ai des fidèles : Francis Carco, Pierre Mac Orlan, Joseph Kessel, Aristide Briand... qui envoie son secrétaire. Et j'y crois, moi. Je suis persuadé que ce genre a de l'avenir. Hélas, je manque d'auteurs français. Alors, je cherche des Anglais, des Américains comme Van Dine que je suis venu rencontrer ici. Il me faudrait un Gaston Leroux ou un Maurice Leblanc.

— Un Anthelme Lenoir vous ferait peut-être gagner le gros lot...

Pigasse éclata de rire.

— J'en doute. Un roman policier, c'est un puzzle où il faut ajuster les pièces une à une pour découvrir la solution. Un bon roman policier, c'est celui qu'on lit de la première à la dernière ligne sans le lâcher. Après vingt pages, on sait s'il est bon ou non. Et jusqu'à présent, ce que m'a donné à lire Lenoir était de piètre qualité. Quoique, cette fois, il me propose une histoire assez intéressante. Un tueur qui descend la Nationale 7 en semant des morts sur son passage.

Le souffle coupé, Adrien en laissa tomber sa fourchette.

— Vous pouvez me raconter ?

Pigasse lui fit le récit exact des aventures que le jeune homme venait de vivre.

— Il y a des passages assez confus. Lenoir a été incapable de me donner les motivations du tueur, ses mobiles comme disent les policiers. Et surtout, l'assassin n'est pas arrêté. Il s'en tire comme une fleur. Ça, ça ne va pas. On dit que la littérature policière est un grand pourvoyeur de morts, de cadavres, de violence, mais vous ne trouverez jamais de crime justifié et, quelle que soit la situation, l'assassin est toujours puni. Le roman doit être une distraction, pas un poison. J'ai eu le sentiment très déplaisant que Lenoir prenait plaisir à raconter ces meurtres.

— Et s'il en était l'auteur?

Pigasse lui lança un regard étonné.

— Ce serait malhonnête! Demandez à Van Dine, qui a établi les vingt règles du roman policier. Le coupable ne doit jamais être découvert sous les traits du détective lui-même, ni d'un membre quelconque de la police. Ce serait de la tricherie, et aussi vulgaire que d'offrir un sou neuf contre un louis d'or.

— Vous ne m'avez pas compris. Ces meurtres ont bien eu lieu, et c'est Lenoir qui les a commis.

Ce fut au tour de Pigasse de laisser choir sa fourchette.

— Comment pouvez-vous dire ça?

— J'en ai été le témoin. Et pour le dernier, l'accident de la corniche, j'étais la victime désignée. Lenoir ne pouvait pas savoir qu'il avait eu lieu, sauf si c'est lui qui l'a provoqué.

— On le lui a peut-être raconté.

— C'est une possibilité, mais très faible.

— Je n'arrive pas à y croire, dit Pigasse, l'air soucieux. Si les auteurs de romans policiers deviennent des tueurs, le métier est fichu. Qu'allez-vous faire?

— Lenoir vous a-t-il dit où il logeait?

— Non, je lui ai dit de me recontacter à Paris quand il aurait retravaillé les mobiles du tueur. Vous n'allez pas lui courir après?

— Bien sûr que non, mais si je vais voir la police, ce serait une information primordiale… À votre avis, comment dois-je m'y prendre pour qu'il ne nous échappe pas ?

Adrien se sentait démuni. Pigasse ne semblait pas plus à l'aise. Diane, qui les observait de loin et avait vu blêmir son fils, s'approcha et lui demanda si tout allait bien. À son tour, Sara s'inquiéta que leurs assiettes restent vides. Le poulet Maryland et les galettes de maïs n'attendaient qu'eux. Ils répondirent en chœur que tout allait bien.

— Épineuse question, reprit Pigasse. Je ne suis pas policier, ni auteur de romans policiers. Demandons à Van Dine, il aura peut-être une idée.

Assis sur un muret, l'auteur américain était en pleine discussion avec Charles Brackett qui le regardait d'un air horrifié.

— Il ne doit pas y avoir, dans le roman policier, disait Van Dine, de longs passages descriptifs, pas plus que d'analyses subtiles ou de préoccupations atmosphériques. Cela ne ferait qu'encombrer lorsqu'il s'agit d'exposer clairement un crime et de chercher le coupable. De tels passages retardent l'action et dispersent l'attention, détournant le lecteur du but principal qui consiste à poser un problème, à l'analyser et à lui trouver une solution satisfaisante. Je pense que lorsque l'auteur est parvenu à donner l'impression du réel, et à capter l'intérêt et la sympathie du lecteur, aussi bien pour les personnages que pour l'intrigue, il a fait suffisamment de concessions à la technique purement littéraire.

— Vous devez vraiment vous ennuyer à les écrire, murmura Brackett, lui-même romancier.

— Et j'ajouterai que le véritable roman policier doit être exempt de toute intrigue amoureuse.

Y introduire de l'amour serait, en effet, déranger le mécanisme du problème strictement intellectuel.

— C'est abominable ! lança Brackett. Dieu nous préserve des romans policiers ! C'est la mort de la littérature.

En repliant deux doigts, il fit mine de tirer sur Van Dine et s'éloigna, laissant sa place à Pigasse et Adrien.

Quand ils lui eurent exposé l'affaire, Van Dine resta coi. Il n'avait jamais été confronté à un véritable meurtrier, mais de ce qu'il savait, s'il se sentait découvert, Lenoir deviendrait très dangereux. Ce genre de tueurs sont des esprits détraqués qui, à mesure qu'ils tuent, se sentent surpuissants, invincibles. Il risquait fort de s'en prendre directement à Adrien. Van Dine lui conseilla de se rendre dès le lendemain matin à la police. Eux seuls pourraient agir. Adrien en convint. Il n'avait pas l'intention de se lancer à la poursuite de Lenoir. Mais il craignait qu'on ne croie pas à cette histoire rocambolesque. Le temps que les policiers contactent leurs confrères de Saulieu, Meursault, Mâcon, Lenoir aurait mis les voiles. Adrien demanda à Pigasse s'il accepterait de l'accompagner. En joignant leurs deux témoignages, les chances de convaincre les policiers seraient plus grandes. L'éditeur accepta bien volontiers et suggéra qu'ils aillent au commissariat de Nice, les pandores d'Antibes risquant de les prendre pour des fous. Ils se donnèrent rendez-vous le lendemain matin à l'Hôtel du Cap, où logeait Pigasse.

L'appétit coupé à l'idée de ce qui l'attendait, Adrien ne toucha pas aux salades de fruits, aux sorbets à la framboise et aux meringues disposés sur la table du buffet. Il rejoignit sa mère et Ann qui conversaient avec Sara; celle-ci semblait vidée de toute énergie. La lueur dansante des bougies dessinait des ombres sur son visage et accentuait ses traits tirés. Quelque chose n'allait vraiment pas. D'ailleurs, Diane proposa de prendre congé. Il était encore tôt, et les soirées chez les Murphy se terminaient bien souvent après l'aube. Sara ne les retint pas et jeta un regard las sur le reste de la compagnie, notamment Brackett et Woolley qui s'étaient approprié une bouteille de scotch et s'employaient consciencieusement à la vider.

La plupart des photophores s'étaient éteints mais, heureusement, la lune presque pleine éclairait assez pour que le trio rejoigne le chemin des Mougins sans encombre.

— J'ai trouvé l'ambiance anormalement tendue, déclara Adrien.

— Sara et Gerald sont très inquiets au sujet de Patrick. Les médecins ne trouvent pas l'origine de sa fièvre. Ils ne prononcent pas le mot tuberculose, mais tout laisse à penser que ce pourrait être cela.

— Je comprends mieux pourquoi je les ai trouvés anxieux.

Adrien était sincèrement désolé pour les Murphy. Contrairement à bien des gens riches qui confiaient leurs enfants à des nurses et ne les voyaient que rarement, leur vie tournait autour de leurs chères têtes blondes.

— Toi aussi, tu me sembles exténué et à bout de nerfs, fit remarquer sa mère.

— Je me fais du souci pour Rebecca. Elle devait être là, ce soir.

— Elle est assez fantasque, poursuivit Diane prudemment. À l'image de son père.

— Pouvez-vous m'en dire plus sur lui ?

Les deux femmes se lancèrent un regard hésitant.

— Que veux-tu savoir, et pourquoi ? demanda Diane.

— Rebecca s'est mis dans la tête que son père ne s'était pas suicidé, mais qu'il a été assassiné.

— Elle n'a pas tort. Nous n'avons jamais cru au suicide.

— Pour quelles raisons ?

Diane frissonna et resserra son châle autour de ses épaules.

— C'était le pire et le meilleur des hommes. Buveur, coureur, il jetait son argent par les fenêtres en organisant des fêtes orgiaques.

— Pourquoi ne m'avez-vous jamais parlé de lui ?

— Nous ne le fréquentions pas. Ses excès nous rebutaient. Il avait un goût particulier pour les très jeunes filles, ce que nous ne pouvions accepter.

— Mais alors comment le connaissiez-vous, et pourquoi n'ai-je jamais rencontré Rebecca ?

— Tu ne viens jamais l'été et quand elle séjournait ici, ce qui était rare, Rebecca venait au mois d'août, au plus fort de la chaleur.

— Nous l'avons connu, continua Ann, parce que ta mère et moi faisons partie d'un réseau qui aide les antifascistes italiens à quitter leur pays.

— Et lui aussi en faisait partie, affirma Adrien.

Il le savait, Rebecca le lui avait dit lors de leur discussion houleuse à Vienne. Mais jamais il ne se serait douté que Diane et Ann avaient ce genre d'activités. Ils étaient arrivés à leur voiture. Ils s'installèrent et en démarrant, Adrien demanda :

— Mais quel est le lien avec son éventuel assassinat ?

Diane soupira.

— Mon Dieu, que tu es naïf et loin des réalités ! Quand vas-tu t'intéresser à ce qui se passe autour de toi ?

Ça, Rebecca le lui avait dit, aussi. Il fronça les sourcils. Cette discussion sur son supposé désintérêt de la politique, il l'avait eue mille fois avec sa mère. Ce n'était pas le sujet du moment. Il ne répliqua pas, laissant Ann poursuivre.

— Les opposants à Mussolini sont enfermés dans un bagne des îles Lipari, au large de la Sicile. Certains parviennent à s'échapper. Il faut de l'argent, beaucoup d'argent. Le père de Rebecca en donnait. Nous aussi. C'est ainsi que, l'année dernière, Carlo Rosselli et Emilio Lussu ont pu rejoindre Paris. Ils viennent de créer un mouvement, *Giustizia e Liberta.*

— Oui, mais...

— Laisse-moi finir. Ici, nous sommes à quelques pas de la frontière italienne et il y a aussi une filière terrestre pour ceux qui veulent rejoindre les opposants. Ta mère et moi en avons hébergé certains avant qu'ils prennent le chemin de Paris. Tout comme le père de Rebecca. La chose a dû se savoir. Que la police politique italienne ait cherché à l'éliminer, cela n'a rien d'étonnant.

— Ici, en France ?

— N'oublie pas que Nice était possession de l'Italie jusqu'en 1860. Les liens restent très forts. Nous savons que l'OVRA, la police politique italienne, entretient des hommes de main dans la pègre locale.

Dans quel pétrin Rebecca était-elle allée se fourrer ? Adrien avait eu raison de s'inquiéter. Son absence chez les Murphy était anormale. Il la voyait subir le même sort que son père, sa dépouille ensanglantée abandonnée sur une plage. Ils étaient presque arrivés à la villa Galicia. Il freina brutalement, annonça à Diane et Ann qu'il fonçait à l'Hôtel Provençal. Et surtout qu'elles ferment soigneusement portes et fenêtres de la villa. Il ne pouvait leur dire qu'il était probablement la prochaine victime d'un tueur fou.

19

Malgré l'heure tardive, le Provençal était brillamment éclairé. Sur la terrasse, quelques tables étaient encore occupées, et Adrien fut pris d'un espoir fou : il allait y trouver Rebecca sirotant tranquillement une coupe de champagne. Elle lui dirait que la Reinastella avait eu des ennuis mécaniques et qu'elle venait juste d'arriver...

Malheureusement, comme il s'y attendait, on lui annonça qu'elle n'était pas là. Elle avait quitté l'hôtel en toute hâte en fin de matinée, laissant un message pour lui. Il alla s'installer dans un fauteuil bas, ouvrit fébrilement l'enveloppe et lut les quelques lignes. Il n'avait jamais vu son écriture mais la trouva désordonnée, comme si elle avait écrit ce mot sous le coup d'une forte émotion. Elle se disait sur une piste. Autre que celle de Gould. Son informateur italien lui avait téléphoné pour lui donner rendez-vous à Nice. Il l'avait prévenue qu'il y aurait peut-être du grabuge. Mais qu'Adrien ne s'inquiète pas, elle était armée. Elle l'embrassait tendrement et l'assurait qu'elle serait à la soirée des Murphy.

Elle était folle, inconsciente. Il aurait dû rester avec elle. Et se douter qu'elle foncerait tête baissée. De nouveau, des images terribles lui vinrent à l'esprit.

Il l'imagina bâillonnée, rouée de coups, suppliant ses tortionnaires de lui laisser la vie sauve et, pour finir, abattue d'une balle dans la tête.

Sous le regard médusé des employés, il quitta l'hôtel en courant. Malheureusement, il ne savait où aller. Si seulement elle avait indiqué le lieu du rendez-vous. Un bar, un restaurant, un casino, une église, un marché ? Il ne se voyait pas errer dans Nice et interroger au petit bonheur la chance barmen et serveurs pour savoir s'ils avaient vu une grande brune armée d'un pistolet. Le mieux était encore de retourner à la villa Galicia. Diane et Ann ne lui avaient peut-être pas tout dit. Peut-être connaissaient-elles ce fameux informateur ? Il faisait sans doute partie de la filière d'évasion, et peut-être l'avaient-elles rencontré ?

Il roula à une vitesse excessive sur les petits chemins du Cap. Il manqua écraser un chat, scalpa au passage une touffe d'agaves et, en quelques minutes, fut en vue de la villa Galicia. Enfer et damnation ! La grille était ouverte. Pourtant, il avait vu Ann la refermer. Son sang se glaça. Il s'interdit de penser à ce qu'il risquait de trouver. Sur les chapeaux de roues, il passa la grille, accéléra dans l'allée et dans un dernier dérapage s'arrêta devant la maison, manquant d'emboutir… la Reinastella.

D'un bond, il fut dans le salon, Jaboie et Jaccuse tournoyant autour de lui. Elles étaient vivantes. Toutes les trois. Et buvaient du whisky en dégustant des brownies. Adrien se laissa choir dans le canapé, à côté de Rebecca.

— C'était bien la peine que je m'inquiète, râla-t-il. Tu aurais pu prévenir que tu ne viendrais pas chez les Murphy. J'espère que tu as passé une bonne soirée.

La jeune femme éclata en sanglots. Adrien la regarda avec stupéfaction.

— Arrête de dire des idioties ! le réprimanda sa mère d'un ton courroucé.

— Que s'est-il passé ?

Il tendit la main vers Rebecca, qui ne la prit pas.

— Rebecca vient de vivre des moments très difficiles, continua Diane. Elle s'est rendue à son rendez-vous et...

— Ça va aller, l'interrompit Rebecca. Je peux le raconter moi-même. C'était un traquenard. Giovanni m'a conduite dans une arrière-salle. Il était censé me donner le nom de celui qui avait tué mon père. Car il s'agit bien d'un assassinat. Il y avait deux hommes. Je n'ai pas pu voir leur visage. Ils sont restés dans l'ombre.

— Ils t'ont molestée ? Ils t'ont fait du mal ?

— Laisse-la parler ! s'énerva Diane.

— Ils ne m'ont pas touchée. Mais c'était un avertissement. Ils m'ont bien fait comprendre que si je continuais, je subirais le même sort que mon père. Ils m'ont décrit très précisément ce à quoi j'aurais droit.

Elle fut prise de haut-le-cœur. Adrien la serra contre lui. Elle se laissa aller à son étreinte.

— Ils font partie de la police politique ? lui demanda-t-il quand elle eut recouvré son calme.

— Ils ne s'en sont pas cachés. Avant de quitter Paris, j'étais allée voir Emilio Lussu. Il m'avait donné une liste de contacts en me disant d'être très prudente car il pouvait y avoir des infiltrés, des traîtres. Giovanni en était un.

Elle se leva d'un bond, suivie par Jaboie et Jaccuse croyant à un jeu.

— Il faut que je le prévienne. Où est le téléphone ?

— Ça peut attendre demain, temporisa Diane. Reprends tes esprits, repose-toi.

— Je ne peux pas, c'est trop grave. Il faut agir.

— Malheureusement, ce n'est pas une petite jeune fille qui va effrayer Mussolini, ajouta Diane.

— Vous baissez les bras ?

— Ce n'est pas le genre de ma mère, intervint Adrien. Mais elle a raison, Rebecca. Ils ne vont pas te lâcher et ne te feront pas de cadeau. Tu mets aussi en danger Diane et Ann. Il va, hélas, falloir faire profil bas.

— Ça t'arrange bien ! dit-elle d'un ton aigre. Ne pas bouger, ne pas intervenir, laisser faire, vivre dans les étoiles de ton fameux guide pour gros pleins de soupe, ça, ça te convient ! Mais moi, je ne lâcherai rien. Je vais continuer le travail de mon père.

Adrien leva les yeux au ciel.

— Je ne te demande pas de cesser ton combat. Juste de le mettre en veilleuse. Et si je te disais que je suis prêt à t'apporter mon aide, à faire le chemin avec toi…

D'étonnement, Diane avala cul sec son reste de whisky et se resservit.

— Mon fils rejoignant enfin les rangs des clairvoyants ! Rebecca, vous faites des miracles. Jamais je n'aurais cru qu'il s'apercevrait, un jour, que le monde existe. Bienvenue, Adrien, dans la lutte clandestine.

— À condition que je vive assez longtemps pour y participer.

Les trois femmes le dévisagèrent sans comprendre. Il leur raconta ce qu'il avait appris sur Anthelme Lenoir, et les dangers qui le menaçaient.

20

Le lendemain matin, comme convenu, Adrien passa prendre Pigasse à l'Hôtel du Cap et ils se rendirent à Nice. Ils eurent la chance de tomber sur un jeune commissaire, un certain Leblond, ce qui leur parut de bonne augure. Relayé par Pigasse, Adrien fit un récit circonstancié des événements. Le policier les écouta tous deux avec attention. Il ne cacha pas qu'il avait quelques doutes, estimant néanmoins qu'il y avait lieu de mener des investigations. Quand Adrien lui signala qu'il avait essayé de contacter le Dr Locard à Lyon, Leblond se dit un de ses grands admirateurs et adepte de ses méthodes. Il souscrivit également à l'idée du jeune homme d'examiner la voiture de Lenoir. Les chances d'y trouver une preuve étaient minimes, mais cela pouvait contribuer à le déstabiliser. Quand il fut question des moyens à déployer pour procéder à la traque, l'affaire se corsa. Sans cadavre, il était difficile d'ouvrir une enquête officielle. Le commissaire pouvait faire vérifier les fiches de police des clients dans les hôtels entre Menton et Cannes. Cela prendrait du temps. Adrien suggéra que des policiers soient présents à la fête du Provençal, au cas où Lenoir y viendrait.

— Vous croyez au Père Noël, se moqua le policier. Cet homme est fou, mais pas idiot. Il doit bien se douter qu'après son départ de la villa America, Pigasse et vous avez parlé. Il sait maintenant que vous savez. Et d'ailleurs, s'il est tel que vous le décrivez, cela vous met en danger. Il peut très bien chercher à vous éliminer.

— Moi aussi, je suis en danger? demanda l'éditeur.

Le policier réfléchit un instant.

— Moins que M. Savoisy. Peut-être nourrit-il toujours l'espoir de se faire publier. Le témoin gênant disparu, il a toutes ses chances. Il faut essayer d'imaginer ce que les criminels ont dans la tête. Peut-être même voudra-t-il intégrer ce dernier crime dans l'histoire.

Adrien était blême.

— Cela me donne une idée, poursuivit Leblond. Nous pourrions lui tendre un piège. Avec vous comme appât. Admettons qu'il cherche à vous tuer. Si vous restez caché, nous aurons du mal à lui mettre la main dessus. Si vous apparaissez en pleine lumière, si vous vous montrez dans les endroits qu'il fréquente, il peut tenter quelque chose. Et, couic! la souricière se referme sur lui.

— Et couic, sur moi par la même occasion, s'alarma Adrien.

— C'est un risque, oui, mais nous serons là pour vous protéger.

Adrien refusa tout net le rôle que lui proposait le policier. Se promener sous le nez de Lenoir en attendant qu'il lui torde le cou, très peu pour lui. Et surtout, une autre mission l'attendait: assurer la sécurité de Rebecca. Le matin, avec Diane et Ann, ils avaient décidé que la jeune femme resterait à la villa Galicia et se montrerait le moins possible. Histoire de donner des gages de bonne conduite à ceux qui ne manqueraient pas de la surveiller.

Adrien remercia le commissaire d'avoir pris en considération leur affaire. Leblond l'assura qu'il le tiendrait au courant s'il retrouvait la piste de Lenoir et lui recommanda la plus grande prudence. Bien entendu, si un nouveau meurtre venait à se produire, il pouvait compter sur lui et son équipe.

Charmant ! Quelqu'un devait mourir pour que la police puisse agir. Et comme le lui avait confirmé le commissaire, le mort... ce serait lui. Il n'avait plus qu'à faire comme Rebecca : se planquer.

Il raccompagna Pigasse à l'Hôtel du Cap où il aperçut Curnonsky pérorant devant un petit groupe. Peut-être racontait-il la saga de la bouillabaisse ou l'épopée de l'anchois en Méditerranée... Il se garda bien d'aller le saluer. Il chargea Pigasse de lui transmettre un message qui tenait en peu de mots : redoublez de vigilance !

À la villa Galicia, sa mère lui annonça que Rebecca était retournée se coucher. Subissant le contrecoup de sa frayeur de la veille, elle était épuisée et avait besoin de repos. Adrien commença à tourner en rond dans la maison. Aux aguets. Le moindre bruit le faisait sursauter. Dès qu'un des chiens aboyait, il se précipitait pour voir si quelqu'un ne s'était pas introduit dans le jardin. Si le téléphone sonnait, il sautait sur l'appareil. Exaspérée, Diane mit son chapeau de paille et alla gratouiller les plates-bandes le plus loin possible de la maison. Ann se réfugia dans son atelier. En fin de matinée, Rebecca se leva. Elle avait retrouvé un semblant d'énergie et proposa à Adrien d'aller se baigner à la Garoupe. Il refusa. Elle s'énerva. Ils n'allaient tout de même pas rester cloîtrés à ne rien faire. Les fascistes ne campaient pas sur la plage, que diable! Adrien avoua qu'il avait peur pour lui. Lenoir pouvait surgir n'importe quand, n'importe où. Elle le traita de trouillard. Finalement, ils y allèrent. Avec son maillot de bain bleu outremer ceinturé de blanc, elle était superbe. Il resta sur la plage quand elle alla se baigner et ne la quitta pas des yeux. Quand elle revint, la peau nacrée de fines gouttelettes, et s'étendit au soleil, il lui murmura quelques mots à l'oreille. Elle sourit.

— Tu as raison. Faire l'amour dans une chambre bien close est la meilleure manière de se protéger des méchants.

De retour à la villa, ils s'y employèrent avec une belle application et ne réapparurent qu'en toute fin d'après-midi pour découvrir Diane et Ann habillées pour sortir.

— Vous comptez aller où? s'inquiéta Adrien.

— À la fête du Provençal, bien entendu, répliqua sa mère.

— J'avais oublié! dit Rebecca. Je cours me préparer.

— Hors de question, grommela Adrien en la retenant par le bras. Tu restes ici. Et vous aussi.

Diane, en robe peau d'ange de Molyneux, le regarda posément.

— Mon petit, j'ai passé l'âge de me laisser dicter ma conduite. Tu n'as rien à m'interdire. Nous allons au Provençal.

Le ton de sa mère était sans appel. Adrien ne la ferait pas plier. Pas plus qu'il n'imposerait sa volonté à Rebecca. La mort dans l'âme, il capitula.

— Le commissaire te l'a bien dit ce matin. Lenoir n'est pas assez fou pour venir, lui fit valoir Rebecca.

— Je n'en suis pas si sûr. Je vous demande d'être vraiment très prudentes. Le mieux serait que nous restions groupés.

Les trois femmes éclatèrent de rire.

— Et qu'on se tienne tous par la main, suggéra Rebecca, moqueuse. Ne sois pas ridicule !

Arborant un air revêche, Adrien pénétra dans la rotonde du Provençal sur les talons de Diane, Ann et Rebecca. Il avait accompagné la jeune femme dans sa chambre le temps qu'elle s'habille. Il avait eu le souffle coupé en découvrant sa somptueuse robe de soirée en taffetas de soie noir, audacieusement échancrée dans le dos. Elle ne portait aucun bijou, uniquement un petit sac brodé de perles. Dès son entrée, des dizaines de paires d'yeux se braquèrent sur elle et un photographe se précipita pour la mitrailler. Pour quelqu'un qui ne devait pas se faire remarquer, c'était réussi. Adrien se tenait plus que jamais sur le qui-vive. Il scrutait tous les visages, à tel point qu'un homme lui demanda ce qu'il lui voulait et qu'un autre, moins jeune, lui fit un sourire engageant et le détailla de la tête aux pieds. Adrien s'éloigna rapidement. Il s'exhorta à plus de calme. Et constata que Diane, Ann et Rebecca lui avaient faussé compagnie. Fébrilement, il les chercha du regard. Il repéra Diane, qui avait rejoint Sara Murphy. Plus loin, Ann parlait avec un homme qu'il ne connaissait pas. Aucune trace de Rebecca. Ça commençait bien ! Deux orchestres de jazz très connus, le jazz-band Tango Bianco et le Peyton Jazz, jouaient des airs en vogue. Il remarqua quelques individus bizarres, portant l'habit de soirée comme si c'était la première fois. Des nouveaux riches, sans doute. Une bousculade attira son attention. Des photographes brandissaient flashs et appareils. Il s'informa auprès d'un serveur qui répondit laconiquement :

— Jean Médecin, le maire de Nice, et les députés Baréty et Ricolfi.

Rien à craindre de ce côté-là. Du moins, en ce qui le concernait. Il se faufila entre les groupes d'invités qui déambulaient, un verre à la main. Il croisa les Anglais, chacun tenant en équilibre trois assiettes de petits fours. Ils firent à Adrien un sourire complice, tout comme Suzanne et Lucien qui les suivaient docilement, chargés de bouteilles de champagne. Il aperçut Curnonsky et Rouff un peu plus loin. Pour éviter le Prince, il fit mine d'observer les grands tableaux au-dessus des fenêtres représentant les santons de Provence : bergers, meuniers, et autres personnages de la crèche se poursuivant en farandoles. Piètre ruse. Curnonsky fonçait déjà sur lui.

— Mon petit ! J'ai cru que tu étais mort. Où te terrais-tu donc ? J'ai regretté que tu ne sois pas avec nous dans nos pérégrinations gourmandes. À Nice, au Bar Nautique, nous avons dégusté une sublime langouste à l'ail, piment et poivre de Cayenne. Ça emporte la bouche, ça brûle, ça retourne les muqueuses, mais c'est divinement bon. Et la friture de petits rougets des Caves du Falicon ! Et le ragoût de chevreau chez Bouttau ! Nous avons eu droit au meilleur de la cuisine provençale : pimpante, alerte, véhémente. À Cannes, ce fut plus difficile. Dans cette ville d'étrangers au palais rudimentaire et au goût incertain, les flots de sauce espagnole et autres préparations passe-partout y sont aussi innombrables que les houles nonchalantes et bleues de la Méditerranée.

Impossible de se dépêtrer du discoureur ! Adrien fit semblant de répondre à l'appel d'un ami et laissa le Prince en plan. Mal lui en prit : il se fit happer par Thibault de la Mornie, un ancien condisciple du lycée Henri-IV, aujourd'hui attaché d'ambassade à Washington. Un raseur de première. Gerald Murphy, avec qui il parlait et qui semblait s'ennuyer ferme, accueillit Adrien avec joie. Sans doute pour pouvoir filer à l'anglaise et laisser Adrien se coltiner le laïus.

— Thibault, qui revient tout juste d'Amérique, me faisait part de ses inquiétudes face à la situation économique et financière de mon pays. Certains estiment que la façade actuelle, fort brillante, le développement constant de la production, montré par presque toutes les statistiques, l'ascension continue des cours à Wall Street ne pourront pas longtemps continuer et qu'une crise brutale, un jour prochain, éclatera.

Gerald avait pris un ton très sérieux et, comme Adrien s'y attendait, fit un pas de côté pour fuir. Malheureusement pour lui, Thibault lui agrippa le bras.

— Notre ambassadeur à Washington, Paul Claudel, me confiait qu'un bouleversement brutal est en préparation. Des sources de richesse sont taries. Les agriculteurs se plaignent, la situation du textile est difficile. Et il y a surproduction d'automobiles. Les stocks s'accroissent faute de débouchés, et un ralentissement dans la production automobile atteindra directement les industries métallurgiques, industries de base.

Murphy avait réussi à se dégager et à prendre le large. Adrien n'écoutait pas, continuant à lancer des regards alentour. Pas de Lenoir. Par contre, Rebecca s'était soudain matérialisée à ses côtés.

— En outre, continuait, imperturbable, Thibault, la hausse continuelle des actions a développé le goût de la spéculation. Des Américains ont emprunté de l'argent à neuf pour cent pour acheter des actions ne rapportant que deux pour cent mais qu'ils espèrent revendre à bénéfice. Des reculs comme ceux qui se sont produits ces jours derniers à Wall Street ne sauraient être négligés, ce sont des signes avertisseurs.

— Et s'il y a une crise, croyez-vous qu'elle se répercutera en France ? demanda Rebecca.

Adrien lui fit les gros yeux. Tout le monde se fichait des ratiocinations des diplomates.

— Aucun souci ! La stabilisation du franc Poincaré a permis un afflux d'or et, comme chacun sait, la bonne santé économique d'un pays dépend de ses réserves monétaires ; or, celles-ci se montent à soixante-quatre milliards. Nous avons une production record de charbon, électricité, fer, acier automobile dont la France est le deuxième fabricant, et pas de déficit de la balance commerciale. La France est un îlot de prospérité. Parce que nous sommes restés fidèles à la petite et moyenne entreprise et que nous n'avons pas versé dans le gigantisme à l'américaine, conclut le jeune diplomate d'un ton suffisant.

Adrien en profita pour entraîner Rebecca avant qu'elle ne pose une autre question.

— Il a raison pour l'Amérique, dit-elle. Ça ne va pas durer. La spéculation est un cercle vicieux qui va causer la ruine de l'économie.

Adrien n'entendait rien aux questions financières et n'avait pas l'intention d'en faire un sujet de conversation.

— Certes, mais comme ça ne va pas se produire demain, ni le mois prochain[1], cesse de t'inquiéter.

Ils croisèrent Yvette au bras d'un élégant officier de marine se dirigeant vers la piste de danse. Elle fit semblant de ne pas les connaître. Rebecca proposa qu'ils aillent prendre une coupe de champagne. Adrien refusa. Il voulait garder les idées claires. Elle le traita de rabat-joie et mit le cap sur le buffet. Adrien se rendait bien compte du ridicule de ses efforts de surveillance. De toute évidence, rien ne se passerait ce soir. Lenoir n'agirait pas dans un lieu public où plusieurs personnes pouvaient le reconnaître. Néanmoins, après en avoir averti Rebecca, il alla faire un tour du côté des allées où étaient garées les voitures. Il ne vit pas trace de la Ford, mais il y avait la Lancia du vicomte. Il ne l'avait pas vu dans la foule. À son retour dans la salle de réception, les Plaza Tiller Girls se démenaient sur la scène, Rebecca posait pour un photographe, et à deux pas Boulinois la regardait d'un air admiratif. Adrien le salua.

— Avez-vous réussi à savoir de quelle maladie souffre cette jeune femme? demanda le bon docteur. Elle m'a l'air en pleine forme.

1. Le krach de la bourse de New York eut lieu entre le 24 et le 29 octobre 1929.

— Comme vous. De toute évidence, le casino de Juan vous a porté chance, répliqua Adrien en détaillant son air fringant et sa mine réjouie.

— Onze tours de baccara gagnants à quitte ou double. Du jamais vu ! Grâce à vous. Je vous dois la vie.

Il glissa une main dans sa veste de smoking et tendit une liasse de billets à Adrien. Ce dernier prit l'argent, le remercia et s'éloigna. Quitte à ne pas être remboursé de son prêt, il aurait préféré que Boulinois ne fût pas là. L'expérience avait montré que sa présence s'accompagnait inévitablement d'un cadavre.

La séance photo avec Rebecca était terminée. Le photographe, un petit homme râblé aux cheveux gris bouclés, collait aux basques de la princesse de Caraman-Chimay qui refusait de lui accorder un cliché. De vraies sangsues, ces reporters. Ils étaient maintenant de toutes les réceptions et ne cessaient d'importuner les gens du monde pour aller vendre leurs photos à des magazines de plus ou moins bon goût. Adrien s'étonnait que Rebecca ait accepté. Ce n'était pas son genre, à moins qu'elle ait voulu montrer aux sbires fascistes qu'elle n'était qu'une écervelée, uniquement préoccupée de fêtes et d'élégance. En la rejoignant, il fut arrêté par Pigasse et Van Dine. Ce dernier lui glissa dans le creux de l'oreille :

— Si par malheur vous vous trouvez en face du tueur, faites-le parler de ses exploits. Ce genre de détraqué adore qu'on chante les louanges de leur intelligence et de leur savoir-faire. Ça peut vous faire gagner du temps.

Sans attendre de réponse, il le laissa en plan. Adrien l'entendit dire à Pigasse :

— Le coupable doit toujours être une personne qui

a joué un rôle plus ou moins important dans l'histoire, quelqu'un que le lecteur connaisse et qui l'intéresse. Charger du crime, au dernier chapitre, un personnage qu'il vient d'introduire ou qui a joué dans l'intrigue un rôle tout à fait insignifiant serait, de la part de l'auteur, avouer son incapacité à se mesurer avec le lecteur.

Maudits soient les romans policiers et leurs auteurs ! Que dans sa folie Lenoir ait l'intention de le tuer pour en faire un chapitre de livre, révulsait Adrien. Si seulement ce malade avait eu l'idée de se lancer dans l'écriture de romans d'amour… Il aurait pu décrire la scène charmante qui se préparait. Des brassées d'orchidées venaient d'être apportées. Prenant le microphone, Frank Jay Gould annonça que ces fleurs étaient arrivées le jour même de Hollande et que chaque invité était prié d'en offrir une à la dame de son choix. On l'applaudit à tout rompre. Il y eut quelques bousculades. Pris de frénésie, les photographes réarmaient leurs appareils pour saisir les images les plus plaisantes. Adrien choisit une superbe orchidée blanche tigrée d'un rose profond. Elle conviendrait parfaitement à Rebecca. Tout sourire, il s'approcha de la jeune femme, de nouveau sous les feux du photographe aux cheveux gris. Il lut dans les yeux de son amie une étrange lueur, entre peur et avertissement. Il se trouvait à un mètre d'elle. Elle fouilla fébrilement dans son petit sac. Un coup de feu retentit. Suivi d'un autre qui frôla Adrien. Le photographe s'écroula. Rebecca se précipita. Il tenait encore à la main un pistolet qu'elle envoya valser au loin d'un coup de pied. Quatre hommes surgirent de la foule, se jetèrent sur lui et le maintinrent à terre. Elle tendit son arme au commissaire Leblond qui accourait.

Dans sa chute, le photographe avait perdu sa perruque. Son crâne chauve paraissait familier à Adrien. Lenoir ! Lenoir, qui avait rasé sa moustache et s'était grimé. Assez pour que, le visage en grande partie dissimulé par l'appareil photo et le flash, il passe inaperçu. Adrien tremblait. Rebecca lui avait sauvé la vie. Plus tard, elle lui expliqua qu'apercevant l'arme braquée sur lui par Lenoir, elle avait fait feu la première. La balle tirée par Lenoir pendant qu'il s'effondrait s'était perdue dans la composition florale en arrière-plan. Comment l'avait-elle reconnu ? À cause de son insistance à la photographier. Il attendait certainement qu'Adrien soit à ses côtés pour pouvoir l'abattre. Elle s'était prêtée au jeu, la main sur son sac pour en sortir rapidement le pistolet qu'elle y avait caché et faire feu le moment voulu. Le commissaire Leblond l'avait félicitée pour son sens de l'observation et son sang-froid. À Adrien qui lui posait la question, il répondit qu'il avait décidé au dernier moment de placer des policiers parmi les invités. Au cas où…

Lenoir, vivant mais sérieusement blessé, fut emmené sous bonne escorte. Il n'avait pas prononcé un mot.

ÉPILOGUE

Lenoir fut accusé de tentative de meurtre. Le commissaire Leblond fit des pieds et des mains pour s'occuper de l'affaire, arguant que le journaliste était certainement coupable de trois meurtres pour lesquels il disposait d'éléments probants. On le chargea donc de mener l'enquête. Quand il fut en état d'être interrogé, Lenoir nia en bloc, se contentant de prendre un air suffisant et de ricaner pendant que Leblond énumérait les faits. N'arrivant à rien mais convaincu de la culpabilité de Lenoir, le commissaire eut une idée de génie : il demanda à Pigasse et à Adrien de bien vouloir assister aux interrogatoires. Pendant plusieurs jours, Lenoir refusa obstinément leur présence. Leblond était prêt à jeter l'éponge quand Lenoir lui fit savoir qu'il acceptait. Dans la petite salle qui sentait les pieds et le tabac, le policier, l'éditeur et Adrien s'installèrent en face de Lenoir qui tripotait sa moustache renaissante.

— Alors, mon cher Pigasse, des scénarios comme celui-ci, vous n'en avez encore jamais vu, pas vrai ?

Interloqué, le commissaire s'apprêtait à tancer le prévenu et à mener l'interrogatoire selon les formes quand il eut une autre idée géniale : laisser faire. Il fit un petit signe d'approbation à Pigasse espérant qu'il comprendrait la nécessité de jouer le jeu. Ce dernier devait se souvenir de ce qu'avait dit Van Dine au Provençal car il déclara, d'un ton admiratif:

— Je dois avouer que j'ai été très surpris de la qualité du... du matériau. Il n'est pas fréquent de voir une telle inventivité.

Excellent, se dit le commissaire en voyant Lenoir se rengorger.

— Vous ne vouliez pas croire à mon talent. Je devais vous en apporter la preuve. La meilleure manière d'y arriver était de se mettre dans la peau d'un assassin. Et voilà le résultat! Du premier choix!

Le commissaire n'en croyait pas ses oreilles. Alors qu'il s'était tu pendant des jours, Lenoir était en passe d'avouer ses crimes quelques minutes seulement après le début de son interrogatoire.

— Rien de mieux, continua-t-il d'un air gourmand, pour évaluer le degré de frayeur des victimes, voir sur leur visage la terreur quand elles comprennent qu'il n'y a plus d'espoir. Avec Parent, je n'ai pas pu goûter à ce plaisir, mais avec le cuisinier ce fut un délice. Le pauvre garçon suait à grosses gouttes quand il a compris qu'il n'en réchapperait pas. Il dégageait une horrible odeur, à moins que ce ne fût celle du bain d'huile que je lui avais fait rallumer. Il y a des détails qui ne s'inventent pas, il faut les vivre. Vous verrez, vous allez vous régaler!

— Je n'en doute pas un instant, bafouilla Pigasse. Trois meurtres pour débuter, c'est un joli score. Vous avez été magistral.

— N'exagérons rien. N'essayez pas de me flatter. Comme vous le dites, je débute. Et je n'ai à mon actif que deux meurtres et une tentative.

— L'obèse, Parent, le cuisinier, ça fait bien trois? avança le commissaire sur un ton neutre.

— Vous vous trompez. L'obèse, ce n'est pas moi. Le pauvre homme est mort de ses excès. Mais c'est bien lui qui m'a donné l'idée des meurtres. Ainsi que le délicieux petit groupe que nous formions. Je pouvais à ma guise piocher dans les petits secrets, attiser les inimitiés, en créer d'autres. Tout le monde est entré dans la danse sans sourciller. J'ai adoré quand la jeune Yvette a divulgué aux gendarmes l'altercation entre le cuisinier et Lucien. Ou quand notre brave Suzanne a cru bon d'accuser le vicomte.

Il se tourna vers Adrien.

— Vous m'avez tous été d'une grande aide. Si, si, je vous assure. Vous, en vous posant en justicier, vous avez apporté une belle intensité dramatique. Je n'avais presque plus rien à faire. J'en ai même été réduit à mettre en scène mon propre assassinat. Un coup de maître, non? En revanche, je regrette d'avoir raté l'accident de la corniche. J'aurais eu grand plaisir à découvrir dans les journaux l'avis de décès du Prince des Gastronomes.

Il continua d'un ton moqueur:

— Vous devriez écrire. Vous avez des talents de détective. Vous êtes le seul à avoir compris. Je vous félicite. Et sans cette petite idiote qui m'a tiré dessus, vous auriez fait une excellente victime.

Puis, se tournant vers Pigasse, le visage rayonnant de fierté:

— Je vais faire votre fortune. Je vais devenir un auteur à succès. Dans combien de pays comptez-vous faire traduire *L'Assassin de la Nationale 7*?

Le brigadier chargé de prendre des notes noircissait page sur page. Le commissaire était aux anges. Cette affaire allait lui valoir un bel avancement. Il pourrait demander sa mutation à la police judiciaire de Lyon et ainsi travailler aux côtés du Dr Locard.

Adrien était bien décidé à ne pas intervenir, même si quelques points lui semblaient encore obscurs.

Il n'eut pas à le faire. De lui-même, Lenoir expliqua qu'il avait été stupide de jeter à Mâcon les outils qui avaient servi à trafiquer la voiture de Parent. Il aurait dû les abandonner en pleine campagne. « Une erreur de débutant ! C'est en forgeant qu'on devient forgeron », ajouta-t-il avec un sourire finaud. Il revint sur le plaisir qu'il avait eu à fournir un alibi à Lucien en évoquant ses ébats avec Suzanne et à divulguer le passé équivoque du vicomte. Adrien en avait assez entendu. Il laissait à la police le soin de reconstituer l'enchaînement des événements et aux psychiatres de sonder le cerveau malade de Lenoir. Il avait hâte que tout soit fini. Sa vie ne serait plus tout à fait la même. Non pas que la noirceur du bien nommé Lenoir lui ait fait entrevoir ce dont était capable le genre humain. Il le savait déjà. Mais sa promesse faite à Rebecca le bouleversait. Il était prêt à s'engager avec elle, auprès d'elle, pour partager sa vie et ses combats. Une nouvelle vie qui l'inquiétait et l'enchantait. La fête n'était pas finie, mais il pressentait des périls qui sonneraient le glas de l'insouciance.

CARNET DE RECETTES

Tapenade

3 gousses d'ail, 300 g d'olives noires, 100 g de câpres, 10 filets d'anchois, 25 cl d'huile d'olive.

Éplucher l'ail. Mixer avec les olives, les câpres et les anchois. Ajouter l'huile d'olive en filet et monter en pommade.

Gougères

250 ml d'eau, 60 g de beurre en petits morceaux, 1/2 cuillère à café de sel et de poivre, 125 g de farine, 4 œufs + 1 pour dorer, 125 g de gruyère coupé en dés.

Préchauffer le four à 230°. Mettre dans une casserole l'eau, le beurre et le sel. Porter à ébullition. Retirer du feu. Verser la farine en une seule fois et mélanger avec une spatule en bois jusqu'à obtention d'une pâte homogène. Remettre sur le feu et faire dessécher la pâte en remuant constamment jusqu'à ce qu'elle se détache toute seule des parois de la casserole. Retirer du feu et laisser tiédir quelques minutes. Ajouter les œufs un par un, en mélangeant bien. Ajouter le fromage coupé en petits dés. Recouvrir la plaque du four de papier sulfurisé. Avec deux petites cuillères ou une poche à douille, disposer la pâte en petites boules bien espacées ou côte à côte. Badigeonner au pinceau avec l'œuf battu. Cuire au four 10 minutes puis baisser la température à 190° et continuer la cuisson environ 20 minutes.

Pissaladière

Pour 6 personnes : 1 pâte à pizza, 1 kg d'oignons, 15 olives noires dénoyautées, 1 cuillère à soupe de câpres, une trentaine de filets d'anchois, 1 cuillère à soupe d'herbes de Provence, 1 cuillère à soupe de sucre en poudre, huile d'olive, sel et poivre.

Préchauffer le four à 240 °C. Émincer finement les oignons. Les faire fondre dans une cocotte avec 3 cuillères à soupe d'huile d'olive. Saler, poivrer, ajouter les herbes de Provence et les câpres. Laisser mijoter 20 minutes à feu doux. Ajouter le sucre en poudre, mélanger et faire mijoter 5 minutes. Étendre la pâte à pizza. La recouvrir de la préparation aux oignons. Disposer en croisillons les filets d'anchois. Mettre au four 10 minutes. Puis, parsemer d'olives, baisser le four à 200° et remettre la pissaladière à cuire au four 10 minutes.

Velouté de volaille de la mère Brazier

Consommé de volaille, tapioca, crème fraîche, sel, poivre, œufs, truffes (facultatif !).

Faire cuire quelques cuillerées de tapioca dans du consommé de volaille pas trop salé. Ajouter au potage le quart de sa quantité de bonne crème fraîche. Au moment de servir, incorporer 1 ou 2 jaunes d'œufs en fouettant énergiquement hors du feu. On peut ajouter une julienne de truffes fraîches.

Consommé du Club des Cent de Fernand Point

Couper une queue de bœuf en tronçons, et la faire revenir dans un four très chaud pendant 7 à 8 minutes. Mouiller ces tronçons avec un bon consommé, et laisser cuire pendant 6 heures en dégraissant souvent. Passer au linge fin, dégraisser encore et, au dernier moment, lier avec un peu d'arrow-root. Servir très chaud, en tasse, en ajoutant dans chaque tasse une belle lame de moelle pochée et du cerfeuil haché.

Gâteau de foies blonds Curnonsky de Fernand Point

Prendre huit beaux foies blonds de volaille de Bresse. Rejeter impitoyablement tous les foies qui n'ont pas la blondeur requise. Piler soigneusement ces foies avec du foie gras durant un bon quart d'heure. Puis, ajouter peu à peu 16 œufs entiers battus et 2 dl de crème double. Cuire au bain-marie et servir avec une sauce aux champignons additionnée de truffes.

Jambon à la crème

Prendre un jambon de pays, le mettre à dessaler 24 heures à l'eau froide, changer l'eau assez souvent. Mettre à cuire avec un bon assaisonnement sans sel. Compter de 15 à 20 minutes de cuisson par livre. Le mettre à braiser et ajouter du xérès. La cuisson terminée, déglacer au jus de veau et passer. Terminer avec de la bonne crème double, rectifier l'assaisonnement. Détailler le jambon et arroser de cette sauce qui doit être abondante. Servir très chaud.

Escargots de Bourgogne

Pour 100 escargots, préparer le beurre de façon suivante : 8 g de sel, 10 g d'ail haché, 15 g de persil haché très fin pour une livre de beurre.

Farce à quenelles de la mère Brazier

Pour 10 grosses quenelles : 30 cl de lait, 200 g de farine, 250 g de beurre, 250 g de chair de brochet, 8 œufs entiers, sel, poivre, noix de muscade.

Faire une panade bien desséchée avec le lait, la farine et 50 g de beurre. Laisser refroidir. Passer à la machine à hacher. Incorporer au mélange le reste des ingrédients. Travailler pendant 30 minutes. Mettre les quenelles dans l'eau frémissante et salée 15 minutes. Les placer dans un plat avec la sauce bouillante. Faire cuire 30 minutes à four chaud.

Sauce pour les quenelles

Pour 6 quenelles : 1 l de lait entier, 25 cl de crème fraîche, 500 g de champignons émincés cuits, sel, poivre, beurre, 1 cuillère de farine.

Faire bouillir le lait. Le lier avec un beurre manié. Ne pas laisser trop épaissir. Ajouter la crème et l'assaisonnement. Ajouter les champignons et porter à ébullition.

Catigot d'anguilles

Pour 4 personnes : 1 kg d'anguilles, 10 gousses d'ail, 1 morceau d'écorce d'orange, 1 feuille de laurier, 1 branche de thym, 1 morceau de piment rouge, 1 verre de vin rouge, 3 cuillères à soupe d'huile d'olive, sel.

Dépouiller et couper les anguilles en tronçons. Faire chauffer l'huile dans une sauteuse. Y faire dorer les gousses d'ail épluchées, le piment coupé en éclats, l'écorce d'orange en morceaux. Ajouter le laurier, le thym et les tronçons d'anguilles puis le vin et le sel. Ajouter assez d'eau pour couvrir. Cuire à feu doux 30 minutes, sans couvrir.

Barbue à la Dugléré de Fernand Point

Bien essuyer une barbue, la découper et l'assaisonner de sel et poivre. Puis mettre dans un plat à sauter un fort morceau de beurre, du persil haché grossièrement et une louche de tomates concassées (à raison d'une livre de beurre et 4 tomates pour 8 couverts). Mettre les morceaux de barbue sur ce beurre tomaté et persillé, et faire partir la cuisson avec un couvercle hermétique durant 15 à 20 minutes. Dresser les morceaux, et si la sauce est un peu longue, la faire réduire à feu très vif.

Merlans marchand de vin de Fernand Point

Prendre deux beaux merlans de 200-250 g chacun. Les apprêter de la façon suivante : couper les têtes, éplucher, laver, essuyer et fariner. Saler et poivrer à l'intérieur des deux côtés. Mettre les poissons dans un plat, et disposer dessus quelques morceaux de beurre, ainsi qu'une belle échalote finement hachée tout autour, puis mouiller avec un grand verre de vin blanc d'Anjou. Saupoudrer de chapelure et mettre à four assez vif pendant 20 minutes en arrosant les poissons de temps en temps.

Sole Colbert de Fernand Point

Tremper la sole dans du blanc d'œuf battu en neige, et ensuite dans la chapelure. La faire frire à l'huile et, quand elle est cuite, la disposer sur un plat chaud. Lever alors les filets, et servir avec un bon beurre maître d'hôtel. Décorer le plat avec du citron, et du persil frit.

Truite aux champignons de Fernand Point

Choisir une belle truite de rivière d'environ 2 livres. La préparer, et la faire cuire meunière. D'autre part, faire cuire dans un plat ovale une bonne couche de champignons émincés assaisonnés de fines herbes. La truite étant cuite, la dresser sur les champignons, l'arroser de bon beurre de cuisson, la masquer entièrement d'une duxelles (hachis de fines herbes) condimentée à l'échalote, et la saupoudrer d'un voile de chapelure. L'arroser à nouveau de son beurre et la passer au four quelques minutes pour qu'elle gratine légèrement. Servir à part un beurre noisette à l'échalote.

Coq au vin

1 coq ou poulet coupé en morceaux, 1/2 bouteille de bourgogne rouge, 150 g de lard en cubes, 250 g de champignons de Paris, 12 petits oignons blancs, 2 gousses d'ail haché, 2 carottes en rondelles, huile, beurre, bouquet garni, sel, poivre.

La veille, faire mariner le coq dans le vin avec les petits oignons blancs, les carottes et le bouquet garni. Retirer et égoutter le poulet et les légumes. Garder le vin. Faire dorer le poulet avec de l'huile dans une poêle. Retirer. Dans la même poêle, faire dorer les légumes et l'ail. Mettre le poulet et les légumes dans une cocotte. Verser le vin, ajouter sel et poivre. Amener à ébullition à feu moyen. Cuire à feu doux 2 heures. Faire dorer lard, oignons et champignons à la poêle 10 minutes. Une fois le poulet prêt, ajouter ce mélange dans la cocotte et remuer 2 à 3 minutes. Ajouter du persil. Servir avec du riz ou des pommes de terre.

Poulet Maryland

4 blancs de poulet, 1 boîte de 250 g de maïs, 8 tranches de poitrine fumée, 150 g de pain de mie rassis, 2 œufs + 2 jaunes d'œufs, 50 g de farine, 100 g de beurre, 20 cl de lait, 4 cuillères à soupe d'huile, 1 pincée de noix de muscade râpée, sel, poivre.

Croquettes de maïs : Faire fondre 30 g de beurre dans une casserole. Ajouter la farine puis délayer avec le lait. Faire cuire sans cesser de mélanger jusqu'à épaississement. Hors du feu, incorporer les jaunes d'œufs en fouettant. Ajouter sel, poivre et muscade, puis mélanger avec le maïs égoutté. Verser cette préparation dans un plat rectangulaire huilé sur 2 cm d'épaisseur. Lisser la surface à la spatule. Laissez refroidir puis mettez le plat 3 heures au frais.

Mixer le pain de mie afin d'obtenir une chapelure fraîche.

Préchauffer le four à 210°. Casser les œufs dans une assiette creuse. Saler, poivrer. Battre à la fourchette. Mettre la chapelure dans une autre assiette. Passer successivement les blancs de poulet dans les œufs puis dans la chapelure.

Versez le beurre dans un plat pouvant aller au four. Y mettre les blancs de poulet. Cuire 25 minutes en tournant la viande à mi-cuisson.

Découper la préparation au maïs en carrés de 4 cm de côté. Les mettre dans les œufs battus puis dans la chapelure restante. Faire dorer ces croquettes à la poêle dans l'huile bien chaude pendant 5 à 7 minutes.

En même temps, faire revenir les tranches de poitrine fumée dans une poêle. Les servir avec le poulet et les croquettes. Accompagner de sauce ketchup.

Tournedos Rossini

Pour 4 personnes : 4 tranches de foie gras de canard, 4 tournedos, 4 tranches de pain, 40 g de beurre, 20 g de farine, sel, poivre, 4 lamelles de truffes.

Faire dorer les tranches de pain dans la moitié du beurre. Fariner les tranches de foie gras. Faire cuire les tournedos dans le reste de beurre en les retournant à mi-cuisson. Saler et poivrer. Déposer chaque tournedos sur une tranche de pain. Poêler les tranches de foie gras. Dès qu'elles sont dorées, les placer sur les tournedos avec une lamelle de truffe.

Sauce Frères Lumière de Fernand Point

Faire une réduction de vinaigre et d'échalotes. Ajouter 2 jaunes d'œufs et de la crème et faire une mousseline. Monter à part 4 blancs d'œufs en neige, avec 2 cuillerées à bouche d'huile d'olive et une pincée de fécule. Puis vanner délicatement l'ensemble.

Entrecôte au vin blanc de Fernand Point

Faire une réduction d'échalotes hachées et de vin blanc. Ajouter très peu de purée de tomate, et un peu de jus de viande. Laisser réduire le tout ensemble et monter ensuite la sauce au beurre frais. Assaisonner. Ne pas laisser bouillir, et napper l'entrecôte de cette sauce. L'entrecôte, qui aura été saisie à part au goût de chacun, sera servie avec un peu de cerfeuil haché sur la sauce à la dernière minute.

Poulet de Bresse à la crème de la mère Blanc

1 poulet de Bresse de 1,8 kg coupé en morceaux, 1 l de crème fraîche, 100 g de beurre, 10 champignons de Paris, 2 oignons, 1 gousse d'ail, le jus d'un demi-citron, 1 bouquet garni, 20 cl de vin blanc, sel et poivre.

Couper l'oignon en quatre et les champignons en quartiers. Écraser les gousses d'ail non pelées. Dans une sauteuse, faire chauffer à feu vif le beurre, ajouter le poulet, les champignons, l'ail, le bouquet garni et faire dorer les morceaux de poulet 6 minutes de chaque côté. Verser le vin blanc et laisser réduire. Ajouter la crème. Faire mijoter 30 minutes. Au moment de servir, ajouter un peu de citron dans la sauce.

Poularde mère Léon de Fernand Point

Prendre une belle volaille de Bresse, bien en chair. La couper en quatre. Séparer les cuisses, les ailerons et mettre à revenir dans un sautoir avec des morilles (fraîches pendant la saison, et sèches en dehors de la saison). Laisser colorer légèrement. Puis flamber au cognac, fariner un peu, et ajouter un petit verre de porto, un grand verre de vin blanc sec, et 1/4 l de crème double.

Poulet au feu d'enfer de Fernand Point

Découper un poulet et le faire sauter au beurre à la poêle. Une fois bien revenu et presque cuit, jeter un peu d'ail finement haché. Déglacer d'un bon verre de vinaigre de vin, laisser réduire, mouiller de 4 cuillerées à bouche de vin blanc, laisser réduire à nouveau, ajouter un peu de consommé et un peu de concentré de tomate. Décanter, dégraisser, et ajouter au moment de servir quelques fines herbes, de l'estragon, du persil, et un bon morceau de beurre (et encore du vinaigre si ce n'est pas assez relevé).

Soufflé de carottes de Fernand Point

Bien égoutter 1 kg de carottes cuites à l'eau salée. Les passer au tamis, et les dessécher à feu vif avec du beurre. Ajouter 3 jaunes d'œufs, sel, poivre, beurre, persil, un peu de béchamel, et 3 blancs montés. Cuire dans un moule beurré pendant trente minutes au bain-marie. Démouler et arroser d'un bon jus de viande.

Artichauts à la barigoule

6 artichauts poivrade, 150 g de champignons, 50 g de lard fumé, 1 carotte coupée en rondelles, 1 gros oignon émincé, 4 gousses d'ail, 1 citron, 75 ml de vin blanc, 50 ml d'huile d'olive, thym, laurier, eau, sel et poivre.

Émincer les champignons et les blanchir une minute dans l'eau bouillante. Couper les lardons. Laver les artichauts à l'eau citronnée, égoutter et essuyer. Dans une cocotte, faire revenir les artichauts avec l'huile d'olive sur feu vif, ajouter les carottes. Ajouter l'oignon et le lard, puis les champignons. Saler, poivrer, ajouter le laurier, le thym et l'ail. Mouiller à mi-hauteur de vin blanc et ajouter l'eau pour recouvrir les légumes. Mettre au four à 170° pendant 15 minutes. Au moment de servir, saupoudrer de fines herbes.

Clafoutis des anges de Fernand Point

Éplucher et émincer des pommes reinettes, puis les saupoudrer de sucre (à raison d'une bonne cuillerée à soupe de sucre pour une pomme). Et laisser reposer 24 heures. Cela fait, casser 4 œufs, les battre en omelette et les mélanger aux pommes. Faire fondre alors dans une poêle un gros morceau de beurre, et y verser l'appareil. Mettre à four chaud et laisser cuire une heure. Remuer plusieurs fois pendant la cuisson, et lorsque le soufflé sera d'une belle couleur dorée, le mettre par cuillerée dans un autre plat. Saupoudrer de sucre, glacer à la pelle et servir chaud.

Crème caramel de Fernand Point

Faire fondre du sucre dans un moule jusqu'à caramélisation blonde, et laisser refroidir. D'autre part, faire bouillir 1 l de lait avec un bâton de vanille et 200 g de sucre. Battre dans une terrine 6 jaunes d'œufs et 4 œufs entiers, et verser le lait sur ce mélange en fouettant. Enfin, mettre cette composition dans le moule, et faire cuire au four au bain-marie.

Crème duchesse de Fernand Point

Faire fondre 125 g de chocolat au bain-marie, et quand il est fondu, lui ajouter 3 jaunes d'œufs, 3 blancs montés en neige et un peu de crème épaisse. Servir cette crème avec des langues de chat.

Crème sabayon de Fernand Point

Mélanger 4 jaunes d'œufs à 4 cuillerées de sucre en poudre. Bien battre. Ajouter 1/4 de verre de rhum et 1/4 l de vin blanc, et faire prendre au bain-marie, comme une hollandaise. Cette crème se sert sur des poires cuites au sirop.

Marjolaine de Fernand Point

Prendre 900 g d'amandes et 600 g de noisettes, et faire griller le tout séparément sur deux plaques. Quand les noisettes sont grillées, les mettre dans un tamis et enlever toute la peau, puis mélanger amandes et noisettes. Ajouter 1,2 kg de sucre cristallisé et broyer le tout très fin. Ajouter aussi, pour que ce soit moins fragile, 100 g de farine. Monter 32 blancs d'œufs bien fermes, et mélanger le tout sans faire retomber les blancs. Mettre ensuite dans des moules en bandes beurrés et légèrement farinés. Et cuire au four à 200° durant 3 ou 4 minutes. À noter que pour confectionner ce gâteau, il faut quatre bandes fourrées avec trois crèmes différentes.

1) Une crème au chocolat ainsi composée : 1 l de crème fraîche et 1,5 kg de chocolat. Faire bouillir, mélanger et laisser refroidir.

2) Une crème blanche ainsi composée: 125 g de beurre mis en pommade et mélangé à de la crème chantilly.

3) Une crème blanche pralinée.

Fermer avec la quatrième bande. Lisser les côtés du gâteau et les saupoudrer de paillettes de chocolat, puis saupoudrer le gâteau de sucre en poudre. Laisser reposer 24 heures avant de servir.

Tarte au fromage de Fernand Point

Prendre 500 g de fromage blanc bien égoutté, et le mélanger avec un demi-quart de crème fraîche. Ajouter 6 jaunes d'œufs, 100 g de sucre en poudre, 75 g de fécule, et parfumer à la vanille et au citron. Ajouter 3 blancs d'œufs montés fermes. Foncer un cercle en pâte sucrée, faire cuire 3/4 d'heure à four doux, et servir tiède.

Tartouillat

60 g farine, 1/4 de cuillère à café de sel, 125 g de sucre, 2 œufs, 125 ml de lait, 250 g de cerises ou de poires, 1 cuillère à soupe de marc ou de kirsch. Préchauffer le four à 200°. Dans un saladier, mélanger ensemble la farine, le sucre et le sel. Former un puits au milieu et y casser les œufs. Mélanger puis ajouter petit à petit le lait en mélangeant bien au fouet pour obtenir une pâte bien lisse. Beurrer un moule à manqué de 20 cm de diamètre. Dénoyauter les cerises (ou peler et couper les poires en fines tranches). Mélanger les fruits et kirsch ou marc à la pâte et verser dans le moule. Cuire au four 30 minutes.

Pour les recettes de la mère Brazier : Roger Moreau, avec la collaboration de Roger Garnier et Jacotte Brazier, *Les Secrets de la mère Brazier*, Éd. Solar, 2009.

Pour les recettes de Fernand Point : Fernand Point, *Ma gastronomie*, Librairie du cardinal, 1969.

Table

Michèle Barrière
dans Le Livre de Poche

LA SAGA DES SAVOISY

Souper mortel aux étuves n° 31343

Paris, 1393. Messire Jehan est retrouvé égorgé dans des étuves de la rue Tirechappe. Constance veut venger son mari. Elle se fait embaucher comme cuisinière par Isabelle, la patronne des étuves, et utilise ses talents culinaires pour obtenir des informations.

Meurtres à la pomme d'or n° 31140

1556. François, étudiant en médecine à Montpellier, n'a qu'une idée en tête: devenir cuisinier. Des morts suspectes sèment le trouble dans la ville. Un apothicaire est accusé de complicité et jeté en prison. François mène l'enquête.

Natures mortes au Vatican n° 31499

Rome, 1570. François est le secrétaire de Bartolomeo Scappi, le cuisinier du pape. Il l'aide à rédiger un recueil de mille recettes. Mais des événements inquiétants se produisent : le peintre Arcimboldo est enlevé, François est victime d'un chantage, une fête vire à l'orgie et au massacre…

Meurtres au potager du Roy n° 31762

Versailles, 1683. Au potager du Roy, des champs de melons sont vandalisés, des jardiniers assassinés. Benjamin Savoisy, premier garçon-jardinier du potager, mène l'enquête jusqu'en Hollande.

Les Soupers assassins du Régent n° 31963

À la mort de Louis XIV, la Cour regagne Paris et renoue avec les plaisirs. Des marchands de vin parisiens, qui ne jurent que par le bourgogne, déclarent la guerre au vin de Champagne. Sont-ils responsables de la mort d'une jeune comédienne ? À moins que le poison n'ait été destiné au Régent…

Meurtre au café de l'Arbre Sec n° 32584

Février 1759. Jean-François Savoisy, cafetier de la rue de l'Arbre-Sec, entend bien surpasser Procope avec sa glace au parfum révolutionnaire. Diderot lui confie un manuscrit afin d'échapper à ses censeurs. Mais, dans l'ombre, rôdent des individus, eux aussi à la poursuite d'un manuscrit...

Meurtre au Ritz n° 33015

César Ritz est sur le point d'ouvrir un nouveau palace parisien, dont les cuisines ont été confiées au chef Auguste Escoffier. Lorsque le cadavre d'une femme est retrouvé dans une chambre froide du Ritz, l'enquête est confiée au filleul d'Escoffier, Quentin Savoisy, journaliste gastronomique.

Les enquêtes de Quentin du Mesnil,
maître d'hôtel à la cour de François Ier

Le Sang de l'hermine n° 32900

Quentin du Mesnil, compagnon d'enfance et maître d'hôtel de François Ier, est chargé d'aller chercher Léonard de Vinci en Italie et de le ramener à Amboise. La mission tourne vite au cauchemar, d'autant que certains semblent en vouloir à la vie du peintre.

De sang et d'or n° 33256

Juin 1520. François Ier et Henri VIII s'apprêtent à signer un traité de paix au camp du Drap d'or. Pour Quentin, c'est l'occasion rêvée pour briller lors des fêtes et des festins. Meurtres étranges, disparitions de victuailles… Thomas More, conseiller du roi d'Angleterre, semble jouer un rôle dans tous ces événements.

PAPIER À BASE DE FIBRES CERTIFIÉES

Le Livre de Poche s'engage pour l'environnement en réduisant l'empreinte carbone de ses livres. Celle de cet exemplaire est de :
800 g éq. CO_2
Rendez-vous sur www.livredepoche-durable.fr

Composition réalisée par PCA

Achevé d'imprimer en juin 2015 en France par
DUPLI-PRINT
Dépôt légal 1re publication : août 2014
Édition 02 – juin 2015
LIBRAIRIE GÉNÉRALE FRANÇAISE
31, rue de Fleurus – 75278 Paris Cedex 06

68/0001/8